MW01041580

La casa de la playa

James Patterson

con Peter de Jonge

La casa de la playa

Traducción de
Nora Watson

Patterson, James
La casa de la playa./ James Patterson y Peter de Jonge
1a ed. - Buenos Aires : El Ateneo, 2005.
320 p. ; 22x14 cm.

Traducido por: Nora Watson

ISBN 950-02-7482-5

1. Narrativa Inglesa. I. de Jonge, Peter. II. Nora Watson, trad. III. Título
CDD 823

La casa de la playa
Título original: The beach house
Autor: James Patterson con Peter de Jonge
Traductor: Nora Watson
© 2002, by SueJack, Inc.

Diseño de cubierta: Departamento de Arte de
                      Editorial El Ateneo

Diseño de interiores: Lucila Schonfeld

Primera edición de Editorial El Ateneo
© 2005, Grupo ILHSA S.A.
Patagones 2463 - (C1282ACA) Buenos Aires - Argentina
Tel.: (54 11) 4943 8200 - Fax: (54 11) 4308 4199
E-mail: editorial@elateneo.com

ISBN 950-02-7482-5

Impreso en Verlap S.A.
Comandante Spurr 653, Avellaneda,
provincia de Buenos Aires,
en el mes de mayo de 2005.

Queda hecho el depósito que establece la ley 11.723

Libro de edición argentina

Para Pete y Chuck
P. de J.

Para Jack, ese gran muchacho
J. P.

Prólogo

Peter Rabbit

1

Es como bailar sentado: presionas, zapateas, sueltas, giras; mano izquierda, pie derecho, mano izquierda, mano derecha.

Todo ocurre en una secuencia y un ritmo perfectos, y cada vez que giro hacia atrás el acelerador caliente, pegajoso y cubierto con goma de la flamante y casi sin uso BMW K1200 con 130 caballos de fuerza y 285 kilos de peso, la motocicleta pega un salto hacia adelante como un pura sangre que reacciona al castigo de la fusta.

Y otra visión de las propiedades sobrevaloradas de Long Island pasa volando a un costado como en una bruma.

Hoy es jueves por la noche, el fin de semana de Memorial Day, el Día del Soldado Caído en campaña, y faltan quince minutos para que se inicie la primera fiesta de otra magnífica temporada en los exclusivos balnearios de East y Westhampton.

Y no es precisamente mi fiesta sino *la* fiesta. La reunión de 200.000 dólares que todos los años ofrecen Barry Neubauer y su esposa Campion, en la casa de 40 millones de dólares que tienen en Amagansett, frente a la playa.

Y estoy retrasado.

Paso a cuarta velocidad, acelero y ahora vuelo de veras, entre el tránsito de la ruta 27 como Moisés en motocicleta.

Mantengo las rodillas apretadas con fuerza contra el elegante tanque de combustible azul, y voy agachado y con la cabeza tan baja contra el viento, que casi la tengo entre las piernas.

Es una suerte que los dieciséis kilómetros que separan Montauk y Amagansett sean un camino recto y liso como una pista de carreras, porque cuando paso frente a esos restaurantes y bares turísticos, la aguja del velocímetro marca los 144 kilómetros por hora.

También es una suerte que en una época haya podido compartir el cuarto con Billy Belnap. Como el delincuente juvenil más agresivo de la secundaria East Hampton, era seguro que Billy terminaría como agente del Departamento de Policía de East Hampton. Aunque no pueda verlo, sé que está allí, oculto detrás de los arbustos en su auto de policía azul y blanco, al acecho de quienes violan el límite permitido de velocidad, mientras engulle una bolsa de rosquillas.

Al pasar frente a él le hago un guiño con las luces.

2

Nadie diría que una motocicleta es el mejor lugar para reflexionar con tranquilidad. Por lo general no suelo hacerlo; prefiero dejarle esa tarea a mi hermano mayor Jack, que estudia Derecho en una de las universidades más prestigiosas de los Estados Unidos. Pero lo cierto es que de un tiempo a esta parte saco a relucir un tema diferente cada vez que me subo a la moto. Quizá se deba al hecho de que, sobre una motocicleta, sólo estás tú solo con tus pensamientos.

O tal vez no tenga nada que ver con la motocicleta y lo que pasa es que me estoy volviendo viejo.

Lamento tener que confesar que ayer cumplí 21 años.

Cualquiera sea la razón, lo cierto es que, mientras a 144 kilómetros por hora zigzagueo entre las enormes camionetas 4 x 4, comienzo a pensar en lo que significa crecer en ese lugar, o sea, vivir en uno de los barrios más ricos del mundo.

Desde el risco, a un kilómetro y medio de la propiedad de los Neubauer, ya alcanzo a ver el brillo de las luces de la fiesta en esa noche perfecta del lado este, y experimento esa maravillosa anticipación que siempre siento cuando empieza el verano en Hampton.

Hasta el aire, con su dejo salado de marea alta y su aroma dulzón a jacinto, está lleno de posibilidades. Un guardia de seguridad de traje blanco me dedica una gran sonrisa y me saluda con la mano cuando paso por el portón de hierro forjado.

Ojalá pudiera decirles que ese lugar es poco refinado, cursi y presuntuoso, pero en realidad todos los elogios serían pocos. Cada tanto los ricos te confunden de esa manera. Es la clase de propiedad que, como dicen los agentes inmobiliarios, sale al mercado cada veinte años: cerca de cinco hectáreas de un paisaje maravilloso lleno de cercos y de jardines escondidos que descienden a una playa solitaria de arena blanca.

Al final del sendero de grava blanca hay una mansión de más de 4000 metros cuadrados, con techos de tejas y con vista al mar desde cada una de las habitaciones, salvo, desde luego, el sótano, donde está la bodega de los vinos.

La fiesta de esta noche es relativamente pequeña —menos de 180 invitados—, pero van a asistir todos los importantes de esta temporada. El motivo de la reunión es el reciente anuncio de que Neubauer ha pagado una suma multimillonaria por la adquisición de una compañía sueca de fabricación de juguetes, cuyo dueño es Bjorn Boontaag. Por eso este año la fiesta es el jueves, y eso sólo se les perdona a los Neubauer.

Caminando entre los leones y tigres de peluche que Bjorn Boontaag vende por cientos de miles de dólares, se pasean muchos de los bichos más despiadados del zoológico humano: pulpos, lobos, tiburones, además de las multimillonarias más recientes de la exclusiva lista de IPO Internet, la mayoría bastante jóvenes, como para ser la tercera esposa de algún director ejecutivo. Advierto la presencia de los agentes de seguridad, que recorren el predio con chaquetas abultadas y auriculares, y supongo que también deben de haber unos cuantos senadores. Y, desparramados como regalo especial para los asistentes, deambulan por la fiesta los más famosos diseñadores de modas, raperos y estrellas de básquetbol que los consultores profesionales de relaciones públicas pudieron reunir para esta ocasión.

Pero no me envidien tanto. Tampoco yo figuro en la lista de invitados.

Estoy aquí para estacionar los automóviles.

3

Trabajo en la casa de la playa desde los 13 años, haciendo distintas tareas, pero estacionar autos es la más fácil de todas. Sólo hay un poco de alboroto al principio y al final. Pero no hay nada que hacer en el medio.

He llegado un poco tarde, así que me bajo de la moto de un salto y empiezo a trabajar. En veinte minutos lleno un espacio apartado con cuatro filas prolijas de sedanes europeos que valen por lo menos 80.000 dólares cada uno. Brillan como plantas metálicas bajo la luz de la luna plateada. Un auténtico cultivo de parachoques.

Uno de los momentos más maravillosos de mi trabajo es cuando un Bentley color borgoña del tamaño de un yate se detiene junto a mí y Latrell Sprewell, mi neoyorquina preferida, se baja del vehículo, me pone un billete de veinte dólares en la mano y me dice: "Trátalo con cariño, querido".

Cuando termina el ajetreo, me consigo una cerveza y una fuente de bocadillos y me siento en el césped junto al sendero de la entrada. Esto sí que es vida. Estoy disfrutando de mi sushi y mis pastelillos rellenos de queso, y en eso se aparece un camarero de chaqueta negra que nunca vi antes. Con un par de guiñadas de ojo y de movimientos de cabeza y de sonrisas, introduce un pedazo de papel rosado en el bolsillo de mi camisa.

Seguramente lo conservaron en perfume, porque, cuando lo desdoblo, una nube de vapor agrio me invade la nariz. *Shalimar*, si no me equivoco.

Sin embargo, la nota en sí no podía ser más breve y directa. Tres letras y tres números: I Z D 2 3 5.

Me alejo de la casa y avanzo entre los campos de metal brillante hasta encontrar esas letras y esos números en una chapa patente atornillada en la elegante culata de un Mercedes Benz convertible color verde oscuro.

Me deslizo en el asiento delantero y comienzo a oprimir botones para sentirme más cómodo. Con un zumbido excitante, las ventanillas se hunden en las puertas, la capota se abre y la pícara voz de barítono de Dean Martin surge de una docena de parlantes.

Miro por el espejo retrovisor. Nada.

Entonces reviso el compartimiento ubicado entre los asientos. Dentro de un estuche para anteojos de diseño exclusivo, encuentro un porro largo y fino adornado con un lazo rosa. Lo enciendo y lanzo una voluta de humo amarillento hacia la luna llena.

Bueno, bueno, esto no pinta nada mal —sentirse a las mil

maravillas mientras Dino, como le decían a Martin, nos hace confidencias sobre una dama francesa llamada Mimi—, y en ese momento siento que una mano se me clava en el hombro.

—Hola, Frank —digo sin molestarme siquiera en darme vuelta en ese cómodo asiento de cuero.

—Hola, Rabbit —contesta Frank y mete la mano por la ventanilla para tomar el porro—. ¿Ya te volteaste una dama?

Frank es Frank Volpi, el jefe de detectives del Departamento de Policía de East Hampton y, probablemente, el único agente que luce un Rolex de platino en la muñeca. Pero, por otra parte, Volpi estuvo dos veces de servicio en Vietnam antes de ocuparse del crimen en su propio país. Así que podría decirse que se lo tenía merecido.

—Ya me conoces, Frank. No soy de los que besan y después lo cuentan todo.

—¿Desde cuándo?

—Bueno, qué sé yo, desde anoche con tu mujer.

Esa forma masculina típica de conversar continúa hasta que el porro casi nos quema la yema de los dedos. Entonces Frank se aleja en la noche perfumada y yo sigo sentado con toda comodidad en el Mercedes.

Suena el teléfono. Una mujer me pregunta en voz baja:

—Peter, ¿te gustó tu regalo?

—Era justo lo que el médico me recetó. Gracias —respondo en un susurro.

—Preferiría que me lo agradecieras en persona en la playa.

—¿Cómo sabré que eres tú?

—Arriésgate, Peter. Me reconocerás cuando me veas.

Oprimo otros botones, converso con un par de operadoras muy agradables y por fin hablo con mi buen amigo Lumpke. Está haciendo un curso de posgrado, un doctorado en escultura. Pero quizá no le esté yendo muy bien, porque por la voz lo noto malhumorado.

Por supuesto, en París son las cuatro de la mañana.

Cierro el Mercedes y me dirijo a la playa sin ninguna prisa. Sé que ya les he hablado de lo fabuloso que es este lugar, pero creo que me quedé corto. Cada vez que vengo, me maravilla. Estoy seguro de que lo aprecio más que Barry y Campion Neubauer.

Cuando me acerco a la playa me pregunto por primera vez quién me estará esperando. No me habría costado mucho averiguar de quién era la voz del teléfono. Bastaba con abrir la guantera y ver el registro de propiedad, pero eso hubiese arruinado la sorpresa.

Lo más emocionante de la casa de la playa es, precisamente, que nunca se sabe. Podría tener 15 años o 55. Podría llegar sola o con un amigo o un marido.

Papel de carta rosado. Shalimar. Mmmmm. Creo que sé quién me envió esa nota.

Me siento en la arena a unos veinte metros de la rompiente. La cola del huracán Gwyneth, que azotó el Cabo Hatteras durante una semana, acababa de golpear Hampton esa misma mañana. El oleaje es enorme y ruidoso, y el mar parece embravecido.

El ruido es tan fuerte que no los oigo acercarse por detrás hasta que están casi encima de mí. El más bajo y fornido de los tres, con la cabeza afeitada y anteojos negros, me patea el pecho.

El impacto me rompe un par de costillas y me deja sin aire. Creo reconocer a uno de ellos, pero está oscuro y no puedo estar seguro. Mi pánico aumenta con cada patada y cada golpe propinados con la precisión de un profesional. Entonces comprendo que no han mandado a esos tipos sólo para darme una lección. Es un asunto mucho más serio.

Comienzo a devolver los golpes y las patadas con todas mis fuerzas, y por fin logro liberarme.

Y comienzo a correr y a gritar a voz en cuello con la esperanza de que alguien en la playa me oiga, pero el estruendo de las olas ahoga mis alaridos. Uno de los tipos me toma desde atrás y me derriba con fuerza. Oigo el chasquido de un hueso que se quiebra... *mío*. Entonces los tres comienzan a castigarme con salvajismo, y los golpes y patadas no tienen pausa. Sin detenerse, uno de ellos dice:

—¡Tómate ésta, Peter Rabbit de porquería!

De pronto, a unos 30 metros de allí y detrás de unos arbustos se enciende una luz. Y luego otra.

Y entonces sé que voy a morir.

Y, para lo que sirve, hasta sé quién es mi asesino.

I

El pasante de verano

1

Las nuevas oficinas del estudio jurídico Nelson, Goodwin y Mickel eran desmesuradas, incluso para la Manhattan floreciente del milenio, donde hábiles artesanos pintan frescos en las paredes del subterráneo. Así como los grandes juzgados que rodeaban Broadway parecían palacios de justicia, la reluciente torre de 48 pisos del 454 de la avenida Lexington era un monumento al éxito.

Mi nombre es Jack Mullen, y como pasante durante el verano en Nelson, Goodwin y Mickel supongo que yo también estaba en la carrera del éxito. Sin embargo, no era con exactitud lo que tenía en mente al ingresar en la Facultad de Derecho de Columbia a la avanzada edad de 26 años, luego de tomar un préstamo de 50.000 dólares para pagar mis estudios. Pero cuando a un alumno de segundo año con una deuda como la mía le ofrecen un empleo de verano en el bufete más prestigioso de la ciudad, ni se le cruza por la cabeza rechazar ese ofrecimiento.

El teléfono empezó a sonar en cuanto entré en mi pequeña oficina.

Contesté.

Se oyó la voz grabada de una operadora telefónica:

—Tiene una llamada a cobro revertido de Huntsville, Texas, de....

Y una voz masculina, también grabada, completó el mensaje:

—Mudman.

De nuevo la voz grabada de la operadora:

—Si desea aceptar la llamada, por favor diga sí u oprima el número...

—Sí, por supuesto —la interrumpí—. Mudman, ¿cómo estás?

—Bastante bien, Jack, salvo por el hecho de que el estado de Texas no ve la hora de liquidarme como a un perro.

—Pregunta estúpida la mía.

La voz aguda del otro extremo de la línea pertenecía al motociclista convicto Billy "Mudman" Simon, y provenía del teléfono público ubicado en el pabellón de la muerte de la prisión de Huntsville. Allí estaba Mudman esperando la inyección letal que le quitaría la vida por el asesinato de su novia adolescente diecinueve años antes.

Mudman no es ningún santo. Reconoce toda clase de delitos menores y alguno que otro grave durante su participación en la fraternidad de Houston de los Diablos. Pero asegura que la muerte de Carmina Velásquez no era uno de ellos.

—Carmina era una gran mujer —me confesó Mudman la primera vez que lo entrevisté—. Era una de mis mejores amigas en este mundo miserable. Pero en ningún momento estuve enamorado de ella, así que, ¿por qué iba a matarla?

Apenas tres días después de mi ingreso en el bufete, me arrojaron sobre el escritorio todas las cartas de Mudman, las transcripciones del juicio y los registros de repetidos intentos fallidos de lograr un nuevo juicio. Luego de dos semanas de decodificar cada increíble falta de ortografía, cada frase incomprensible y cientos de notas a pie de página copiadas con minuciosidad en pequeñísimas letras de imprenta, escritas, al parecer, por la mano temblorosa de un alumno de escuela primaria, quedé convencido de que decía la verdad.

Y a mí me caía bien. Era inteligente y divertido, y no sentía lástima de sí mismo en lo más mínimo, a pesar de que tenía una enorme cantidad de razones para hacerlo. El 90% de los convictos en el pabellón de la muerte estaban jodidos desde el día en que nacieron, y Mudman, con padres desquiciados y drogadictos, no era una excepción a la regla.

No obstante, se negaba a culparlos por lo sucedido.

—Hicieron lo posible por ser buenos padres, como todo el mundo —comentó la única vez que se los mencioné—. Y fueron un verdadero desastre, pero deja que descansen en paz.

A Rick Exley, mi supervisor en el proyecto, le importaba un bledo el carácter de Mudman o mi intuición de novato. Lo que a él le interesaba era que no había testigos del homicidio de Velásquez y que habían procesado a Mudman sólo en base a muestras de sangre y de pelo obtenidas en el lugar del crimen; y que todo hubiera sucedido antes de los descubrimientos forenses con respecto a las pruebas de ADN. Significaba que teníamos una posibilidad razonable de que aceptaran nuestro pedido de comparar nuevas muestras de sangre y de pelo con el ADN de las pruebas físicas que estaban guardadas en una bóveda en algún lugar de Lubbock.

—No me gustaría que te hicieras ilusiones en vano, pero si el Estado nos permite hacer esas pruebas, podríamos obtener una prórroga en la ejecución.

—No te preocupes por mí, Jack. En este momento y por descabelladas que sean, las ilusiones son más que bienvenidas. A ver, cuáles son.

Traté de no entusiasmarme demasiado. Sabía que ese proyecto *pro bono*, con el pomposo nombre de la "Lucha por la Inocencia", era sobre todo un truco publicitario de relaciones públicas, y que Nelson, Goodwin y Mickel no habían construido un edificio de 48 pisos en el centro de la ciudad por haberse dedicado a buscar presos inocentes y pobres en el corredor de la muerte.

Aun así, cuando interrumpieron a Mudman después de los quince minutos que le estaban permitidos, me temblaban las manos.

2

Cuando Pauline Grabowski, una de las principales investigadoras de Nelson, Goodwin entró en mi oficina, todavía estaba asombrado de lo bien que Mudman soportaba su situación. A fin de que los nuevos "reclutas" se familiarizaran con los recursos extraordinarios de la firma, le asignaron a Grabowski el caso Mudman y se pasó las últimas dos semanas llevando a cabo algunas averiguaciones en el este de Texas.

Grabowski tenía fama de ser una persona de muchos recursos y se decía que sacó gran provecho de ello como socia menor de la firma. Aun así, no se tomaba muy en serio su reputación. De alguna manera había logrado ocupar un espacio importante en aquel mundo masculino sin necesidad de mostrarse agresiva. Mantenía un perfil bajo, pero era franca y honesta. Pese a su atractivo natural, no hacía nada por atraer la atención. No usaba maquillaje ni alhajas, excepto aretes, llevaba el cabello castaño oscuro atado en una cola de caballo hecha como al descuido, y parecía usar todos los días el mismo traje sastre azul. En realidad, a mí me encantaba su aspecto.

Lo que le confería tanto estilo era la forma en que la sencillez de su aspecto en todo sentido contrastaba con su tatuaje. En vez de una pequeña tortuga o una discreta mariposa, Pauline llevaba en el brazo derecho la marca indeleble del rascacielos Chrysler.

El tatuaje comenzaba justo debajo del hombro derecho y se extendía hasta el codo. Estaba hecho en un reluciente color dorado que captaba la luz del capitel, y el detalle más significativo incluía una gárgola alada que observaba la metrópoli desde arriba con gesto amenazante. Se decía que la realización del tatuaje había tomado seis sesiones de ocho horas cada una.

Cuando le pregunté por qué le importaba tanto un rascacielos, los ojos pardos le brillaron como si yo no entendiera nada.

—Tiene que ver con la gente que decide hacer algo bello —dijo—. Además, mi abuelo trabajó durante 38 años en una línea de montaje de la Chrysler, así que supuse que ayudó a construir ese edificio.

Pauline se sentó en el borde de mi escritorio y me dijo que Stanley Higgins, el fiscal de la causa de Mudman, había enviado al pabellón de la muerte a seis hombres de un pequeño condado de Texas. Se había jubilado hacía poco y prácticamente vivía en un bar de ladrillos rojos ubicado en un barrio de clase trabajadora de Amarillo.

—Según algunas personas amistosas que conocí allí, Higgins tiene un grave problema de alcoholismo. Casi todas las noches se jacta de su carrera como fiscal y de lo que él llama "la justicia Higgins". Creo que debería darme otra vuelta por allá antes de que se ahogue en alcohol.

—¿Eso es lo que haces todo el día? ¿Reunir *voir dire*, o sea información, sobre de los enemigos de Nelson, Goodwin y Mickel?

Se sonrió, y confieso que me costó no imitarla.

—Puedes usar palabras en latín si lo prefieres, pero yo lo llamo basura. Y te aseguro que por allá no escasea, joven Jack.

—No soy tan joven como crees. ¿Te importa que te pregunte qué haces en tu tiempo libre?

—Me dedico a la jardinería —respondió Pauline, imperturbable.

—¿En serio?

—Sobre todo a los cactus. Así que ten mucho cuidado, Jack. Además, supe que ya estás "ocupado". Soy investigadora, ¿recuerdas?

3

A las nueve y veinte de la noche de ese viernes tomé mi mochila y bajé por el ascensor, la escalera mecánica y las escaleras, que no dejaban de crujir, hasta llegar a una plataforma de subterráneo debajo de la terminal Grand Central. El subte me llevó primero al oeste y luego al sur hasta la estación Penn, donde me dirigí al andén del tren a Long Island. Y tomé el último.

Pronto los vagones se llenarían de jóvenes revoltosos de la ciudad que iban a pasar el primer fin de semana importante en Hampton, pero llegué temprano, por suerte, y conseguí un asiento junto a la ventanilla. Puse un disco compacto en mi *discman* y me preparé para el viaje de tres horas hasta el fin de las vías del ferrocarril de Long Island.

Montauk.

Mi hogar.

Minutos antes de que el tren arrancara, un muchacho con aspecto de estudiante universitario de primer año se dejó caer en el asiento frente al mío. Al parecer regresaba a su casa por el verano, con toda la ropa sucia, además de sus problemas, apretujados en una sola valija.

Cinco minutos después se durmió, y un ejemplar en rústica de *La roja insignia del valor*, de Stephen Crane, con las puntas dobladas, le colgaba de modo peligroso del bolsillo de su chaleco azul marino. Ese libro también había sido uno de mis preferidos. Me incliné y se lo acomodé bien.

Al mirar al muchacho, alto y desgarbado, con bigotes y la barbita que los jóvenes de 19 años exhiben con gran orgullo, recordé los viajes que solía hacer de vuelta a casa en ese mismo tren. Con frecuencia viajaba agotado. Otras veces sólo quería descansar y ganar un poco de dinero, trabajando en la pequeña compañía de construcciones de mi padre cuando había bastante trabajo. Pero si no lo había, lo cual era frecuente, me conformaba con repintar los cascos de barcos en el astillero de Jepson. Sin embargo, durante cinco años, nunca hice ese viaje sin sentir un temor indescriptible por mi futuro.

Me di cuenta de lo mucho que habían mejorado las cosas. Acababa de terminar mi segundo año en la Universidad de Columbia, y figuré en la revista de leyes en el semestre anterior. Utilicé esa recomendación para conseguir la pasantía en el estudio jurídico, donde ganaba más en una semana que en todo el verano cargando vigas o repintando cascos de barcos.

Y, además, estaba Dana. Me estaría esperando en la estación de tren. Nos veíamos desde hacía casi un año, y aún no podía creerlo. En parte, por su apellido, Neubauer. Tal vez lo han oído nombrar. Sus padres eran los dueños de una de las empresas privadas más grandes del mundo y de una de las casas de veraneo más imponentes de la Costa Este.

Comencé a salir con ella el verano anterior mientras trabajaba en el astillero de Jepson. Pasó por allí para preguntar por el crucero de lujo de su padre. No sé qué me pasó, pero lo cierto es que la invité a salir. Supongo que le gustó la idea de "niña rica-muchacho trabajador", y lo más probable es que a mí también. Pero, sobre todo, Dana me gustaba: era inteligente, divertida y equilibrada. Además, le encantaba conversar y yo confiaba en ella. Mejor aún, no era ni esnob ni la típica niña rica consentida y maleducada, lo cual era una especie de milagro, dado su linaje.

Nos dirigíamos hacia el este. El viejo tren siguió traqueteando y deteniéndose en todas las estaciones suburbanas con sus supermercados y nombres indios, como Patchogue y Ronkonkoma. Allí se bajó mi fatigado compañero de viaje universitario. Ciudades reales, y no los pueblos turísticos de fin de semana, donde los demás pasajeros del tren estaban impacientes por llegar para que empezara la verdadera diversión.

Me disculpo si no les suena convincente mi perorata de joven aspirante al éxito profesional, en especial porque yo usaba la misma clase de ropa y mis perspectivas eran, sin duda, mejores que las de la mayoría. Pero la diferencia entre nosotros consistía en que, para mí, Montauk y Hampton eran lugares reales y no sólo un tema de conversación en bares de solteros.

Allí nacimos mi hermano y yo. Allí nuestra madre murió demasiado joven. Y allí nuestro abuelo octogenario seguía tan vital como siempre.

La mitad de los pasajeros bajó en Westhampton. El resto, un par de estaciones más abajo, en East Hampton.

Cuando el tren se detuvo por fin en Montauk, a la hora prefijada, cuatro minutos pasada la medianoche, no quedaba nadie más en el vagón, excepto yo.

Y al otro lado de la ventanilla, algo andaba muy mal.

4

Lo primero que pensé fue que había demasiada gente en la estación a esa hora.

Me bajé con la idea de ver el Range Rover de Dana en medio del terreno baldío, oscuro y solitario, a Dana sentada, cruzada de piernas sobre el capó todavía tibio, y todo desierto a su alrededor.

Pero Dana estaba de pie allí, al fondo del andén bien iluminado, y no parecía demasiado contenta de verme. Tenía los ojos hinchados y el aspecto de haber estado llorando durante varios días.

Más alarmante aún fue que la acompañaran mi padre y mi abuelo. Mi padre, que no tenía buena cara de un tiempo a esta parte, estaba lívido. Mi abuelo parecía triste y enojado, un irlandés furioso de 86 años con ganas de pegarle un puñetazo al primero que se le cruzara por el camino.

A un costado se encontraba Billy Belnap, un policía de East Hampton, y un joven reportero del *East Hampton Star* que escribía sin parar en una libreta de notas. Detrás de ellos, la luz roja y titilante del patrullero de Belnap alumbraba la escena con esa frialdad que anuncia las catástrofes.

El único que faltaba era mi hermano Peter. ¿Cómo era posible? Toda su vida, estuvo al borde del desastre, pero siempre salió adelante sin un rasguño siquiera. A los cinco años, un vecino lo encontró tendido e inconsciente encima de su bicicleta al costado del camino. El vecino lo llevó en brazos hasta la casa y lo acostó en el sofá. Cuando nos disponíamos a llamar a una ambulancia, Peter se incorporó, como si acabara de despertar de una siesta. Ese mismo año no hizo más que caerse de los árboles.

Pero ahora supe por las expresiones de la gente en la plataforma que a mi hermano Peter, con su peligrosa combinación de negligencia y coraje, se le habían acabado las vidas. Quizá se cayó con la motocicleta por los acantilados Shadmoor o se quedó dormido en la cama fumando un cigarrillo o corrió entre el tráfico para recuperar una pelota y lo atropellaron como a un perro.

Se me aflojaron las piernas cuando Dana me rodeó con los brazos y apoyó su cara mojada contra la mía.

—Jack, lo lamento. Es Peter. Ay, Jack, cuánto lo siento.

Cuando Dana me soltó abracé a mi padre, pero no reaccionó. Estaba demasiado sumido en su propio dolor y tristeza. Los dos empezamos a balbucir palabras que no lograban expresar nuestros sentimientos

Gracias a Dios tenemos a Mack, pensé en el momento en que mi abuelo me abrazó. Cuando yo era niño, mi abuelo era un hombre grandote y fornido. Pasados ya los 40 años, ostentó el récord de peso de la familia Mullen con sus 107 kilos, y no necesitaba demasiada provocación para imponer su autoridad. En los últimos veinte años había perdido más del tercio de ese peso, pero todavía tenía manos enormes y huesos grandes y gruesos, y me abrazó con tanta ferocidad, que casi me corta la respiración.

Me estrechó con desesperación y me susurró al oído:

—Jack, dicen que Peter se fue a nadar y se ahogó. Es la mentira más grande que he oído en mi vida.

5

Los Mullen subieron al asiento de atrás del patrullero y Dana se instaló adelante, junto a Belnap.

Al mirarla a través de la ventanilla de plexiglás llena de raspones, me pareció que estaba a mil kilómetros de distancia. Volvió la cabeza y susurró:

—Ay, Jack —y luego se calló sin poder terminar la frase.

Con todas las luces encendidas pero sin ruido de sirena, salimos del terreno baldío y avanzamos a toda velocidad hacia el oeste, pasando por el centro silencioso de la ciudad.

—Anoche se realizó la inmensa fiesta del fin de semana de Memorial Day —dijo mi abuelo, rompiendo así el espantoso silencio— y, como de costumbre, Peter tenía a su cargo estacionar los coches. A eso de las nueve comió algo. Pero cuando terminó la fiesta y llegó el momento de buscar los automóviles, no encontraban a Peter por ninguna parte. Notaron su ausencia, pero como no era algo fuera de lo común, nadie le dio importancia. Hace dos horas, la doctora Elizabeth Possidente salió a caminar con su perro, un rottweiler, y de pronto el animal se puso como loco. La doctora corrió tras él y estuvo a punto de tropezar con el cuerpo de Peter, donde el mar llega al borde de la propiedad de los Neubauer. El cuerpo sigue allí, Jack. No permití que lo movieran hasta que llegaras.

Escuché con atención la voz grave y profunda de mi abuelo. Para mí, es la voz más clara y reconfortante del mundo, pero en este caso apenas comprendí lo que decía.

Me sentí igualmente desconectado de las escenas que pasaban a toda velocidad del otro lado de la ventanilla. Las tiendas, el motel, la posada, los restaurantes, no se parecían en nada a lo que yo recordaba. Los colores no concordaban, demasiado brillantes y agresivos. Toda la ciudad parecía radiactiva.

Durante el resto del trayecto me senté sobre el montículo de la palanca de cambios del auto, entre mi padre, John Samuel Sanders Mullen, y mi abuelo, Macklin Reid Mullen. Percibía la tristeza angustiada de uno y la furia inconsolable del

otro. Nos quedamos quietos sin decirnos palabra. Las imágenes de Peter desfilaban por mi mente como si tuviera un pro-
yector en la cabeza.

El patrullero de Belnap finalmente salió de la calle Bluff y
cruzó los portones abiertos de la propiedad de los Neubauer,
tomó el sendero que se apartaba de la casa y avanzó con lentitud por un camino de tierra. Se detuvo a cien metros de la
orilla, donde las olas, llenas de furia y coronadas con espuma
blanca, rompían sobre la playa. El lugar donde mi hermano había muerto.

6

El andén de la estación de ferrocarril se había llenado de gente; en la playa ocurrió todo lo contrario. Bajé inquieto del automóvil a una preciosa playa de arena iluminada por la luna. No había fotógrafos de la policía documentando la escena, ni ningún investigador en busca de pistas. Sólo el estruendo de las olas demostraba cierta urgencia.

Sentía una gran opresión en el pecho. Mi visión estaba distorsionada, como si contemplara la escena a través de un túnel largo y angosto.

—Déjenme ver a Peter —dije.

Mi abuelo me condujo por la arena hacia la ambulancia. Hank Lauricella, un buen amigo que trabajaba de voluntario en el servicio médico de emergencias dos noches por semana, abrió la puerta posterior del vehículo y entré.

Y *allí estaba Peter...*

La parte posterior de la camioneta estaba iluminada como un quirófano, pero no hay luz en el mundo que te permita ver con claridad a tu hermano menor tendido, desnudo y muerto sobre una camilla de acero. Es sabido que entre hermanos existe más hostilidad que en cualquier otra relación familiar, excepto entre marido y mujer. Pero eso no pasaba entre nosotros, y conste que no estoy haciendo revisionismo histórico edulcorado, según la moda. La diferencia de edad —le llevaba siete años— y nuestros caracteres tan distintos nos volvían menos competitivos; y como nuestra madre murió tan joven y una gran parte de papá se fue con ella, tampoco teníamos muchos motivos para competir.

El poder de la belleza es algo tan absurdo como innegable. Me quedé mirando el cuerpo en la camilla. Incluso en la muerte era evidente la razón por la cual las muchachas a las que Peter les sonreía desde los 14 años, le devolvían la sonrisa. Parecía una escultura del Renacimiento. Tenía el pelo y los ojos muy negros. Llevaba la cadena de San Nicolás de mamá alrededor del cuello, y en el lóbulo de la oreja izquierda lucía, desde los 11 años, un pequeño aro de oro.

Estaba tan resuelto a encontrar algún rasgo perdurable de Peter en ese rostro, que me llevó un buen rato percibir las marcas de los golpes que le cubrían el cuerpo. Cuando Hank comprobó que yo al fin las había notado, me fue guiando en silencio por cada uno de las lesiones. En el pecho, en las costillas, brazos y piernas tenía grandes hematomas; había descoloramiento en la frente y en la nuca. Hank me mostró los dedos torcidos y quebrados, y los nudillos de ambas manos en carne viva.

Cuando Hank terminó, sentí tantas náuseas y mareos, que tuve que sujetarme para no caerme.

7

Cuando por fin volví a pisar la arena, me dio la sensación de que había pasado toda la noche en esa ambulancia. El viaje en tren desde la ciudad me pareció tan lejano como el recuerdo de otra vida.

Dana estaba sentada sola en la arena, y parecía, de un modo extraño, fuera de lugar en su propia casa. Me agaché y ella me abrazó.

—Realmente, quiero quedarme contigo esta noche —dijo—. Por favor, déjame hacerlo, Jack.

Me alegré mucho. Le tomé la mano con fuerza mientras seguíamos a mi padre y a mi abuelo hasta el auto de policía de Belnap.

Cuando estábamos por subir al vehículo, Frank Volpi, el jefe de detectives sempiterno de East Hampton, empezó a caminar hacia nosotros desde el sendero que conducía a la casa.

—Sam, Macklin, Jack. Lo lamento muchísimo.

—Si es así, ¿por qué no estás tratando de averiguar quién lo mató? —preguntó Mack, lanzándole una mirada dura y fría.

—Por el momento, pensamos que sido un terrible accidente, Mack. No hay otros indicios.

—¿Has visto su cuerpo, Frank? —pregunté en voz baja.

—Hubo una fuerte tormenta, Jack.

—¿Crees que Peter decidió ir a nadar durante el horario de trabajo? —dije—. ¿Con este mar tan revuelto? Vamos, *detective*.

—Peter era un poco alocado. De modo que, sí, me parece que es una posibilidad —respondió con el tono moralista de una asistente social, y agregó—: Y también creo que no podemos descartar el suicidio.

—Peter nunca se mataría —intervino Mack, desechando en forma definitiva esa posibilidad—. Eres un imbécil sólo por sugerirlo.

—Belnap lo vio corriendo con la moto en medio del tránsito a más de 140 kilómetros por hora, justo antes de la fiesta. A mí me parece un acto suicida.

—Qué interesante, Frank —dijo Mack—, porque a mí me parece otra de tus grandes estupideces —Macklin estaba a punto de pegarle un puñetazo.

—¿Estás interrogando a alguien? —pregunté, tratando de interceder—. ¿Averiguaste si hubo algún testigo? Tiene que haber una lista de invitados. Vamos, Frank, se trata de Peter; fue él quien murió aquí.

—Conoces bien a la gente de esa lista, Jack. Ni siquiera puedes interrogar a sus jardineros sin una orden judicial.

—Entonces consigue una —observó Mack—. ¿Y qué me dices de Barry y Campion? ¿Tienen algo que decir?

—Están muy perturbados, desde luego, y les envían sus condolencias. Pero esta mañana se fueron de la ciudad por asuntos de negocios. No veo qué sacaríamos con cambiar sus itinerarios.

—Cierto, supongo que no lo ves. A propósito, Frank, ¿sigues siendo detective o te recibiste de mensajero de tiempo completo?

Volpi se puso rojo de ira.

—¿Qué quieres decir con eso, Mack?

—¿Qué es lo que no entiendes? —le respondió mi abuelo.

8

Un año después de la llegada de mis padres a Montrauk, mi padre construyó la pequeña casa de tres dormitorios ubicada a mitad de camino entre la ciudad y el faro. Nos mudamos a nuestro nuevo hogar cuando yo tenía dos años, y Peter nació allí cinco años después. Aunque en los últimos años Peter pasaba más de la mitad de sus noches en la casa de una u otra novia, nunca llegó a mudarse de manera oficial de la nuestra.

Habría sido un problema, sin duda, si mi madre, Katherine, hubiese estado viva, pero durante mucho tiempo la nuestra fue una casa exclusivamente de hombres, sin ningún tipo de horarios fijos.

Mi padre y Mack se fueron a acostar en cuanto entraron. Dana y yo, en cambio, buscamos una botella de whisky y un par de vasos grandes, y trepamos por la empinada escalera hacia el dormitorio de Peter.

—Estoy justo detrás de ti —susurró Dana. Alargué el brazo hacia atrás, le tomé la mano y se la oprimí con fuerza.

—Me alegro.

Una vez más me impresionó la frugalidad de Peter. Contra la misma pared, un escritorio de madera clara y una cómoda enfrentaban dos camas individuales. Salvo el pequeño y excepcional detalle de una fotografía minúscula en blanco y negro del gran saxofonista Charlie Parker, pegada encima de la cama de Peter, el cuarto parecía una habitación de motel.

Quizá Peter conservó así su cuarto porque no quería pensar que seguía viviendo allí. Me sentí mucho peor… como si mi hermano creyera que no tenía un verdadero hogar en ninguna parte.

Dana puso en el equipo de música de Peter un disco compacto de Sony Rollins, juntó las dos camas individuales y nos recostamos en ellas. Luego nos abrazamos.

—No puedo creerlo —dije, anonadado.

—Ya lo sé —susurró Dana, y me estrechó con más fuerza.

El efecto del whisky me llevaba pensar en que nada tenía

sentido. Cero. De ningún modo mi hermano hubiera ido a nadar esa noche. Para Peter, el calor en el cuerpo era lo más cercano a un culto. Incluso sin esas olas enormes, los diez grados de la temperatura del agua habrían bastado para alejarlo del mar.

Era mucho menos probable que se hubiera quitado la vida. No me imaginaba de dónde había sacado el dinero para pagarla, pero acababa de comprarse una motocicleta de 19.000 dólares. Esperó seis meses hasta conseguir el tono exacto de azul que deseaba para su moto, y el vehículo tenía menos de 5000 kilómetros recorridos. Nadie lava una motocicleta dos veces por día cuando está pensando en suicidarse.

Además, tenía previsto modelar la próxima semana para una publicidad de *jeans*. Me había llamado al trabajo para decirme que uno de los asistentes de un famoso fotógrafo lo había visto en un club de jazz y le había enviado un contrato. Peter trató de restarle importancia a ese hecho, pero no consiguió engañar a nadie, y mucho menos a mí.

Dana volvió a llenar mi vaso y me besó en la frente. Bebí un buen trago de whisky. Recordé cómo Peter y yo, cuando éramos niños, solíamos luchar en ese cuarto, en un juego que llamábamos el rey de la cama. Comprendí en ese momento que la mitad de las veces que los hermanos pelean es sólo una excusa para poder abrazarse.

Entonces quise contarle a Dana lo que había ocurrido, quizás doce años atrás, en una tarde de otoño. Seguramente empecé a balbucear, pero no me interrumpió.

—Los sábados, jugábamos al fútbol americano en el terreno situado detrás del colegio. Ese día llevé a Peter por primera vez.

"Aunque tenía como cinco años menos que los demás, yo respondí por él. Bill Conway, uno de los dos muchachos que dirigían el partido, aceptó de mala gana su participación. De todos modos, Peter fue el último en entrar a jugar con nosotros, y nuestro defensor nunca lanzó la pelota cerca de él en toda la tarde. Peter estaba tan contento de que lo incluyéramos en el partido de los muchachos mayores, que ni se quejó.

"En la última hora de la tarde, mientras el sol se ponía con rapidez, empatamos el partido. En ese momento nuestro equipo tenía la pelota. Cuando nos agrupamos, le dije a Livolsi que se la lanzara a Peter. Hacía una hora que el otro equipo había dejado de cubrirlo. Por alguna razón, Livolsi me hizo caso y lo hizo. En la última parte del partido, envió a todos los otros receptores hacia un lado y a Peter hacia el otro. Entonces arrojó la pelota hasta la mitad del campo de juego. Y Peter era apenas una figura diminuta de pie y solo a un lado de la cancha, en medio del crepúsculo.

"Por desgracia, Livolsi no era un futuro integrante del Salón de la Fama. Su pase salió desviado. Peter corrió tras la pelota y, en el último instante, se elevó por el aire y voló en forma paralela al suelo, igual que esos tipos en una de esas películas en cámara lenta de la Liga Nacional de Fútbol. Te juro que ninguno de los que estaban allí lo olvidará nunca. Livolsi lo menciona cada vez que lo veo. Dana, ese chico tenía sólo *nueve años*. Pesaba menos de 27 kilos. Podía hacer lo que se le antojara. Podría haber sido lo que quisiera, Dana. Tenía el mundo por delante.

—Ya lo sé, Jack —susurró ella.

—Dana, eso no fue lo mejor. Lo mejor fue el viaje de vuelta a casa. Peter estaba tan contento que la alegría le brotaba por los poros. Ninguno de los dos dijo una palabra. No hacía falta. Su hermano mayor le había dicho que podía hacerlo, y *Peter lo hizo*. No me importa lo que digan los demás; creo que eso es algo imposible de superar. Durante todo el camino de regreso compartimos la paz y la felicidad que sólo se experimenta cuando haces algo realmente difícil. Nuestras bicicletas flotaban. Casi no hacía falta que pedaleáramos.

Me costó decir las últimas palabras y me eché a llorar, y una vez que empecé no pude parar durante veinte minutos. Entonces sentí tanto frío que me empezaron a castañetear los dientes. No podía creer que nunca volvería a ver a Peter.

9

De pie bajo la sombra fragante de una conífera, Rory Hoffman, un hombre corpulento con una fea cicatriz en la cara, se quedó observando la ambulancia y la caravana de vehículos que se alejaban de la playa. Mientras las luces rojas posteriores serpenteaban entre los árboles, chasqueó la lengua y sacudió apenas la cabeza. Qué lío tremendo. Un desastre de primer orden.

Su título oficial era el de jefe de seguridad, pero se había ocupado de esas cuestiones delicadas durante tanto tiempo y con tanta eficacia que recibió el apodo de "El Arreglador". Para Hoffman, ese sobrenombre era exagerado y engañoso. Lo suyo se parecía más a un trabajo de mucama o de servicio de limpieza.

Y *ahora estoy aquí para limpiar y arreglar este lío desagradable.*

No sería una tarea fácil. Nunca lo era. Había aprendido en el largo tiempo que realizaba ese trabajo que la violencia siempre deja una mancha. Y, si bien con habilidad y destreza tal vez fuese posible limpiar esa mancha, semejante esfuerzo dejaría su propio residuo acusador. A fin de cuentas, significaba que su trabajo nunca se podía completar del todo.

El Arreglador dejó el refugio de los árboles y tomó el sendero de grava, mientras las pequeñas piedras blancas se le incrustaban en las suelas delgadas de sus zapatos de chofer. Sofocó una carcajada al pensar en una frase publicitaria para ese producto. ¿Necesita vender un par de zapatos tan finos que apenas puede caminar cuando se los pone? Pues llámelos zapatos de chofer. Genial. Y él los llevaba puestos.

Llegó al lugar donde los automóviles habían tomado el sendero. Siguió hacia atrás las huellas dejadas en la arena. Sentía que la mitad de la playa se le había introducido en las medias de seda. Bajo de la luna llena, el mar era un espectáculo grandioso. Muy al estilo de Shakespeare, como si todo el planeta hubiese participado en la tragedia ocurrida en la playa.

Aunque la luz de la luna era intensa, encendió la linterna

y revisó las dunas en busca de huellas de pisadas. Las playas eran públicas. Era imposible mantener a toda la gente fuera de ellas. Si bien se respetaban por regla general los carteles de PROHIBIDO PASAR, nunca se sabía quién podía haber violado esa prohibición.

El lado norte parecía poco frecuentado. Tal vez esa noche fuera la excepción a la regla. *Existía la posibilidad de que la escena estuviera limpia.*

No encontró nada en los primeros diez metros de arena. Pero entonces vio una colilla de cigarrillo, y luego otra. No era buena señal. De hecho era una pésima señal.

Tuvo la sensación de que alguien lo observaba y cuando cerró los ojos su nariz prominente pescó el olor a azufre de un fósforo recién encendido que todavía flotaba en el aire. *Dios Santo.*

Unas huellas de botas lo condujeron a un grupo de arbustos en las dunas. Detrás había más huellas y más colillas de cigarrillos. Quien hubiera estado allí había acampado durante bastante tiempo.

Se agachó y recogió tres de las colillas y las puso en una pequeña bolsa de plástico, de las que usa la policía, o que se supone que usa, al menos.

Fue en ese momento cuando el haz de su linterna iluminó en la arena una caja amarilla de cartón aplastada. De Kodak.

¡Por Dios! ¡Alguien había estado tomando fotografías!

10

A la mañana siguiente me dolían los ojos. Y todo lo demás, arriba y abajo. Aparte del dolor, me sentía horrible. Y eso fue dos segundos antes de que recordara a mi hermano.

Me froté los ojos. Fue entonces cuando caí en la cuenta de que Dana se había ido. Encontré una nota sujeta a la lámpara: "Jack, no quise despertarte. Gracias por permitir que me quedara. Fue muy importante para mí. Ya te estoy extrañando. Te amo, Dana". Era una muchacha preciosa e inteligente. Tenía mucha suerte de tenerla a mi lado. Pero sucede que esa mañana me costaba bastante sentirme afortunado.

Bajé con cautela y ocupé mi lugar en la mesa de la cocina junto a dos viejos muy tristes en bata. No éramos un espectáculo agradable, sin duda.

—Dana se fue.

—Tomé un café con ella —dijo Mack—. Lloraba mucho.

Miré a mi padre y no hubo en él casi ninguna reacción. Con sólo mirarlo a la luz de la mañana comprendí que ya nunca sería el mismo. Era como si esa noche hubiera envejecido veinte años.

Mack parecía tan sereno como siempre, incluso casi más fuerte, como si la tragedia lo hubiese fortalecido.

—Te prepararé unos huevos —dijo y se levantó de un salto de la silla.

No es que mi abuelo no estuviera desolado por la muerte de Peter. Mi hermano había sido su nieto preferido. No obstante, para mi abuelo, la vida era una guerra santa, tanto en las buenas como en las malas, y ya se estaba preparando para la próxima batalla.

Cortó cinco tajadas de tocino y las dejó caer en una sartén de hierro tan vieja y deformada como él por el paso de los años. Muy pronto la habitación fue invadida por el chirrido de la grasa.

Esa mañana comprendí que mi padre nunca se había repuesto del todo de la muerte de mi madre. En el fondo, no le

interesaba su compañía constructora y no tenía el menor deseo
de participar del auge edilicio más grande de la historia de
Hampton. Veía cómo sus compañeros de trabajo cambiaban las
camionetas de carga por elegantes Chevrolet Tahoes, y lo dejaban atrás. Pero a mi padre no le importaba.

Mi abuelo, en cambio, había adquirido mayor ímpetu a
medida que envejecía. Después de jubilarse como herrero
a comienzos de la década de 1960, se pasó todo un verano le-
yendo y divirtiéndose. Después decidió volver a la escuela y
adquirió el título de asesor legal o paralegal. En los últimos
veinte años se había transformado en una especie de leyenda
en las salas de los juzgados y en los estudios jurídicos de la
zona este de Long Island. En opinión de muchas personas, conocía la ley con mayor profundidad que la mayoría de los jue-
ces del circuito. Pero Mack insistía en que eso no era tan digno
de admiración como aparentaba a primera vista.

Su amor a la ley era en parte la razón de que yo estuviera
en Columbia. Mi abuelo se sentía muy orgulloso de mis progre-
sos en ese sentido. Compartir unas cervezas con él en el bar
Shagwong significaba también la vergüenza de que me presen-
tara a sus amigos una y otra vez como "el Mullen más educado
y culto de Irlanda y los Estados Unidos". Por la forma en que
me miraba esa mañana me di cuenta de que, en realidad, todo
eso era un simple juego de niños para él.

—Es imposible que Peter se haya suicidado —dije—.
Volpi es un imbécil.

—O le importa un bledo —respondió Mack.

Para mi padre, el asunto de cómo había muerto Peter era
discutible. Habría sufrido menos si se hubiese suicidado. Para
Macklin, en cambio, era lo más importante.

—El muchacho conseguía todas las mujeres que quería.
¿Por qué se iba a matar?

Mack rompió tres huevos sobre el tocino y esperó que se
frieran. Cuando empezaron a quemarse un poco en los bordes,
metió la espátula por debajo del tocino con gran habilidad y
dio vuelta a todo sin derramar una sola gota de yema. 30 segundos después, me deslizó la especie de tortilla grasosa en el
plato.

Estábamos casi en verano y ése parecía un desayuno de

temporadas frías y ventosas. Pero era ni más ni menos lo que necesitaba. Después de tres tazas de café sin crema ni azúcar, aparté la silla de la mesa y anuncié que me iba a hablar con Volpi.

—¿Quieres que te acompañe?

—No, gracias, Mack.

—Bueno, pero no hagas tonterías. No pierdas la cabeza. ¿Me has oído, Jack?

—Escúchalo —dijo mi padre—. La voz certera de la razón.

Por un instante creí que se iba a sonreír.

11

Seguramente alguien trajo la motocicleta de Peter hasta la casa durante la noche. Estaba en el sendero de entrada, como una lagartija gigante calentándose al sol. Era típico de Peter endeudarse de ese modo por una joya rodante. Aunque la vendiéramos a buen precio, igual le quedaríamos debiendo al banco unos 2000 ó 3000 dólares. Pero tuve que admitir que era una hermosura, y la patente me hizo sonreír: 4NIC8. Leída en inglés, decía "fornicar". Sí, ése era Peter.

Me subí a la vieja camioneta negra de carga con CONSTRUCCIONES MULLEN pintado en la puerta y me dirigí al Departamento de Policía de East Hampton, un pequeño edificio de ladrillos en la calle 27. Estacioné cerca del jeep negro de Frank Volpi.

El sargento Tommy Harrison estaba en la recepción. Me estrechó la mano y me dijo lo mucho que lamentaba lo de Peter.

—Tu hermano me caía muy bien, Jack.

—Vine precisamente para hablar sobre ese tema con Volpi.

Harrison fue en busca de Volpi y regresó unos minutos después medio turbado.

—El detective está mucho más ocupado de lo que yo pensaba. Cree que va a tener que trabajar toda la tarde.

—Está bien, Tommy, esperaré. Es importante.

40 minutos después el sargento volvió a decirme lo mismo. Salí del edificio y volví a entrar una vez más en el Departamento de Policía de East Hampton, pero esta vez por la puerta de atrás.

La oficina de Volpi estaba en la mitad del pasillo. No me molesté en llamar a la puerta.

El detective levantó la vista de un ejemplar abierto del diario *Post* que tenía apoyado sobre las rodillas. Un poco de espuma de leche le cubría aún las puntas del bigote. En East Hampton, hasta los policías toman *cappuccinos*.

—Veo que no descansas nunca, ¿eh, Frank?

—Ya hay bastante mierda en esta ciudad como para tener que soportar la tuya. ¡Sal inmediatamente de aquí! Fuera.

—Dime por qué a Peter se le ocurriría ir a nadar durante su horario de trabajo. Dame una sola razón y te dejaré volver a tu lectura y a tu café especial.

—Ya te lo dije. Porque era un borracho y un vago miserable.

—¿Y por qué iba a matarse? Peter tenía todo lo que quería.

—Porque su novia de turno se acostó con su mejor amigo, porque tuvo un mal día, porque se cansó de oír que su hermano mayor era un santo. Querías una razón y te di tres. ¡Ahora vete de aquí!

—¿Eso es todo, Frank? Accidente, suicidio... ¿a quién le importa? Caso cerrado.

—Exacto. Estoy de acuerdo.

—¿Cuándo vas a dejar de actuar como un policía pagado por los ricos, Frank?

Saltó de la silla, acercó la cara todo lo que pudo a la mía, me agarró de la camisa y me empujó con fuerza contra la pared.

—Debería molerte a patadas ahora mismo, pedazo de porquería.

Sabía muy bien que Volpi era capaz de cumplir con sus amenazas, pero tal como me sentía en ese momento, quizá no era el día más indicado para enfrentarse conmigo. Hasta Volpi lo percibió, porque me soltó y volvió a sentarse.

—Vete a tu casa, Jack. Tu hermano era un buen tipo. Todos querían a Rabbit, y yo también. Pero se ahogó.

—¡Mentira! Eso es basura de la peor, y lo sabes. Si a ti no te interesa investigar el caso, Frank, estoy seguro de que a la prensa sí, y mucho. Tomando en cuenta a los famosos de primera plana que asistieron esa noche a la fiesta, seguro que a *Newsday* le va a interesar. Y también a *Daily News*. ¿Y por qué no al poderoso y arrogante *New York Times*?

La cara de Volpi se endureció.

—De veras, no te conviene hacer eso.

—¿Por qué no? ¿Qué me estás ocultando?

—Confía en mí. No te conviene. Olvídalo, Jack.

12

Me sentía bastante perturbado, así que regresé al lugar del crimen. El oleaje se había calmado de modo considerable, pero *aún* era peligroso, y sabía que a mi hermano no se le hubiera ocurrido ir a nadar tampoco en un día como hoy. Luego fui a ver a mi padre y mi abuelo. Se sentían tan mal que a las nueve y media de la mañana seguían en la cama. Encontré un par de mensajes de Dana.

Llegué al motel Memory después de las diez. A esa hora, ya todos los miembros de nuestro club exclusivo de auténticos hamptonianos ocupaban una mesa redonda en el fondo del bar.

Permítanme que se los presente.

En la parte más alejada de la mesa, debajo de un espejo rajado, estaba Fenton Gidley. Fenton pasó su infancia a cuatro casas de la nuestra y éramos amigos desde que empezamos a gatear. Con su casi metro noventa de estatura y sus 110 kilos, era un poco más grandote de lo que fue en aquella época. Le ofrecieron varias becas para jugar fútbol universitario, en las universidades de Hofstra, Syracuse e incluso en la estatal de Ohio. Pero, en cambio, se hizo cargo del barco pesquero de su padre, y salía solo de Montauk Point durante varios días, en busca de peces espada gigantes y atún, que luego vendía a los japoneses.

A su izquierda estaba sentada Marci Burt, quien ha diseñado los jardines de varios multimillonarios famosos y otros no tanto. Fuimos pareja en una época… cuando teníamos 13 años. A la derecha de Marci se encontraba Molly Ferrer, maestra de cuarto grado y también reportera nocturna del canal 70 de East Hampton. Al igual que Fenton, Marci y Molly eran compañeras mías de colegio en la secundaria de East Hampton.

Todas las personas de la mesa usaban un gorrito de moda, gracias al muchacho casi calvo sentado frente a ellas: Sammy Giamalva, alias Sammy el Peluquero. Sammy, que tenía cinco años menos que nosotros, era el mejor amigo de Peter. Durante su infancia, Sammy pasaba tanto tiempo en nuestra casa que era como un miembro de la familia. Y seguía siéndolo.

Cuando llegué al Memory todos se levantaron para darme un fuerte abrazo, y en medio de esos abrazos afectuosos y tristes, llegó el último miembro de nuestro grupo y la persona más sincera que conozco: Hank Lauricella.

Lauricella, chef de tiempo completo y voluntario del servicio médico de emergencias, fue el que recibió la llamada que alertó sobre el cuerpo de Peter en la playa. Alrededor de esa mesa pequeña y destartalada, estaban los cinco amigos míos en quienes más confiaba en el mundo entero. Y estaban tan furiosos y confundidos como yo frente a la muerte de Peter.

—*Accidente*, un cuerno —dijo Molly—. Como si a Peter o a cualquier otra persona se le pudiera ocurrir ir a nadar en ese mar embravecido en medio de la noche.

—Lo que Volpi dice, *en realidad*, es que Peter se quitó la vida —agregó Sammy, la primera persona abiertamente homosexual que conocíamos—. Y todos sabemos que *eso* no sucedió.

—De acuerdo. Siempre pensamos que se estaba divirtiendo mucho más que todos nosotros juntos —intervino Fenton—. Pero, por lo visto, no era así.

—¿Entonces qué fue lo que pasó? —preguntó Marci—. Nadie quería lastimar a Peter. Aunque sí darle un par de cachetadas.

—Bueno, lo cierto es que algo sucedió. Salvo Jack, ninguno de ustedes vio el cuerpo de Peter —dijo Hank—. Estuve sentado junto a Peter durante cuatro horas esa noche, en un espacio mucho más pequeño que esta mesa. Y daba la impresión de que lo habían matado a golpes. Y Frank Volpi ni siquiera lo miró. Tampoco subió a la ambulancia.

—Volpi no quiere saber nada del asunto —añadió Fenton—. Lo aterra que se entere la gente que lo compró a él y a nuestro querido pequeño pueblo.

—Así que quizá tengamos que empezar a hacer preguntas en todas partes, y hablar con cualquiera que sepa algo —dije—. Porque es obvio que a nadie más le importa.

—Estoy de acuerdo —asintió Molly.

—Conozco a casi todo el mundo que trabajó esa noche en

la fiesta —anunció Fenton—. Alguno de ellos tiene que haber visto algo.

—Y *moi* —concluyó Sammy—. Me especializo en revolver la basura.

Levantamos los vasos de cerveza.

—Por Peter.

13

De pronto reinó un silencio total alrededor de la mesa. Fue un cambio súbito, como si todos fuésemos obreros sindicales planeando una huelga y alguien de la gerencia se asomara por la puerta. Me di vuelta y vi a Dana en el bar.

En realidad, el Memory no es gran cosa como bar. Tampoco como motel. Dieciocho habitaciones con vista a otro motel y a una estación de tren. Pero se volvió famoso en la época en que había esas cosas grandes, negras y redondas llamadas discos. Una banda de rock llamada Rolling Stones se alojó allí una vez y escribió una canción acerca del motel. El disco en el que figura esa canción, *Black and Blue*, salió en 1976 y la tapa cuelga de la pared, clavada con tachuelas, junto con la copia de las notas de la sesión de grabación.

Pasamos una noche solitaria en el motel Memory,
Está junto al mar (casi),
Supongo que lo conocían bien.

Para ser justos, el Memory tiene también un gran cartel en la entrada con su nombre escrito en negro con letra gótica. De todos modos, incluso vestida como lo estaba esa noche, con *jeans* azules viejos y camiseta, Dana llamaba tanto la atención como si el mismísimo Mick Jagger se hubiese aparecido por allí. Me puse de pie y me dirigí al bar.

—Me imaginé que estarías aquí —dijo Dana—. Te llamé a tu casa varias veces. Tuve que ir a Nueva York esta mañana.

Encontramos dos asientos en el extremo de la barra, junto a un hombre cincuentón que bebía cerveza con tequila. Llevaba una gorra vieja de los Cardenales de Saint Louis —el equipo de béisbol—, con la visera bien baja sobre la cara.

—Les caigo bien, ¿no, Jack? —preguntó Dana, y miró hacia mis amigos.

—A su manera.

—Me iré si quieres. En serio, Jack. Sólo quería saber si estabas bien. ¿Lo estás?

—No. Por eso me alegra que hayas venido —me incliné y la besé. ¿Quién no lo haría? Tenía labios tan suaves. Sus ojos no eran sólo bellos; expresaban además la agudeza y profundidad de su inteligencia. Me parece que me enamoré de Dana cuando ella tenía apenas 14 años. Todavía no podía creer que estuviéramos juntos. Mis amigos aún no la habían aceptado, pero lo harían en cuanto llegaran a conocerla.

Pagué en la barra, me despedí de mis amigos y acompañé a Dana a la salida del Memory. En lugar de caminar hacia la calle y su reluciente camioneta 4 x 4, Dana me alejó del borde de la acera y me llevó, bajo la saliente, hasta el final del camino de piedra.

Entonces metió una llave en la cerradura de la habitación 18, que se abrió ante nosotros en todo su esplendor.

—Espero que no te importe —susurró—, pero me tomé la libertad de reservar la suite de luna de miel.

14

Lo que el Arreglador realmente quería era la mejor de las ginebras. Diez martinis con un toque de limón. Cuando por fin el cantinero del Memory decidió atenderlo, el tipo se había conformado con una cerveza con tequila.

A esas alturas, ya había encontrado en el centro de la barra un taburete vacío, forrado en cuero rojo ya bastante maltratado; y con la gorra de los Cardenales de Saint Louis bien baja sobre la cara, bebía su cerveza y *observaba*.

Al girar la cabeza en un momento dado, vio al grupo de amigos en la mesa del fondo. La expresión triste de sus caras era tan sincera y franca que se preguntó cómo era posible que él y esos muchachos pertenecieran a la misma especie.

Al cabo de un rato, comenzó a observar a cada una de las personas de la mesa y a evaluar quién le daría más trabajo. El tipo sin afeitarse con la vieja chaqueta de *jean* era el más corpulento; calculó que medía alrededor de un metro noventa y pesaba unos 115 kilos. Y se comportaba como un viejo jugador de fútbol. La que había llegado en el Porsche rojo oscuro parecía una mujer dura y difícil. Y, desde luego, Mullen podía ser peligroso, sobre todo en su estado actual. Era sin duda el más inteligente del grupo, y estaba muy *dolido*.

Cuando por fin los Mosqueteros terminaron de beber, de llorar y reírse, hacía casi tres horas que estaba sentado en el taburete y tenía el trasero entumecido. Observó a Lauricella y a Fenton mientras se iban en la camioneta de Lauricella, y a Burt mientras se alejaba en su Porsche oscuro. Estaba a punto de seguir a Molly Ferrer a su casa para una breve inspección, cuando vio que Dana y Jack salían del bar y se perdían en la oscuridad.

—Una muchacha de 100 millones de dólares en un motel de 60 dólares la noche —murmuró.

Dana Neubauer y Jack Mullen. Tarde o temprano, iba a tener que arreglar eso también, no cabía duda.

15

El día de los funerales de Peter fue el peor de toda mi vida. Durante una semana estuve vagando aturdido y sin rumbo fijo, sintiéndome vacío e irreal como un fantasma. Cuando volví al bufete, Pauline Grabowski se me acercó para decirme lo mucho que lamentaba la muerte de Peter, y recibí también una amable llamada de condolencia de Mudman, desde el pabellón de la muerte. Con respecto a todos los demás en Nelson, Goodwin y Mickel, el trabajo y los negocios eran lo más importante, como de costumbre.

Todas las noches después del trabajo, volvía a mi departamento en la calle 114, a dos cuadras de la Universidad de Columbia. Mis compañeros de cuarto se habían ido de vacaciones y me acostaba sobre el colchón, el único mobiliario que quedaba, y escuchaba a los Yankees —el equipo de béisbol— perder tres veces seguidas en una pequeña radio a transistores que tenía desde los 12 años.

El viernes por la noche fui a la estación Penn y tomé el último tren. Dana no estaba en Montauk; durante las tres horas del viaje había tenido la esperanza de encontrarla a mi llegada. Puesto que las vías terminaban no muy lejos de mi casa, decidí caminar en lugar de llamar para que vinieran a buscarme. Pensé que una caminata me haría bien.

En quince minutos dejé atrás las ventanas oscuras de las tres cuadras del centro comercial de Montauk y trepé la colina escarpada que conducía a las afueras de la ciudad. La noche estaba estrellada y los grillos hacían más ruido que el tránsito. Me pregunté qué le habría pasado a Dana.

Pasé por las ruinas de piedra de la sociedad histórica y por el edificio blanco de la biblioteca de la ciudad, construido en la década de 1960. En mis épocas de escolar, lo visitaba con frecuencia camino a casa a la salida de la escuela.

Peter y yo habíamos hecho ese trayecto por lo menos mil veces, y cada rajadura de la vereda nos resultaba familiar. Habíamos caminado sobre ella, patinado sobre ella y andado sobre ella, a pesar de los climas severos de Long Island, a veces con Peter encaramado precariamente sobre el manubrio de mi bicicleta. Y aunque no nos estaba permitido hacerlo, muchas veces habíamos viajado a dedo por ese camino. Debido a la cantidad de muchachas y muchachos irlandeses sin movilidad que vienen todos los veranos con el propósito de trabajar en las estaciones de servicio, hoteles y terminales de ómnibus, Montauk es uno de los pocos lugares del país donde los conductores aún se detienen en el camino para levantar a desconocidos.

Salí de la 27 hacia la calle Ditch Plains y di la vuelta en la esquina del estacionamiento de la playa. La camioneta de mi padre estaba en el camino de entrada. Supuse que Mack no había terminado de desplumar a los incautos en su partida semanal de póquer.

Si me encontraba levantado cuando volvía a casa, Mack vaciaba sus bolsillos sobre la mesa de la cocina y comíamos juntos un plato de cereal de arroz.

Todas las luces estaban apagadas, así que levanté la puerta del garaje con mucho cuidado para no hacer ruido y entré por la cocina. Tomé una cerveza del refrigerador y me senté a beberla en la oscuridad fresca y agradable. Llamé a Dana, pero sólo me respondió el mensaje del contestador. ¿Qué estaba pasando?

Me quedé sentado a oscuras en la cocina y pensé en la última vez que Peter y yo estuvimos juntos. Dos semanas antes de su muerte cenamos en un restaurante de moda en la calle 2 Este. Nos tomamos dos botellas de vino tinto y nos divertimos mucho. Por Dios, qué muchacho alegre que era. Un poco loco, pero bondadoso. Ni siquiera me molestó que la camarera escribiera su número de teléfono en la nuca de Peter.

Por alguna razón me puse a pensar en el caso *pro bono* del bufete, el de Mudman, y en cómo sería su vida en Texas, en el pabellón de la muerte. Lo que Peter y Mudman tenían en común era la poca importancia que las autoridades otorgaban a sus respectivas vidas. El gobierno valoraba tan poco a Mudman que ni siquiera se molestaba en tener la certeza de que iba a ejecutar al verdadero culpable. Y el asesinato de Peter era algo tan nimio que no requería ninguna investigación.

De pronto un ruido muy fuerte, que provenía de los altos, interrumpió mis pensamientos. ¿*Qué demonios*? Seguramente, alguien había entrado en la casa por la ventana de Peter y tropezado con la cómoda.

Tomé la sartén que estaba sobre la hornalla y corrí escaleras arriba.

16

La puerta del dormitorio de Peter estaba cerrada, pero los gemidos provenían del interior. Empujé la puerta, encontré un poco de resistencia, pero finalmente cedió y tropecé con las piernas del cuerpo caído en el piso.

Incluso en la oscuridad supe que era mi padre. Encendí las luces. Le pasaba algo grave. Estaba enfermo. Era evidente que se había derrumbado y caído al piso, y que ése era el ruido fuerte que oí desde abajo. Giró con violencia sobre la espalda, como si estuviera luchando con alguien que sólo él podía ver. Le pasé el brazo por debajo de la nuca y le levanté un poco la cabeza, pero, igual que un niño en medio de una pesadilla, no podía verme. Miraba hacia adentro, hacia la explosión que se había producido en su pecho.

—Papá, estás sufriendo un infarto. Llamaré a una ambulancia.

Corrí hacia el teléfono. Cuando regresé, tenía los ojos incluso más dilatados y la presión en el pecho parecía peor. Le costaba respirar.

—Aguanta —le susurré—. La ambulancia ya está en camino.

Se le fue el color de la cara, que quedó de un desagradable tono grisáceo. Entonces dejó de respirar y los ojos se le pusieron en blanco. Le abrí la boca y empecé a darle aire.

Nada.

Uno, dos, tres.

Nada.

Uno, dos, tres.

Nada.

Del camino de entrada surgió un chirrido de neumáticos y luego oí fuertes pisadas en las escaleras. De pronto Hank estaba de rodillas junto a mí.

—¿Hace cuánto tiempo que está así?

—Tres, cuatro minutos.

—Bien. Entonces hay posibilidades.

Hank traía un desfibrilador portátil. Estaba dentro de una caja blanca de plástico del tamaño de una batería de automóvil. Se lo conectó a mi padre y enseguida accionó el interruptor que envía electricidad al pecho.

Ahora era yo el que no podía respirar. Permanecí de pie junto a mi padre, incrédulo y como anestesiado. No podía creer lo que estaba sucediendo. Seguramente, subió al cuarto de Peter para rememorar los viejos tiempos.

Cada vez que Hank accionaba el interruptor, el cuerpo de mi padre se sacudía con fuerza.

Pero la línea del electrocardiograma seguía igual.

Después del tercer choque eléctrico, Hank me miró, espantado.

—Jack… se ha ido.

II

La investigación del homicidio

17

Los funerales de mi padre se realizaron dos días después en la iglesia de Santa Cecilia. Cerca de 1000 personas se apretujaron en la pequeña capilla de piedra o permanecieron en la puerta durante el oficio religioso del lunes. A nadie le sorprendió más que a mí la cantidad de asistentes a la ceremonia. Mi padre era un hombre reservado y modesto, todo lo contrario de un individuo jovial y campechano. Por ese motivo, siempre di por sentado que no lo valoraban. Pero no era así.

Monseñor Scanlon contó cómo, a los 16 años, John Samuel Sanders Mullen había partido de Irlanda y viajado solo a la ciudad de Nueva York, donde se alojó con unos parientes en un inquilinato ya atestado de gente llamado "La cocina del infierno". Macklin y mi abuela no pudieron cruzar el océano hasta tres años después, y para entonces ya mi padre había abandonado los estudios para convertirse en aprendiz de carpintero. Incluso después de la llegada de sus padres, fue el único medio de subsistencia de la familia durante varios años.

—Un muchachito de 16 años trabajando 80 horas por semana. ¿Se lo imaginan? —preguntó el monseñor.

Un verano, cinco años después, Sam y su flamante esposa Katherine Patricia Dempsey buscaban un descanso dominical del calor insoportable de la ciudad, así que tomaron el Ferrocarril de Long Island hasta el final de la línea. Cuando se bajaron del tren, se encontraron con una pequeña aldea de pescadores que le recordó a mi padre la que había dejado atrás en el condado de Claire.

—Dos semanas después —dijo el monseñor—, Sam, lleno del amor y de la ambición de un hombre joven, por segunda vez en ocho años se mudó, esta vez a Montauk, donde echó raíces.

Con frecuencia me pregunté por qué mi padre había demostrado tan poco interés por la fiebre del oro que se vivía en Hampton. Ahora comprendí que, cuando llegó a Long Island, era más importante para él valorar lo que ya tenía que desear más.

—Desde que los Mullen llegaron a esta ciudad —continuó

Thomas Scanlon—, tuve la oportunidad de visitarlos en más de
una feliz ocasión en la casa que Sam construyó en la calle Ditch
Plains. Sam Mullen tenía todo lo que se puede pedir: una hermosa casa, una esposa aun más hermosa, un negocio honesto
y, en Jack y Peter, un par de hijos maravillosos, que ya sobresa-
lían en nuestro pequeño pueblo. Peter era un gran atleta y Jack
ya mostraba el talento académico que con el tiempo lo llevaría
a estudiar en la Facultad de Derecho de Columbia.

"Pero entonces —dijo el monseñor—, la desgracia se
abatió sobre los Mullen. Primero fue la muerte prematura de
Katherine Patricia a causa de un cáncer. La semana pasada, la
todavía inexplicable muerte de Peter Mullen, un golpe que sin
duda contribuyó a la muerte de Sam la noche del sábado. Ver
la mano de Dios en alguna de estas cosas obviamente supera
nuestro conocimiento limitado. Sólo les expongo lo que sé que
es cierto. Que esta vida, por corta que sea —y casi siempre es
demasiado corta—, es inmensamente preciosa.

Mack, Dana y yo estábamos sentados en la primera fila.
Detrás de nosotros, se oían sollozos en todo el recinto, pero ni
Mack ni yo vertimos una sola lágrima, al menos esa mañana.
Para nosotros, nada de esto era un misterio divino: era un homicidio. Quien hubiera matado a Peter era también responsa-
ble en parte del infarto de mi padre o, sin duda, de haberle ro-
to el corazón.

Mientras el monseñor continuaba hablando entre las lágrimas de sus feligreses, sentí la presión de la mano de mi abuelo en la rodilla. Vi la desolación en su rostro y en sus insonda-
bles ojos irlandeses.

—Hay un par de misterios en esta vida preciosa —me susurró— y tú y yo vamos a llegar al fondo de esos misterios, con
o sin la ayuda de Dios.

Puse mi propia mano Mullen huesuda sobre la suya y se la
oprimí con fuerza para que los dos supiéramos que acabábamos de sellar un pacto.

De alguna manera, íbamos a vengar a Peter y a mi padre.

18

Si ustedes creen que fue toda una hazaña meter a 1000 personas en una iglesia construida para 200, imaginen lo que fue el amontonamiento de gente delante de nuestra casa en la calle Dutch Plains.

El bar Shagwong se ocupó de las bebidas y el supermercado Seaside, de la comida, y durante seis horas toda la población de Montauk se abrió paso a través de nuestra media docena de habitaciones pequeñas. Creo que todas y cada una de las personas que en algún momento tuvieron contacto con mi padre o mi hermano en los últimos veinte años pasaron por nuestra sala, me estrecharon la mano y me miraron a los ojos.

Los maestros e instructores que se remontaban incluso a nuestra época del jardín de infantes vinieron a casa y describieron el potencial de Peter en tal deporte o en tal otro tema. Lo mismo hicieron los comerciantes que se aseguraron de que a mi padre nunca le faltaran sus elementos de ferretería o sus sándwiches de tocino. Los políticos, desde luego, también estuvieron presentes, lo mismo que los bomberos y los policías; hasta Volpi y Belnap se dignaron venir.

A pesar de lo mal que les habían salido las cosas a los Mullen en Montauk, era imposible no sentir un enorme afecto por sus residentes modestos. Allí a la gente le importa un cuerno lo que hacen sus vecinos.

Sin embargo, al cabo de un par de horas, todas las caras se fundieron. Supongo que para eso son los funerales: para convertir la tristeza en algo borroso. Ésa es la manera de alejar la pena por un instante.

Dana se fue a eso de las siete. Lo comprendí perfectamente, porque no es una gran bebedora. Y agradecí que entendiera que mi deber era quedarme y beber con mis viejos amigos y parientes.

Todos mis amigos estaban allí. Cuando la mayor parte de los invitados se fueron, nos reunimos en la cocina Fenton,

Marci, Molly, Hank y Sammy, los mismos que acudieron en mi ayuda aquella noche en el Memory.

Todos estábamos trabajando en el caso de Peter, o lo que se les ocurriera llamar a lo que le sucedió a mi hermano. Fenton se había esforzado por convencer a la médica forense del condado de Suffolk, una antigua novia suya, de que la muerte de Peter no fuera tratada como un caso rutinario de asfixia por inmersión. Por mi parte, hablé con mis contactos en *Daily News* y *Newsday* con respecto a posibles notas. Les pedí que, por lo menos, vinieran aquí a entrevistar a alguien acerca de lo que realmente sucedió esa noche.

—Corren rumores —informó Sammy con respecto a su clientela clase "A"—. Están comenzando a inquietarse también en la casa de la playa. Los Neubauer ya cancelaron una fiesta prevista para el fin de semana del 4. Sin duda, por respeto.

Todos nos felicitamos. Perfecto, habíamos conseguido que cancelaran esa maldita fiesta.

Pero no todas las noticias eran buenas. Tres noches antes, Hank había entrado en Nichols Café, donde era el chef principal desde la inauguración del local, y lo despidieron en el acto.

—Sin ninguna razón ni explicación —dijo Hank—. La gerente me entregó el cheque de mi último sueldo y me deseó buena suerte. Durante dos días estuve como loco. Después una camarera me lo explicó todo. Nichols pertenece a Jimmy Travalla, un capitalista con un par de cientos de millones. Taravalla mantiene una relación estrecha con Neubauer. Es un invitado frecuente a sus fiestas. Según mi amiga, Neubauer llamó a Jimmy, Jimmy llamó a Antoinette Alois, la gerente, y eso fue todo. *Hasta la vista*. A la fila de los desempleados.

—Y eso no es todo —añadió Molly—. Yo también estuve haciendo preguntas con respecto a la fiesta. Entonces, la otra noche, noté que alguien me seguía. Era un BMW negro. Esta noche vi el mismo vehículo estacionado frente a mi casa.

—Qué extraño —comentó Marci—. Ese mismo cretino me estuvo siguiendo a mí también. Da miedo.

—Prepárense, niños y niñas —intervino Sammy—. El Imperio contraataca.

Pasada la medianoche, después de despedirse con un fuerte y sentido abrazo, se retiró la última persona. Entonces quedamos sólo Mack y yo en esa cocina profusamente iluminada. Serví dos whiskys.

—Por Jack y Peter —brindé.

—Por tú y yo —dijo Macklin—. Somos los últimos que quedamos.

19

A la mañana siguiente de los funerales de mi padre, desperté con una terrible resaca. A eso de las once decidí ir a ver a Dana, en parte para disculparme por no haberle prestado demasiada atención el día anterior, pero más que nada porque necesitaba alguien con quien hablar. Sabía que sus padres no estaban en la ciudad; de lo contrario, no creo que hubiese ido a su casa.

¿Qué se puede decir de la "cabaña de veraneo" de los Neubauer, por la que ellos acababan de rechazar una oferta de compra de 40 millones de dólares? ¿Es real o es Manderly, la famosa casa de *Rebeca*, de Daphne Du Maurier? Nunca pude entrar en esa propiedad sin pensar en lo mucho que Dana amaba esa casa y los campos de casi cinco hectáreas de los alrededores. ¿Y cómo no amarla? ¿Una inmensa casa estilo georgiano rodeada de manzanos? ¿Una magnífica piscina para ejercicio del cuerpo, y una bella laguna, llena de reflejos, para descanso de la mente? ¿Un exquisito rosedal? ¿El jardín estilo inglés? ¿Un sendero circular frente a la casa, construido, al parecer, para automóviles clásicos, y sólo para automóviles clásicos?

Conduje la motocicleta de Peter hasta el garaje, apagué el motor y la estacioné en un lugar discreto. Aunque siempre era bienvenido en esa casa, de pronto me invadió una extraña sensación. Traté de alejarla, pero no lo conseguí.

Oí chapoteos en una de las piscinas.

Alcanzaba a ver la "piscina del norte", como la familia llamaba a la de natación, y de pronto me detuve y sentí un horrible malestar en la boca del estómago.

Dana salía en ese momento del agua y llevaba puesto un traje de baño sensacional, mi preferido. Diminutas gotas de agua le brillaban en la piel y en la *lycra* negra de la tanga.

Caminó en puntas de pie sobre los azulejos pintados a mano de la terraza, hasta una de las *chaise longues* con tapizado a rayas color crema y azul. Sonrió al recibir la calidez del sol.

No pude dar crédito a mis ojos. Instalado con toda comodidad en la *chaise longue* estaba nada menos que Frank Volpi. Lo que me resultó más desagradable fue el aspecto de Frank. No parecía nada agotado por su duro trabajo como detective; al contrario, estaba tan distendido y bronceado como Dana. Ella seguía sonriendo mientras se sentaba junto a él en la reposera. Le apoyó las manos mojadas sobre el pecho, y Volpi le tomó las muñecas con expresión juguetona. La atrajo hacia sí, y Dana le cubrió la boca con la suya. Mientras se besaban, lo único que alcancé a ver fue la parte posterior de su cabellera rubia y las manos de él que le soltaban los breteles del traje de baño.

Quería apartar la vista, salir volando de allí, pero antes de que tuviera tiempo de moverme, el beso terminó.

Entonces Dana miró por encima del hombro de Volpi, y estoy bastante seguro de que me vio antes de que me alejara corriendo hacia la Beemer y enfilara de vuelta al lugar al que pertenecía.

20

Seguí andando durante un buen rato, rápido, demasiado rápido para los caminos secundarios zigzagueantes y llenos de tráfico de la zona este de Long Island. A esas alturas ya me sentía muy mal, pero no por mí... bueno, qué demonios, sí, *por mí*.

Cuando llegué a casa eran más de las cuatro. La casa seguía siendo un caos por el día anterior. Pensé que era mejor limpiar todo antes de que Mack se viera obligado a hacerlo.

En la puerta había una nota. El alma se me cayó a los pies. Tomé el sobre y lo abrí.

El papel era color rosa y estaba perfumado.

La nota decía: "IL8400. El Memory".

Era suficiente. Había recibido mensajes así antes. Dana quería que me reuniera con ella en el motel Memory. Me estaba esperando en ese lugar. Las letras y los números pertenecían a la chapa patente de su Mercedes 4 x 4. Tanto la nota como el perfume sólo podían ser de Dana.

No debería de haber ido al Memory, pero, ¿qué puedo decir?... fui. Tal vez en el fondo soy un tonto sin remedio. O quizá soy demasiado romántico.

Dana estaba allí. Lo que era aun peor, sabía que yo iría. Estaba tan segura de sí misma. Bueno, tal vez me tocaba a mí cambiar eso.

Abrí la puerta del acompañante y me incliné hacia adentro. El Mercedes todavía tenía olor a nuevo. Y también olía al perfume de Dana.

—Siéntate, Jack. Tenemos que hablar —dijo ella con su tono más dulce. Una mano fina y bien cuidada palmeó el asiento.

—Estoy bien así —contesté—. De veras, estoy bien.

—No me parece, Jack.

—Pero es que es así, Dana —afirmé—. Mientras anduve por los caminos durante el último par de horas, de pronto todas las piezas cayeron en su lugar. Los vi a ti y a Volpi conversando ayer en casa. Después te fuiste a eso de las siete y, oh, sorpresa, lo mismo hizo Volpi. El resto te toca a ti completarlo.

De alguna manera Dana consiguió dar la impresión de que estaba enojada conmigo.

—Volpi vino a casa esta mañana, Jack. No anoche. Dijo que era algo acerca de la investigación, pero se apareció con su traje de baño. Así es, Frank.

—¿Y tú lo invitaste a nadar un rato y una cosa llevó a la otra?

Dana negó con la cabeza.

—Jack, no puedes creer que a mí me interesa Frank Volpi.

—Dana —dije—, ¿entonces por qué te estabas besando con él? Me parece que es justo que me respondas.

—Mira, Jack, te diré algo que aprendí de mi padre: *la vida no es justa*. Por eso es que él siempre gana. Así es como se juega. Y, Jack, no es nada más que un juego.

—Dana...

Me hizo callar con un movimiento de la mano, y de pronto caí en la cuenta de que nunca había conocido esa faceta suya.

—Déjame terminar. Sé que no es el momento apropiado, pero hace semanas que lo estoy pensando. Supongo que por eso no fui a buscarte el viernes por la noche. Jack, necesito tomar distancia. De veras, necesito estar sola por un tiempo... Me voy a Europa por un par de meses. Nunca hice nada así. Me refiero a irme sola a Europa.

—Sí, claro, yo tampoco —respondí—. Huir de mis problemas.

—Jack, esto es terrible para mí, no lo hagas más difícil —las lágrimas empezaron a correrle por las mejillas. No podía creer lo que oían mis oídos. Era demasiado espantoso para ser cierto.

—Dime, Dana —dije, por último—, ¿Volpi también se va a Europa contigo?

No esperé su respuesta. Di un portazo y me alejé. Supongo que acabábamos de romper nuestra relación.

21

Esa noche no pude dormir. Me resultaba imposible poner freno a los malos pensamientos y a las imágenes desagradables que desfilaban sin cesar por mi mente. Por fin me levanté y limpié todo el desastre que había quedado en casa después de los funerales de mi padre. A eso de las cinco de la mañana me volví a acostar.

El domingo hice el viaje de una hora y media a la agencia BMW en Huntington. Supuse que Peter había obtenido financiación directamente del representante, y confié en que si me presentaba con la motocicleta y les contaba lo sucedido, quizá me ofrecieran un precio justo por el vehículo.

El único vendedor en la agencia era un individuo musculoso, peinado con cola de caballo y de unos treinta y tantos años, y fui testigo de cómo condujo con gran habilidad a una pareja de jubilados hasta un Tourer plateado de lujo.

—¡Bags! —se presentó el vendedor después de llenar de folletos a sus posibles compradores—. Aunque no sé qué puedo hacer por usted, puesto que ya tiene el transporte más hermoso y mejor construido del mundo, estacionado justo al frente de este local. Créase o no, no hace ni seis semanas que le entregué una motocicleta idéntica a un muchacho de Montauk: con el mismo tono de azul y el mismo asiento Corbin negro.

Le expliqué que no era ninguna coincidencia, y Bags me dio una palmada en el hombro.

—Qué terrible. Escúcheme, conseguirá mucho más dinero por esa motocicleta si pone un aviso en *The New York Times* y la vende por su cuenta.

—Lo único que quiero es saldar el préstamo —le respondí.

Bags abrió más los ojos, y eso que ya eran bastante grandes.

—¿Cuál préstamo? Usted no debe ni un centavo por esa preciosura.

De su escritorio repleto de cosas, tomó la carpeta correspondiente a la operación de venta.

—Aquí está. Peter me giró un cheque por 1900 dólares como depósito del 10% del valor total —dijo, y me mostró una copia—. El saldo lo pagó en efectivo.

Aunque tal vez Bags pensara que me estaba dando una buena noticia, enseguida se dio cuenta de que no era así.

—Mire, si un tipo viene aquí con dinero en efectivo, ¿cómo no le voy a vender una motocicleta? Hasta se la vendería a un miembro del Partido Republicano, en caso de necesidad —dijo, con una risotada.

El cheque era de un banco ubicado a la salida de la autopista de Long Island en Ronkonkoma. Sabía dónde estaba. Cuando éramos niños, el camión de mi padre se averió justo frente a esa institución bancaria, y nos pasamos la mitad de la noche en una estación de servicio cercana. El nombre nos gustó tanto que se transformó en una especie de dicho familiar.

Diez minutos después, fui a Ronkonkoma por segunda vez en mi vida. Me senté frente al escritorio de Darcy Hammerman, la gerente de esa sucursal del Banco de Nueva York. Me dijo que había estado esperando mi llamada.

—Peter lo nombró a usted el único beneficiario, de modo que el saldo es suyo. Podría girarle un cheque ahora mismo, a menos que desee abrir una cuenta aquí, en Ronkonkoma. Supongo que no.

Abrió una chequera del tamaño de un álbum de fotos y, con su mano cuidadosa de banquera, llenó un cheque, en cuyo dorso escribió SÓLO PARA DEPOSITAR.

Entonces, con mucho cuidado, desprendió el cheque y me lo entregó. Era por 187.646 dólares.

Leí las seis cifras con incredulidad. Comencé a parpadear. No me sentía tan mal desde, bueno... desde el día anterior. *¿Qué demonios había hecho Peter?*

22

Necesitaba un amigo con quien hablar y sabía dónde encontrarlo. Hasta tenía una cita con él.

Sammy Giamalva tenía 9 años cuando, con toda naturalidad, le dijo a mi hermano que era hommosexual. A los 11 ya sabía que lo que quería hacer era cortarle el pelo a la gente. Quizá, debido a ese autoconocimiento precoz, Sammy, a pesar de ser uno de los niños más inteligentes de la secundaria de East Hampton, nunca fue un estudiante destacado.

A los 15 dejó los estudios y comenzó a trabajar en el salón de belleza de Kevin Maple. Allí pasó los primeros seis meses barriendo cabellos cortados. Después lo promovieron a lavar cabezas. Seis meses después, Xavier se mandó mudar en medio del trabajo y Kevin le dio a Sammy la oportunidad de atender a los clientes. El resto, como se dice, es historia.

Pero Kevin se aprovechó de él y lo obligó a atender a diez u once clientes por día, y al cabo de un tiempo la gratitud de Sammy se trocó en resentimiento. Tres meses atrás renunció a su empleo y abrió su propio local, Soul Kitchen, en Sag Harbor.

Sammy le había estado cortando el cabello a Peter gratis los domingos y, en un momento de debilidad durante los funerales, se ofreció a hacer el mismo trato conmigo. Enseguida pedí un turno con él y después de regresar de Ronkonkoma subí por el camino de entrada a su casa.

Sammy me recibió con un gran abrazo y después me condujo a un sillón Aeron que había frente a un enorme espejo con marco dorado.

—¿Qué tipo de corte tenías en mente? —preguntó Sammy después de lavarme la cabeza.

—Eso te lo dejo a ti. Dale rienda suelta a tu creatividad.

Sammy puso manos a la obra y con gran habilidad empezó a cortar, mientras se movía con gracia, daba un tijeretazo, hacía una pausa, y apreciaba el corte. El cabello comenzó a caer en mechones sobre las baldosas negras y blancas. Lo dejé trabajar en silencio durante varios minutos antes de hacerle la pregunta cuya respuesta tanto temía.

—¿Peter era traficante de drogas? —observé atentamente a Sammy por el espejo.

Ni siquiera levantó la vista de lo que estaba haciendo.

—Demonios, no. Las compraba.

—Entonces, ¿cómo hizo para comprarse una Beemer flamante y tener una cuenta de 187.000 dólares en el banco? ¿Puedes explicármelo?

Sammy interrumpió el corte.

—Jack, olvídalo. No te va a servir de nada.

—Han asesinado a mi hermano. No puedo olvidarlo. Pensé que querías ayudarme.

Sammy me masajeó la nuca con delicadeza.

—Está bien, Jack. Aquí va la verdad. Peter era la persona que trabajaba con más empeño en el negocio del espectáculo —carraspeó y luego habló con suavidad. Parecía un padre que le cuenta a su hijo, con un poco de retraso, de dónde vienen los bebés.

"De una manera o de otra, todos los que vivimos aquí nos ganamos la vida sirviendo a los ricos. Así son las cosas, Jack. Peter los atendía de una manera más literal que el resto de nosotros.

Empecé a sentir mareos. Y miedo. Estuve a punto de ponerme en pie e irme en mitad del corte de cabello. No cabía duda de que quise mucho a mi hermano, pero me preguntaba si alguna vez lo había conocido realmente.

—¿Le pagaban por tener sexo? ¿Es eso lo que me estás diciendo?

Sammy se encogió de hombros.

—Bueno, no era que cobrara por hora, Jack. Pero se acostaba con algunas de las mujeres más ricas de ese mundo libre y caro, y lo hacía bastante bien. Creí que lo sabías. Pensé que Peter te contaba todo. Supongo que no te mencionó que una de sus damas era tu futura suegra, Campion Neubauer. Y creo que otra fue Dana. Pero, Jack, eso fue antes de que empezaras a salir con ella.

23

Después de despedirme de Sammy, me detuve en un bar llamado Wolfies. Está ubicado en la misma zona boscosa de East Hampton donde Jackson Pollock solía pintar, beber y chocar con los árboles.

Pedí un café solo y una cerveza, y me senté frente a la barra mientras pensaba en mi día y lo que debía hacer a continuación. Finalmente saqué un papel de la billetera y llamé al número de teléfono que aparecía en el dorso.

La áspera voz del otro extremo de la línea pertenecía a la doctora Jane Davis. Hacía diez años que no la veía ni hablaba con ella. En la secundaria nos habíamos hecho buenos amigos, pero, para sorpresa de todos, esa tímida intelectual que figuró en el Cuadro de Honor Nacional, inició una relación con mi compañero de pesca Fenton Gidley.

Jane, quien pronunció el discurso de despedida de nuestro curso, ganó una beca para la Universidad Estatal de Nueva York, en Binghamton y luego fue a la Facultad de Medicina de Harvard. Por Fenton me enteré de que, en los años siguientes, Jane hizo su residencia en Los Ángeles y dirigió el servicio de traumatología en un hospital de Saint Louis, antes de sufrir un colapso por agotamiento. Ahora era jefa de patología del hospital de Long Island y jefa de médicos forenses del condado de Suffolk.

Jane todavía tenía que quedarse una hora más en el laboratorio, pero dijo que podía reunirse conmigo más tarde y me dio la dirección de su casa en Riverhead.

—Si llegas allí antes que yo, ¿podrías sacar a pasear a Iris? —preguntó—. Las llaves están debajo de la segunda maceta. Y no te preocupes, es una perra adorable.

Procuré llegar bien temprano e Iris, una weimaraner elegante y de ojos claros, se mostró muy agradecida. Era del tamaño de una doberman, pero Iris era afectuosa, no una luchadora. Cuando abrí la puerta, se puso a saltar, a ladrar y a patinar por el piso de madera con sus uñas afiladas.

Durante los quince minutos siguientes, me arrastró por esa diminuta subdivisión y orinó en sus límites caninos invisibles. Quizá fue eso lo que nos unió para toda la vida, y mientras estábamos sentados muy satisfechos, hombro a hombro, en el porche del frente de la casa, se acercó el Volvo azul de Jane.

Una vez en la cocina, Jane sirvió cereal para Iris, café para mí y una copa de oporto para ella. En los diez años transcurridos, su falta de garbo y su flacura extrema se habían transformado en una elegancia atlética, y seguía poseyendo la misma inteligencia.

—Se ha producido una pequeña merma en la cantidad de muertes sospechosas en Long Island —dijo Jane—. Así que he tenido mucho tiempo para ocuparme de Peter —tiró de las orejas translúcidas de Iris y me miró muy seria.

—¿Y qué encontraste? —le pregunté.

—En primer lugar —respondió Jane—, Peter no se ahogó.

24

Jane metió la mano en una mochila de cuero y dejó caer en la mesa una carpeta rotulada "Mullen, Peter 5/29". Después sacó una tira de diapositivas en color y sostuvo una contra la luz de la cocina.

—Mira esto —dijo, entrecerrando los ojos—. Son fotografías de células que tomé del interior de los pulmones de Peter. ¿Ves la forma y el color que tienen en el borde?

Las diapositivas mostraban un grupo de pequeñas células circulares del tamaño de una moneda de un centavo y teñidas de rosado.

Jane sacó otro juego de diapositivas.

—Éstas son del tejido pulmonar de un hombre al que sacaron del canal de Long Island cinco días antes. Las células medían casi el doble y eran mucho más oscuras. Eso se debe a que la víctima de una asfixia por inmersión lucha por tratar de respirar y se llena de agua los pulmones. Las células como las de Peter son iguales a las que encontramos en cuerpos arrojados al mar *después* que dejaron de respirar.

—¿Entonces cómo murió?

—Como su cuerpo lo indica —respondió ella mientras volvía a meter con cuidado las diapositivas en sus fundas de plástico—. Lo mataron a golpes.

Volvió a abrir la carpeta y sacó varias fotografías en blanco y negro.

—Sé que viste a Peter esa noche en la playa, pero el agua fría retarda la tumefacción y limita el descoloramiento. Debo advertirte que en estas fotos su aspecto es mucho peor.

Jane me pasó las fotografías. La cara golpeada y desfigurada de Peter era irreconocible. Tuve que esforzarme para no apartar la vista. En la playa, sus facciones casi perfectas estaban intactas en gran medida. Pero en las fotos, la piel tenía un horrible tono grisáceo. Los moretones le conferían el aspecto de una bolsa de arena humana para boxeadores.

Jane volvió a buscar en la carpeta y sacó las radiografías

que documentaban el ataque en términos de huesos fractura-
dos. Eran docenas. Con la punta de la lapicera me indicó una
ruptura limpia en la parte superior de la columna vertebral de
Peter.

—Esto fue lo que lo mató —dijo.

Moví la cabeza con incredulidad. La furia que venía incu-
bando desde hacía dos semanas se estaba volviendo incontro-
lable.

—¿Qué hay que hacer, entonces, para demostrar que alguien fue asesinado? ¿Extraerle una bala de la cabeza? —pregunté, enojado.

—Es una buena pregunta, Jack. Hace dos semanas envié
mi primer informe al Departamento de Policía de East Hampton y a la oficina del fiscal de distrito, y no he tenido noticias
de ellos.

Durante todo el camino de vuelta de la casa de Jane mal-
dije en voz alta a Frank Volpi. Él tenía los informes de la autopsia de Peter y no había hecho absolutamente nada. Todavía hablaba de muerte por asfixia por inmersión, de suicidio. ¿Cómo
demonios podían encubrir algo así? ¿Contra quién tenía que
enfrentarme?

Cuando esa noche llegué tarde a casa, Mack roncaba sobre
el sofá del living. Le quité los anteojos y los zapatos, lo cubrí
con una manta liviana y lo arropé. No podía soportar despertar-
lo y contarle todo lo que había descubierto.

De pronto comprendí. Fui a la cocina y llamé por teléfono
a Burt Kearns, el reportero del *East Hampton Star* que me había
dado su número en los funerales de mi padre. Diez minutos
después, Kearns estaba en la puerta de casa con una grabado-
ra y dos libretas para notas.

—Por Dios —exclamé—, eres más rápido que la comida
china.

25

Kearns debe de haber trabajado toda la noche, porque cuando fui al porche a buscar el *Star*, vi que se había desatado el escándalo. Por fin. Todo estaba en primera plana. En grandes titulares, se destacaba la misma pregunta que me había estado haciendo hasta entonces: ¿CÓMO MURIÓ PETER MULLEN?

Debajo, aparecía todo lo que le había contado la noche anterior a Kearns en la cocina: desde lo absurdo de pensar que a Peter o a cualquier otra persona se le hubiese ocurrido nadar en el mar esa noche, hasta las pruebas abrumadoras de que había recibido un castigo físico atroz, cuestión ignorada adrede hasta el momento. La nota también insinuaba la posibilidad de que hubiese existido una aventura entre Peter y Campion Neubauer.

Todo el artículo estaba lleno de culposas evasivas, tales como "sin comentarios", "no devolvió las repetidos llamadas telefónicas" y "se negó a responder", por parte del detective Volpi y los alarmados representantes de Campion y Barry, y las Empresas Mayflower. La poderosa pareja seguía tratando de llevar a cabo la compra de la compañía de juguetes Boontaag y, al parecer, la muerte de Peter no justificaba un sencillo cambio de itinerario.

Apoyaba la agresiva nota un indignado editorial que exigía una investigación a fondo de la muerte de Peter: "El hecho de que el Departamento de Policía de East Hampton no haya interrogado siquiera a Barry y Campion Neubauer con respecto a una muerte ocurrida en su propiedad, mientras la víctima trabajaba para ellos durante la fiesta, es absurdo". Y concluía así: "El hecho pone en evidencia una vez más, de modo inquietante, las notorias y frecuentes faltas de equidad que se cometen en nuestro sistema de justicia penal".

Leí con cuidado la nota y después busqué a Mack y se la leí.

—Es un principio —bufó él.

Durante la semana siguiente, la nota conmocionó al East End como una tormenta de verano. Era imposible entrar en un restaurante o una tienda sin oír comentarios cargados de sospechas. Desde luego, Fenton, Marci, Molly, Hank, Sammy y yo hacíamos lo posible para que la historia de Peter permaneciera viva en la mente de la gente. Lo que para mí había empezado como una búsqueda se estaba convirtiendo en una obsesión.

La cobertura de la prensa no se limitó a nuestro semanario local. La revista New York envió a un reportero y a un fotógrafo, y dos canales de televisión neoyorquinos transmitieron bloques casi idénticos con un periodista de impermeable que recorría la playa iluminada por la luna donde el mar había varado el cuerpo de Peter.

Una tarde recibí la llamada de Dominick Dunne, el reportero-novelista, cuya hija murió asesinada hace varios años, y que se convirtió en un temible comentarista durante el famoso caso del ex boxeador y actor O. J. Simpson.

—Mis editores de Vanity Fair me ruegan que me ocupe de esta historia —me explicó—, pero sucede que detesto Hampton en verano.

—A mí me ocurre lo mismo, pero usted debería escribir esa nota. Mi hermano fue asesinado.

—Tiene razón. Lo siento si me mostré petulante. Mientras tanto, quería decirle que no permita que esos hijos de puta se salgan con la suya.

Me recordó a Mack.

En Nelson, Goodwin y Mickel, me metí de lleno en el caso de Mudman. Asocié lo injusto de su ejecución prevista y el encubrimiento del asesinato de Peter. Preparé una refutación de 200 páginas a la respuesta del juez a nuestra reciente solicitud de una prueba de ADN en Texas. Al socio más antiguo del bufete le encantó y dijo que era el mejor trabajo que había visto de un pasante.

No era nada sorprendente, porque ésa era la razón principal por la que había decidido ser abogado.

26

Fenton Gidley les estaba poniendo carnada a los anzuelos en la cubierta de su barco, cuando el Arreglador se acercó en una embarcación de seis metros de eslora. Apagó el motor y se dirigió al pescador rubio y fornido que casualmente era el mejor amigo de Jack Mullen.

—Hola, Fenton, ¿cómo anda la pesca? —preguntó el Arreglador con voz altanera y un poco insolente.

Gidley levantó la vista y se topó con un hombre grandote y con una cicatriz en la mejilla. No tenía tiempo que perder en conversaciones inútiles.

—¿Lo conozco de algún lado?

El Arreglador sacó una Glock de 9 mm y apuntó a Gidley.

—Creo que vas a desear no haberme conocido. Ahora, lo que quiero es que te pongas de pie, pero bien despacio. Bueno, veo que obedeces órdenes. Me gusta eso en un perdedor. Y ahora salta al agua, Gidley. Salta o te meteré una bala entre los ojos. Eso me va a alegrar la mañana.

Fenton lo hizo, se hundió por unos instantes y luego apareció en la superficie. Llevaba pantalones cortos, camisa hawaiana desteñida y botas de trabajo. Tenía que quitarse las botas.

—Déjatelas puestas —dijo el Arreglador. Se inclinó por la borda de la embarcación y miró fijo a Gidley. Y entonces sonrió.

—Hoy vas a morir aquí. Para ser más preciso, te vas a ahogar. ¿Quieres saber por qué?

Gidley era mucho más inteligente de lo que parecía. Estaba muy atento a la situación y buscaba una salida. Pero no la había.

—¿El asesinato de Peter Mullen? —preguntó. Ya le estaba costando mucho mantenerse a flote. El mar estaba frío y agitado, y las botas eran un estorbo.

—Peter Mullen no fue asesinado… —dijo el Arreglador—. Se ahogó, tal como te sucederá a ti. Pienso quedarme aquí hasta que te sumerjas por última vez. Así, no tendrás que morir solo.

Y eso fue lo que el Arreglador hizo. No dejó de apuntarle a Gidley y lo miró con sólo un mínimo de interés. Bebió un té helado directamente de la botella. Tenía una mirada fría e inexpresiva, como la de un tiburón.

Gidley era un muchacho fuerte que disfrutaba de veras la vida. La primera vez no se sumergió hasta casi media hora después de saltar al agua.

La segunda vez se produjo apenas unos minutos después. Cuando luchó por subir a la superficie, tosía agua de mar y espuma, y sentía que se asfixiaba.

—Peter Mullen *se ahogó* —le gritó el Arreglador—. ¿Ahora lo entiendes? ¿Comienzas a sentir cómo es ahogarse en el mar?

Finalmente, Fenton se echó a llorar, pero no iba a suplicarle a ese hijo de puta que le perdonara la vida. No significaba mucho, pero era algo.

Fenton se hundió de nuevo en el mar y enseguida tragó una bocanada de agua salada. Esta vez sintió que el pecho estaba apunto de estallarle. Se quitó las botas —qué demonios— y dejó que se hundieran hasta el fondo. Entonces subió a la superficie por última vez. Quería matar a ese desgraciado, pero todo parecía indicar que sucedería lo contrario.

Fenton no podía creer lo que vio esta vez cuando logró salir a la superficie. La embarcación se estaba alejando.

—Me debes una, Fenton —le gritó el tipo a través del ruido del motor—. Me debes tu estúpida vida.

Fenton también recibió el resto del mensaje: *Peter Mullen se había ahogado. Así debían ser las cosas.*

Fenton flotó de espaldas un momento hasta juntar las fuerzas necesarias para nadar hacia su barco.

27

Era un día de mucha actividad y sin duda productivo para el Arreglador.

Con aspecto inocente en sus pantalones cortos, la camiseta enorme y una gorra de los Cardenales de Saint Louis con la visera baja casi tapándole los anteojos Ray-Ban, pedaleaba tranquilo por la calle Ditch Plains en una bicicleta alquilada. Al pasar frente al número 18 miró la propiedad fijamente y luego soltó las manos del manubrio y siguió pedaleando.

—Mira, mamá, sin manos —le dijo a esa tarde sin nubes.

Unos metros más allá dobló hacia el estacionamiento del motel East Deck y dejó su bicicleta entre la hilera de vehículos de todo tipo junto a las dunas.

Después, con un tubo de protector solar, la más reciente novela de Grisham en la mano y una gran toalla de playa sobre el hombro, regresó hacia la casa en Ditch Plains, arrastrando los pies de modo exagerado, como un empresario de vacaciones. Ahora venía la parte difícil.

A dos puertas de la casa de los Mullen, cortó camino por una casa grande en construcción y enfiló hacia la playa de Ditch Plains. Pero de pronto, como si se diera cuenta de que había olvidado algo, dobló hacia la puerta de atrás de la casa de los Mullen.

Sacó un alambre del bolsillo del pantalón y trató de abrir la cerradura. Cuando los primeros dos intentos fracasaron, se dio cuenta de que la maldita puerta ni siquiera estaba cerrada con llave.

"Es una advertencia", pensó al entrar. "No seas demasiado creativo." Durante una hora siguió su propio consejo: revisó cajones, armarios y bibliotecas. Pero en los lugares obvios no encontró lo que buscaba. Tampoco en el hueco húmedo debajo de la escalera y el diminuto altillo.

Comenzó a transpirar. En esa maldita casa no había aire acondicionado. Revisó la parte de atrás de cada cuadro colgado en las paredes y espió el interior de las tapas de viejos álbumes de larga duración de los Beatles y el Kingston Trío. Después revisó los roperos, que estaban atestados con recuerdos de los Mullen.

¿Dónde mierda lo escondiste, Peter?

Esto es importante, pedazo de porquería. Podría morir mucha gente, incluyendo tus compañeros, los Mosqueteros. Hasta tu brillante hermanito.

Así que, ¿dónde lo metiste, fiambre de mierda?

Al cabo de otros 30 minutos estaba de tan mal humor, que lamentó ver el viejo Datsun de Mack en el camino de entrada. Después de todo, si ese viejo chiflado lo hubiera pescado en medio de la búsqueda, no le habría quedado más remedio que matarlo.

Tal vez debería matarlo de todos modos. Que la ciudad derrame algunas lágrimas más por esos pobres muchachos Mullen. Pero no, esas actitudes eran propias de aficionado. Ya había causado suficientes problemas por un día.

Esperó junto al porche hasta oír que la puerta del garaje se levantaba con un chirrido y entonces salió con el mayor sigilo por la puerta de atrás y se alejó de prisa en dirección a la playa.

Maldición, Peter. ¿Dónde mierda escondiste el salame, compañero?

28

El miércoles por la mañana, en Nueva York, a las ocho en punto, ya estaba instalado en mi oficina diminuta. Todo parecía salir mal. Sonó la campanilla del teléfono. Incluso antes de contestar, me dije por lo bajo: "Uyuyuy, ¿y ahora qué?".

Era Fenton, que me llamaba desde la isla.

—Qué bueno oír tu voz —dije.

—¿Sí? Entonces espera a oír lo que tengo que decirte —y pasó a contarme lo que le había sucedido el día anterior junto al barco. Cuando terminó, lo único que quería era regresar corriendo a Montauk, pero ¿de qué serviría?

—¿Tienes alguna idea de quién era ese individuo?

—Te apuesto lo que quieras a que es uno de los hijos de puta que mató a Peter.

Después de recomendarle a Fenton que se tranquilizara y que tuviera mucho cuidado, permanecí sentado frente a mi escritorio, sintiéndome impotente. Sammy tenía razón. El Imperio contraatacaba. Y mis amigos eran sus víctimas.

El único momento agradable de mi día sucedió entre las 9:35 y las 9:37. Pauline Grabowski, la investigadora privada, vino a mi oficina con una rosquilla.

—Compré dos bien azucaradas y sólo comeré una —me dijo, y sonrió.

—¿Seguro? —pregunté y le devolví la sonrisa.

—Completamente segura. ¿Estás bien? ¿Hoy vas a salvar a Mudman en Texas?

—Eso espero. Gracias por pensar en mí. Y por traerme esta cosa tan dulce.

—De nada, joven Jack. Es sólo una rosquilla.

Mi mejor amigo había estado a punto de ahogarse y yo comía una rosquilla y flirteaba. No estaba bien. Pero ¿qué se le va a hacer?

A media mañana recibí una llamada de Laura Richardson, la asistente ejecutiva de William Montrose. Montrose, el socio más antiguo y presidente del consejo de administración, quería verme. Me dije que si estaban por despedirme no lo haría el poderoso Montrose en persona, sino algún empleado del área de recursos humanos.

Aun así, ese pensamiento no logró quitarme el sabor amargo de la boca.

29

La puerta del ascensor se abrió en el piso 43, y al salir de él transpuse el umbral del paraíso corporativo. La hermosa Laura Richardson me esperaba. Era una mujer afroestadounidense alta y majestuosa, cuya piel lustrosa opacaba el revestimiento de madera de las paredes. Mientras me conducía por un largo corredor a la oficina de Monty, no dejaba de mostrar su hermosa sonrisa. Todo el piso estaba como envuelto en una calma y una quietud sobrenaturales.

—No te preocupes. Tampoco yo he logrado acostumbrarme del todo —dijo Montrose, refiriéndose a la vista panorámica que se veía desde el ventanal de nueve metros. Estaba sentado al lado de su socio Simon Lafayette en un sillón de cuero negro. Detrás, se extendía Manhattan, desde las Naciones Unidas hasta el puente de Williamsburg. La punta iridiscente del edificio Chrysler brillaba justo en el centro. Me recordó —entre otras cosas— a Pauline Grabowski y su increíble tatuaje.

—Ya conoces a Simon —continuó Montrose e inclinó la cabeza hacia él. No me ofreció que tomara asiento.

Sobre una pared colgaban las fotografías de su esposa y de cinco niños. Las imágenes en blanco y negro transmitían la majestad de los retratos oficiales de la realeza. El hecho de que tuviera tantos hijos era, en sí mismo, una ratificación de su status.

—Justamente le estaba comentando a Simon del estupendo trabajo que estás haciendo por "Lucha por la Inocencia". De primera. Todos piensan que eres una persona muy especial, Jack, no sólo alguien digno de trabajar aquí, sino una persona con cualidades de futuro socio.

Su sonrisa se desvaneció de pronto, y entornó apenas los ojos azul plateados.

—Jack, perdí a mi hermano hace unos años, así que comprendo lo que debes estar sintiendo en estos momentos. Pero también me veo en la obligación de decirte algo que obviamente no sabías, porque de lo contrario no hubieses actuado como lo has hecho últimamente. Barry y Campion Neubauer y su compañía, Empresas Mayflower, son clientes muy importantes de nuestra firma. Jack, estás en la cima de algo muy especial —añadió Montrose, y con un gesto abarcó toda la metrópoli—. Y poner en peligro tu trabajo no les va a devolver la vida a tu hermano ni a tu padre. Sé bien cómo te sientes, Jack. Piénsalo. Todo es muy lógico y estoy seguro de que lo entiendes. Sé que en este momento estás muy ocupado, de modo que te agradezco que te hayas tomado el tiempo para tener esta charla con nosotros.

Me quedé inmóvil, como petrificado, pero mientras trataba de encontrar la respuesta apropiada, Monty se volvió hacia Simon y me dio la espalda.

Nuestra reunión había terminado. Unos segundos después la preciosa Laura me condujo de vuelta al ascensor.

30

Mientras esperaba al ascensor, empecé a odiarme a mí mismo, tanto como se suele odiar un muchacho de 28 años. Que es mucho. Por fin llegó el ascensor, pero cuando las puertas se abrieron en mi piso, no pude moverme.

Me quedé mirando el largo pasillo que conducía a mi oficina y me imaginé una larga marcha de veinte años que, si tenía suerte y me convertía en un ser despreciable e inescrupuloso, me llevaría al piso 43. No pasó nadie por allí, porque de lo contrario habrían llamado a los de seguridad. O, quizá, a la enfermera de la compañía.

Dejé que las puertas del ascensor se cerraran. Volvieron a abrirse en el vestíbulo de mármol.

Con enorme alivio salí a la asoleada y sucia avenida Lexington. Durante dos horas caminé por las calles atestadas de gente y me sentí muy agradecido de formar parte de esa multitud anónima. Pensé en Peter, en mi padre y en la advertencia que había recibido Fenton. Y también estaban Dana y Volpi, la casa de la playa, y el Imperio que extendía sus garras hasta las oficinas de Nelson, Goodwin y Mickel. Las conspiraciones no son mi fuerte, pero era innegable la conexión que existía entre muchos de los acontecimientos más recientes.

La caminata me llevó hacia un pequeño parque que daba al río Este. Supongo que, en realidad, era el mismo río que dividía en dos la vista de Montrose, la que me había mostrado como si fuera un recuerdo de familia. Me gustaba más aquí abajo. Me recosté contra la baranda alta y negra y me pregunté qué debía hacer. En la oficina de Montrose, el edificio Chrysler me había recordado a Pauline. Ya que debo ser el único en la ciudad que no tiene teléfono celular, puse una moneda en un teléfono público en una esquina ruidosa y le pregunté a Pauline si quería almorzar conmigo.

—Hay una plaza linda y pequeña con una cascada en la calle 50, entre la Segunda y la Tercera —dijo—. Elige lo que desees comer y reúnete allí conmigo. ¿Qué es lo que quieres, Jack?

—Te lo diré durante el almuerzo.

Enseguida me fui para allá. Alcancé a ver a Pauline mientras se abría paso por la acera repleta de gente, con la cabeza gacha y la cola de caballo castaño rozándole su clásico traje azul. A pesar de todo lo ocurrido esa mañana, no pude evitar una sonrisa. Pauline casi no caminaba, sino que se deslizaba entre el gentío.

Encontramos un banco vacío pegado a la pared, y Pauline abrió un paquete que contenía un sándwich de pollo con pan integral. Era un sándwich inmenso para una mujer tan esbelta, y ella lo sabía.

—¿No vas a comer nada? ¿Es así cómo conservas tu buena figura... *muriéndote de hambre*?

—No tengo tanta hambre —respondí. Entonces le conté mi visita a la cima del mundo mientras me escuchaba y comía. En sus ojos vi comprensión, luego indignación y, cuando le hablé de la vista maravillosa de su tatuaje desde la oficina de Monty, cierta alegría.

La ciudad está llena de mujeres que, con imaginación y estilo, pueden sacar mucho provecho de su apariencia, aunque no sean bellas. Pauline hacía lo posible por disimular la suya. Pero con la luz en la cara, era imposible ocultarla, y confieso que me tomó desprevenido.

Ya estaba enterada de la relación que existía entre los Neubauer y el estudio jurídico, y por su parte había hecho una pequeña investigación.

—Personalmente, Barry Neubauer no me gusta. Tal vez pueda ser encantador para algunos, pero a mí me produce escalofríos. Mayflower tiene una cuenta con el servicio de acompañantes más caro de la ciudad —dijo Pauline—. No es nada insólito en ciertas corporaciones. El servicio es como una cooperativa, Jack. Sólo se necesitan algunas cartas de recomendación, se hacen entrevistas y es preciso mantener un saldo de 50.000 dólares. Eso lo sabe todo el mundo. Pero no lo que te diré ahora —continuó—. Hace dos años una de sus acompañantes más prestigiosas se ahogó cuando, al parecer, se cayó de un yate durante un paseo a la luz de la luna con Neubauer y sus amigos. Nunca encontraron el cuerpo, y Nelson, Goodwin y Mickel manejaron el asunto con tanta eficiencia que jamás llegó a los periódicos.

Me quedé con la vista fija en el cemento e hice una mueca.

—¿Cuál es el precio actual por una acompañante muerta? —pregunté.

—500.000 dólares. Más o menos lo mismo que un departamento de un dormitorio. La muchacha sólo tenía 19 años.

La miré a los ojos mientras ella terminaba su sándwich y se limpiaba las migas.

—Pauline, ¿por qué me estás contando todo esto?

—Quiero que sepas en qué te estás metiendo, Jack. ¿*No lo entiendes*?

En ese momento lo entendí, y no pude evitar lo que hice a continuación.

—Pauline, ayúdame en el caso de Peter —le pedí—. Trabaja ahora para los buenos.

—No me parece que sea algo que me permitirá ascender en mi carrera —respondió Pauline—. Pero lo pensaré.

Se puso de pie y se fue. La observé mientras caminaba hasta la Tercera, y luego desapareció en la marea de peatones del centro.

31

—Lo que quiero —insistió Rob Coon con un entusiasmo contagioso— no es otro precioso jardín inglés clásico, sino un auténtico laberinto donde entras por un lado y tardas algunos días en encontrar la salida.

Marci Burt y su cliente de jardinería ornamental, una posible mina de oro, estaban sentados en uno de los reservados asoleados del Estia, y bebían café con leche mientras procuraban asimilar la hermosura de la idea.

Coon, el heredero de 30 años de la familia más importante del país en playas de estacionamiento, explicó cuál era la fuente de su inspiración:

—La otra noche alquilé *Los vengadores*. Salvo por Uma, no valió gran cosa. Pero el laberinto me fascinó.

—Sería un proyecto fabuloso —asintió Marci y, a pesar de los dólares que brillaban en el aire, lo dijo en serio—. Lo ideal es hacerlo de manera que sea posible cambiar el diseño para que nadie se aburra.

A Coon se le iluminó la cara.

—Genial —dijo.

Los dos se sumieron en una conversación entusiasta acerca de los tipos de setos y arbustos más duraderos, de libros de paisajismo y de los posibles modelos. Hablaban de la necesidad de un viaje de investigación a Escocia cuando Coon se quedó callado en la mitad de una frase.

El detective Frank Volpi y otros dos hombres de traje oscuro acababan de entrar en ese popular restaurante de Amagansett. La mirada de Coon los siguió hasta el reservado del fondo.

—¿Los conoces? —preguntó Marci.

—El tipo alto de barba es Irving Bushkin. Muchos lo consideran el mejor abogado penalista de los Estados Unidos. Si alguna vez llego a matar a mi mujer, lo llamaría a él sin pensarlo dos veces. Creo que el que está a su izquierda es el fiscal del distrito del condado de Suffolk, Tim Maguire.

Coon no reconoció a Volpi, pero Marci sí, y comprendió que la reunión podía tener algo que ver con la muerte de Peter.

—Bob —dijo Marci—, éste es el mejor encargo que me han hecho en toda mi vida. Pero necesito 30 segundos para hacer una llamada telefónica.

Fue entonces cuando me llamó a la oficina, y yo ubiqué a Kearns en el *Star*. Menos de cinco minutos después, se oyó el chirrido de neumáticos delante del café, y Kearns, micrófono en mano, estaba de pie junto a la mesa de Volpi.

—¿Qué lo trajo a la ciudad? —le preguntó Kearns a Irving Bushkin y, aunque no obtuvo respuesta, continuó, impertérrito, con su interrogatorio—. ¿Quién es su cliente? ¿Su visita se relaciona con la investigación acerca de la muerte de Peter Mullen?

Petiso y obeso, con manos regordetas y pecosas, el aspecto de Kearns no resultaba amenazador, pero tenía agallas. Según Marci, los acribilló con preguntas hasta que Volpi le advirtió que lo arrestaría por acoso. Incluso entonces sacó una cámara y tomó una instantánea del famoso visitante y sus compañeros.

Pero ésa no fue la mejor parte. Después de la partida de Kearns, Megan, la camarera que había tomado el pedido, se acercó y les informó que se había producido una confusión.

—Me temo que se nos acabó el especial de pastas —dijo.

—Son las 12:10 —protestó Volpi, pero la camarera se limitó a encogerse de hombros.

Hubo muchas más protestas antes de que los tres cambiaran su pedido a hamburguesas con queso y un sándwich gigante de pavita. Minutos después, Megan reapareció con más malas noticias.

—Tampoco nos queda eso —le informó—. En realidad, casi no nos queda nada.

En ese momento Volpi, Irving, Bushkin y el fiscal de distrito Tim Maguire salieron del restaurante hechos una furia. Media hora después, con un apretón de manos, Marci cerró un trato para armar lo que prometía ser el único laberinto inglés auténtico en Hampton. Al menos por una semana.

32

Por suerte para Mudman, y supongo que también porque yo todavía no estaba preparado para echar por la borda toda mi carrera legal, regresé a Nelson, Goodwin y Mickel y pasé allí todo el viernes trabajando en la última apelación. Por la mañana volví a revisar sus registros del juzgado y me indignó comprobar lo poco que se había esforzado el abogado designado por el tribunal.

Almorcé con Pauline, quien me contó que seguía pensando en mi ofrecimiento de trabajar para los buenos. No sé de qué más hablamos, pero de pronto eran las tres de la tarde y corrimos de vuelta a la oficina. Cada uno por su lado.

Durante el resto de la tarde redacté una respuesta al juez de Texas. Si se me permite decirlo, estuve persuasivo. Cuando envié una copia por correo electrónico a Exley, ya eran más de las once de la noche.

Aunque me sentía bien con respecto a mi día, en cuanto volví a subirme a la motocicleta de Peter y bajé el visor de su casco azul, comencé a rebobinar mi vida como un deprimente video viejo. Hacer un examen de conciencia no era una buena idea en ese momento. No lograba descubrir demasiados actos generosos y desinteresados en mi vida.

Desde luego, no me costó nada encontrar las cosas malas. El incidente más abominable que se me cruzó por la mente había ocurrido siete años antes. Sucedió en Middlebury, cuando acababa de cumplir 21 años. Por ese entonces Peter tenía 13. En sus vacaciones de invierno, decidió venir a pasar un fin de semana largo con su hermano mayor. Una noche salimos en el automóvil de mi compañero de cuarto para comprar comida china. Camino de vuelta al dormitorio, un policía local nos detuvo por una luz trasera rota. Se portó como un reverendo hijo de puta y decidió revisar el vehículo a fondo.

Ahora se me ocurre que esa noche en particular el policía desempeñaba el papel de lugareño y nosotros éramos los niños ricos de mierda. Por eso no se detuvo hasta tener entre los dedos un cigarrillo de marihuana. Le expliqué que el auto pertenecía a mi compañero de cuarto y que nosotros no teníamos idea de que hubiera drogas en el baúl. Pero no me hizo caso, y nos llevó a Peter y a mí a la comisaría para ficharnos por posesión de drogas.

Cuando llegamos allí, Peter dijo que el porro era suyo. Me quedé callado. Peter aseguró que era una tontería. Entre mis planes, estaba el de ingresar en la Facultad de Derecho; en cambio Peter no pensaba siquiera en ir a ninguna universidad. Yo era un adulto y él era menor de edad, así que no podían hacerle nada.

Pero, por supuesto, eso fue precisamente lo que convirtió en mucho más grave lo que *no hice*. Vaya modelo que fui para mi hermano menor.

Recordé el momento exacto en que el policía me miró y me preguntó si era cierto que el porro era de Peter, y simplemente me encogí de hombros.

Recordar ese incidente una vez más sobre la motocicleta de Peter fue una mala idea. Sentí un escalofrío en todo el cuerpo, y tuve que concentrarme para no salirme de la autopista a Long Island. Una semana después del arresto en Vermont, el caso se declaró nulo por registro indebido. Nunca me disculpé ante mi hermano por lo mal que me había portado. Más allá de lo que hubiese hecho para que lo asesinaran, quizá contribuí sin saberlo a que transitara por ese camino traicionero y peligroso.

33

Una agradable risa femenina me despertó el sábado por la mañana poco antes de las diez. Macklin estaba haciendo gala de sus encantos con un fratacho. A juzgar por la forma en que esa risa maravillosa interrumpía sus narraciones, no se trataba sólo del fratacho.

Mientras bajaba por las escaleras, me pregunté qué mujer joven y bonita había venido a visitarnos un sábado por la mañana como para inspirar de esa manera a Macklin.

Cuando entré en la cocina, Pauline Grabowski me sonrió desde la mesa. Parecía sentirse tan cómoda como si toda su vida hubiese venido a casa a charlar con Macklin.

—Tenemos una visita —dijo Mack— que dice ser amiga tuya. Y es tan hermosa que no puedo criticarla por tener un amigo como tú.

—No sabía que te gustaban las mujeres con tatuajes.

—Yo tampoco —respondió Mack, atónito—. Durante 86 años he vivido una mentira.

Por la forma en que Pauline se rió entre dientes me di cuenta de que estaba fascinada con Mack.

—Por favor, no lo alientes —le rogué—. Es peor que darles de comer a los animales en el zoológico.

—Buenos días, Jack —dijo ella, interrumpiendo nuestro juego—. No tienes muy buen aspecto.

—Gracias. Tuve una noche difícil en mi trabajo. Pero, aunque no lo parezca, estoy por lo menos tan contento como Mack de verte.

—Bueno, tomemos un café. Tenemos que trabajar.

Llené un jarro grande con café y lo llevé al porche de atrás, donde Pauline se sentó junto a mí en el escalón superior. Después de mi larga noche, su inesperada presencia fue casi angelical, y estaba tan atractiva con su camiseta de moda, los *jeans* cortados y las zapatillas rojas, que tuve que controlarme para no mirarla embobado.

—Esto te prueba que trabajo para los buenos. Espero que no sea una terrible equivocación de mi parte.

Pauline sacó dos hojas de papel con una larga lista de nombres en cada una.

—Éstos son todos los que estuvieran en la fiesta de la casa de la playa el fin de semana de Memorial Day —dijo sobre la más larga—. Y esta otra es una lista de todas las personas que trabajaron allí.

El tercero de arriba hacia abajo era "Peter Mullen, *valet*", y nuestro número de teléfono.

—¿Cómo hiciste para conseguir esto? —le pregunté—. Lo intenté, pero sin éxito. En este momento existe mucha paranoia.

—Tengo un amigo que es un pirata informático muy talentoso, sin muchos escrúpulos. Lo único que necesitó fue la dirección del correo electrónico de la persona que organizó la fiesta y el nombre de su página en Internet.

Se hizo un silencio incómodo. A pesar de todos mis esfuerzos por no hacerlo, miré a Pauline boquiabierto.

—¿Por qué me miras así?

—Supongo que me sorprende un poco que hayas decidido hacer esto —respondí.

—A mí también. Así que no lo echemos a perder.

34

—Empecemos con el personal de servicio —sugirió Pauline—.
Al menos, con los que todavía no has hablado.

La primera llamada telefónica que dio sus frutos fue a uno
de los compañeros de Peter, Christian Sorenson, cuya novia,
harta, contestó después de una docena de llamadas.

—Dice Christian que está en el Bar de Almejas lavando platos —dijo ella, con voz malhumorada desde el otro lado de la línea—. Lo más probable es que esté en cualquier otra parte.

El Bar de Almejas es una cabaña sencilla, pero pretencio-
sa, que queda sobre la 27, entre Montauk y Amagansett. El servicio es mínimo y el decorado, inexistente, pero el ambiente y
las grabaciones de viejos *reggae* clásicos que suelen tocar la ha
convertido en una institución. En pleno verano hay que esperar una hora para gastar 40 dólares por un almuerzo.

Pauline y yo tuvimos la suerte de encontrar asientos frente a la barra y pedimos un par de tazones de sopa de mariscos.
Casi parecía una cita.

Vi a Sorenson inclinado sobre la pileta, y un momento
después salió de la cocina con un delantal mojado y guantes de
látex.

—No te aconsejo que me des la mano —me saludó.

Le presenté a Pauline. Ella le explicó que estábamos tratando de averiguar un poco más sobre lo que le había sucedido a Peter la noche de la fiesta. Christian se alegró de poder
ayudarnos.

—Estuve trabajando toda la noche en la fiesta. Confieso
que me sorprendió un poco que la policía nunca intentara hablar conmigo.

—Por eso estamos aquí, en parte —le dije—. La policía
está tratando todo el asunto como si fuera un accidente o un
suicidio.

—De ninguna manera —respondió Christian—, pero tal
vez la policía tiene miedo de que alguien importante esté involucrado en la muerte de Rabbit.

—Bueno, si la policía te hubiera entrevistado —intervino Pauline—, ¿qué les habrías dicho?

Sorenson cruzó sus musculosos brazos y contó su historia. Fue entonces cuando la cosa se puso interesante.

—En primer lugar y como de costumbre, Peter llegó tarde, así que los demás estábamos bastante enojados. Pero, también como de costumbre, se puso a trabajar con todo, así que nos amigamos. Entonces, justo antes de que desapareciera, vi que Billy Collins, que esa noche trabajaba como camarero, le pasaba una nota.

—¿Cómo sabes que era una nota? —preguntó Pauline.

—Porque lo vi desdoblar el papel y leerlo.

—¿Después le preguntaste a Billy Collins si sabía de qué se trataba? —preguntó ella.

—Tenía intenciones de hacerlo, pero no volví a cruzarme con él.

—¿Sabes dónde podríamos encontrarlo?

—Lo último que supe fue que trabajaba en el campo de golf del parque Maidstone, como ayudante de profesionales. Es un buen jugador de golf y pretende participar en el minitorneo o algo así, pero creo que sólo le permiten practicar.

—Parece un buen trato—dije.

—No tan dulce como esto —dijo y levantó los diez dedos de goma.

—Muchísimas gracias, Christian —dijo Pauline—. Y, a propósito, tu chica te envía saludos.

—¿En serio?

35

—Estoy impresionado —le dije a Pauline cuando salimos y nos dirigimos a su automóvil.

—Eso es lo que sé hacer, Jack. Y a veces hasta los profesionales tienen suerte. Esa noche eran ocho los encargados de estacionar los autos. Fuimos afortunados en encontrar justo al que vio algo. Dime, ¿dónde queda Maidstone? ¿Estoy vestida para ir a ese lugar?

Había vivido allí toda mi vida, pero hasta esa tarde nunca había pisado el terreno sacrosanto del Maidstone Country Club. Por otro lado, no estaba solo. El Maidstone, construido sobre el Atlántico y diseñado como un antiguo campo británico de golf, no pretendía promover, exactamente, un acercamiento con la comunidad.

Por exclusivo que parezca Maidstone, no resulta difícil entrar. No hay guardias de seguridad en la entrada. Ni siquiera una verja. Un par de visitantes en un Volkswagen de veinte años de antigüedad puede llegar sin problemas hasta el enorme club de piedra, estacionar el vehículo y comenzar a caminar hacia el campo. Y si te comportas como si tuvieras todo el derecho de estar allí, a nadie se le ocurriría echarte.

No sé si alguno de ustedes ha estado alguna vez en un club campestre como Maidstone, pero se tiene la sensación de estar rodeado de una calma terapéutica, como si todo el lugar, desde el césped bien cuidado hasta el sol sin nubes, hubiera tomado un sedante y después se lo hubiera tragado con un martini. No me costaría nada acostumbrarme a esa vida.

Fue muy sencillo localizar a Billy Collins: era el que realizaba un tiro perfecto tras otro con el palo n° 5. Era también el único golfista en el campo.

—Hola, Jack. ¿Qué te parece este lugar? —dijo, sin soltar el palo de golf y señalando con los codos ese paisaje idílico antes de enviar otra pelota volando por el aire—. Es uno de los mejores campos de golf de Long Island, pero muchos de sus miembros son viejos o tienen otras casas de veraneo, así que el campo está vacío gran parte del tiempo.

—¿Cómo anda tu juego? —le pregunté.

—Un desastre —respondió Collins después de lanzar un golpe perfecto con el palo n° 5.

Pauline se acercó a propósito un poco más a Collins, para que dejara de practicar.

—Queremos hablar contigo porque Christian Sorenson dijo que te vio entregarle una nota a Peter. Fue justo antes de que él desapareciera aquella noche en la casa de los Neubauer.

Me gustaba la manera en que Pauline hablaba con la gente. No trataba de mostrarse ruda ni tampoco seductora. No actuaba en absoluto.

—Sí, decididamente hubo algo extraño —respondió Collins, y apoyó el palo de golf en el suelo.

—¿Qué quieres decir?

—La nota estaba escrita en un papel rosa y perfumado, pero me la entregó un tipo que estaba con otro tipo.

—¿Los conoces?

—No. A juzgar por el físico, se me ocurrió que podían ser los entrenadores físicos de los Neubauer. Pero no tenían la postura perfecta ni la energía adecuada. Y tampoco estaban tratando de conseguir más clientes multimillonarios en la fiesta. Además, eran viejos. Tenían alrededor de 40 años.

—¿Por qué no llamaste a la policía? —preguntó Pauline.

—El día que encontraron el cuerpo de Peter, llamé tres veces a Frank Volpi. Pero jamás me devolvió las llamadas.

36

El atardecer resplandecía en el cielo cuando salimos de Maidstone y avanzamos por Further Lane, uno de los lugares más elegantes de la ciudad. Es el tipo de calle en la que las casas que valen cinco millones de dólares se destacan por su modestia. Sólo la calle West End, con Georgica Pond y las propiedades como Quelle Barn y Grey Gardens, le hacen la competencia.

—En las afueras de Detroit —dijo Pauline—, en Birmingham y en Bloomfield Hills, hay algunos barrios elegantes donde viven los ejecutivos de las fábricas de automotores, los grandes jugadores de básquetbol y hockey, pero no son nada en comparación con esto. Cuando era niña, solíamos ir a Birmingham a ver las luces de Navidad. Nadie tiene idea de lo exagerado y ridículo que llega a ser todo por aquí. Esas personas compran casas que valen diez millones de dólares y después las hacen demoler.

Las mansiones se sucedían unas a otras, y por elegantes que fueran los hogares, había algo raro en el vecindario. Parecía dibujado en colores, un suburbio muy de clase alta, con Ferraris en lugar de camionetas, y sin rastros de niños por ningún lado.

—Vivimos en épocas extrañas —comenté—. Todo el mundo cree que le falta poco para ser rico. En mi opinión, es algo que le ponen al agua.

—Juego a la lotería todas las semanas —dijo Pauline—. Y bebo agua envasada.

La conversación volvió al tema del homicidio de Peter y su investigación.

—En realidad, saqué a todos mis amigos del caso —le conté.

—¿Por qué hiciste eso, Jack?

Le conté a Pauline lo sucedido a Fenton en el barco, cómo lo despidieron a Hank, y que alguien había estado siguiendo a Marci y Molly.

Pauline se limitó a asentir.

—Recuerda lo que te dije acerca de las grandes ligas, joven Jack.

—Tengo 28 años, Pauline.

—Ajá —respondió ella y asintió. Luego metió la mano en el bolso que llevaba al hombro y sacó un arma pequeña—. ¿Alguna vez le disparaste a alguien? ¿Alguna vez te dispararon?

—¿Y tú? —le pregunté yo.

—Ya te lo dije. Soy de Detroit.

Vi cómo los ojos alegres de Pauline se concentraban en el camino y cómo le flotaban los cabellos con la brisa, y comprendí que lo mejor que podía hacer era callarme y sonreír. Porque estar junto a Pauline me hacía sentir feliz. Tan simple como eso.

—Quédate a cenar —dije— y te llevaré a la pizzería de Sam. En un buen día, está a la altura de las mejores y más prestigiosas.

—Son grandes elogios, pero tengo que regresar. Lo dejaremos para otra ocasión.

—¿Qué te parecerían alcauciles y tocino, el *yin* y el *yang* de las pizzas?

—Veo que no te das por vencido.

—En realidad, cuando se trata de mujeres, suelo desalentarlas con bastante facilidad.

—Quizá ya es hora de que dejes de hacerlo.

37

Mi motocicleta —supongo que ahora es mía— seguía estacionada frente a la casa. Pauline me dejó allí, y me quedé observando las luces traseras de su auto mientras se alejaba hacia Manhattan.

Me pareció que era demasiado temprano para acostarme. Estaba un poco dolido por el rechazo de Pauline a mi invitación a cenar. Pauline me gustaba y pensé que yo también le gustaba. Pero claro, también había creído que Dana me quería. Así que, como no tenía ningún lugar especial donde ir y nadie con quien ir, me subí a la Beemer y enfilé hacia el oeste.

Justo al salir de la ciudad doblé hacia la autopista Old Montauk, un camino muy transitado, llena de subidas y bajadas, que nos había producido a Peter y a mí los primeros cosquilleos agradables en la entrepierna. La apodamos La Perturbadora, porque si subíamos a gran velocidad por la colina, empezábamos a sentirlos.

Esa noche pensé en Peter y también en Pauline cuando aceleré la moto y empecé a sentir la velocidad y el viento. "Viva La Perturbadora", pensé.

De pronto me encontré de vuelta en la 27, pasando frente a condominios de tiempo compartido y lujosos restaurantes de moda. Cada vez que montaba la moto lo hacía mejor. Aprendía cómo inclinarme en las curvas y comenzaba a dominar el ritmo del embrague y el acelerador. Tal vez era por influencia de mi hermano.

Cuando salí de la 27 hacia la calle Bulla, se me ocurrió que quizás estaba yendo por el mismo camino que tomó Peter en su última noche. No me pareció una coincidencia.

La propiedad de los Neubauer quedaba a menos de un kilómetro y medio por esa ruta. Cuando vi los portones abiertos, frené sin pensarlo y los transpuse. Cien metros más adelante apagué el motor y las luces. Luego comencé a bajar hacia la playa.

Dejé la moto entre los arbustos de la última duna, me quité las zapatillas y me senté en la arena fría a pocos metros del mar.

Todo el lugar me recordó la noche que me llevaron allí para ver el cadáver de Peter. La luz de la luna tenía la misma intensidad. Las olas eran tan grandes y tan estruendosas.

Mientras reflexionaba, la marea subió y me mojó los talones. Retrocedí enseguida, aturdido. A nadie en su sano juicio se le ocurriría salir a nadar en medio de la noche en un mar como éste.

De pronto descubrí que me estaba quitando la ropa, que gritaba como un loco y corría derecho hacia las olas.

A nadie se le ocurriría meterse en el agua sin una buena razón... ¿no es así?

¿Podría haberlo hecho Peter? Ése me pareció un buen momento para averiguarlo.

El agua estaba helada, y eso que estaba menos fría que cuando Peter supuestamente se ahogó. Después de dar tres pasos, los pies y las piernas comenzaron a dolerme. Pero seguí corriendo hacia la primera ola y me zambullí debajo de la cresta de la siguiente.

Como aturdido, nadé con furia hacia adentro y conté 30 brazadas. Cuando me detuve, ya había dejado atrás la rompiente. La seguridad de la playa parecía a kilómetros de distancia.

Durante lo que me parecieron minutos aunque seguramente fueron menos de 30 segundos, estuve flotando entre las olas iluminadas por la luna. Hice inspiraciones profundas y lentas y, de alguna manera, mi cuerpo se adaptó un poco al frío.

Peter no habría hecho eso. Demonios, no. Peter detestaba el frío... además, Peter amaba a Peter.

Podía controlar la respiración, pero no mi mente. Estaba metido en ese inmenso océano oscuro y comenzaba a sentir miedo.

Empecé a nadar hacia la playa con la misma desesperación con que me había alejado de ella. A mitad de camino, con el cuerpo ya entumecido por ese frío cruel, me dejé llevar demasiado por una ola a punto de romper.

De pronto el mar se alejó y caí a los tumbos en un espacio negro. Sentía que me hundía en una nada terrorífica, de la que trataba de salir. Entonces las olas volvieron a apoderarse de mí. Estaba perdido en un remolino negro. Tuve la sensación de que me estaban enterrando vivo. No podía respirar. Una y otra vez las olas me golpeaban como bloques de concreto de un edificio que se desmoronaba. Y me golpeaban contra el fondo cubierto de conchillas.

De alguna manera recordé que lo que se debe hacer es dejar de luchar. Me oprimí la nariz y me concentré en contener la respiración. Segundos después, volví a salir a la superficie, tratando con desesperación de tragar aire.

No estaba preparado para la segunda ola. Era más pequeña, pero fue la que me atrapó de verdad. Cuando me hundió, tragué agua. Si no hubiera pensado en toda las mentiras que Mack iba a tener que escuchar también acerca de mi suicidio, tal vez me hubiese dado por vencido. Las olas parecían tener vida propia. Fue como si media docena de arietes la emprendieran contra mí. Aguanté, un segundo por vez, hasta que el mar por fin me escupió y repté hacia la playa.

Aunque Jane Davis ya me había dicho que mi hermano no se había ahogado, tenía que probarlo por mí mismo.

Y supongo que lo hice. *Peter no había ido a nadar aquella noche. Mi hermano había sido asesinado.*

III

La indagatoria

38

Muy temprano por la mañana, un lunes de agosto, me di vuelta en mi cama de Montauk y suspiré muy contento. Cada muerte de obispo a Mack se le mete en la cabeza preparar "un desayuno como la gente" y, aún no despierto del todo, sólo necesité percibir un leve aroma para saber que en la planta baja Mack ya estaba en plena tarea.

Bajé corriendo las escaleras y lo encontré agachado frente a la cocina. Toda su atención estaba puesta en las cuatro hornallas encendidas. Movía los brazos con la misma furia de Toscanini cuando dirigía una orquesta en Carnegie Hall.

Inhalé el aroma de ese *bouquet* grasoso y observé al maestro en acción. Mack estaba friendo demasiadas cosas a la vez como para que me arriesgara a hablarle en ese momento tan delicado. En un variado conjunto de sartenes y cacerolas, el tocino, las salchichas, las morcillas, además de papas, hongos, tomates y porotos colorados, se preparaban con estruendo para un gran final de placer. Saqué las mermeladas, empecé a exprimir las naranjas y, cuando Mack me dio la señal, metí el pan en la tostadora.

Cinco minutos después, la sinfonía había concluido. En una corrida excitada de pinzas, cucharones y espátulas, el contenido de cada recipiente fue transferido a dos platos grandes. Los dos tomamos asiento y comenzamos a mezclar en silencio los rojos, amarillos, negros y marrones, según nuestro gusto genéticamente determinado. Parecía que apenas habían pasado unos segundos desde que las últimas rebanadas de pan entraban en la tostadora para el operativo final de limpieza y bebíamos en silencio nuestro té irlandés.

—Que Dios te bendiga, Mack. Es mejor que el sexo.

—Entonces lo estás haciendo mal —respondió, mientras bajaba una tostada con mermelada con un gran trago de té.

—Tendré que seguir practicando —prometí, le serví otra taza de té y salí al porche a buscar el periódico. Lo leí antes de entrar de nuevo en la casa y luego lo dejé caer junto a su plato lleno de restos de comida. Sabía que eso estaba por suceder, pero ahora era oficial.

—Disfruta con esto.

Me asomé por encima de los hombros huesudos de Mack y leí una vez más el hermoso titular: SE REALIZARÁ UNA INDAGATORIA SOBRE LA MUERTE SOSPECHOSA DEL HOMBRE DE MONTAUK. A continuación leímos el artículo con la misma atención reverente que le habíamos brindado a nuestro desayuno.

Por primera vez en dos meses me sentí con ánimo de festejar. Golpeé el aire con el puño. Estábamos demasiado llenos para ponernos a saltar, así que recurrí al gabinete de las bebidas alcohólicas y a las siete de la mañana, con el festín todavía asentándose en nuestros estómagos y mentes, nos tomamos un buen trago de whisky.

—¡Salud, Jackson! —brindó Mack.

—¿Te das cuenta de lo que hemos hecho? —dije, muy excitado—. Le dimos un susto al maldito sistema.

—El maldito sistema es una vieja ramera muy inteligente, Jack. Mucho me temo que lo único que hicimos fue enfurecerla.

39

Esa semana, en la oficina, mantuve la cabeza baja. Literalmente. Pensé que si no asomaba la cabeza por la puerta, a nadie se le ocurriría cortármela. No lo recomiendo como estrategia en el trabajo, pero en ese momento no pensaba en quedarme mucho tiempo en Nelson, Goodwin y Mickel, ni en ninguna otra parte.

Ya que aún no habíamos recibido respuesta con respecto a Mudman, contaba con tiempo para pensar en la futura indagatoria.

Pauline me llamó temprano el jueves por la mañana y me pidió que almorzara con ella. Dijo que era "importante", y Pauline no es exagerada. Me sugirió un lugar a trasmano en la Primera Avenida y la calle 50, llamado Rosa Mexicana.

Cuando llegué, la vi sentada a una mesa en un rincón del fondo. Como de costumbre, usaba un traje oscuro y el pelo peinado en una cola de caballo. Como de costumbre, estaba espléndida. Pero también parecía ansiosa o, quizás, apurada.

—¿Estás bien?

Hacía casi una semana que no la veía, y la había echado de menos. La noté nerviosa y tuve la horrible sensación de que se disponía a decirme que trabajar en el caso de Peter había sido un gran error y que por fin había recobrado la cordura. Quizá la habían amenazado.

—Cuanto más repaso la carpeta de los Neubauer —dijo Pauline en un susurro—, más desagradable me resulta.

—¿Más desagradable que arrojar a mujeres jóvenes de los yates?

—He pasado más tiempo del que dispongo revisando sus antecedentes. Me remonté a cuando él estaba en Bridgeport. Bridgeport no es exactamente Greenwich y lotes de una hectárea y media. Es una zona de pandillas y urbanizaciones. En 1962 y de nuevo en 1965 —prosiguió Pauline—, cuando Neubauer tenía poco más de 20 años, él y un individuo llamado Bunny Levin fueron arrestados por extorsión.

—¿Tiene antecedentes criminales? Qué bueno.

—No es nada bueno. En ambos casos se retiraron todos los cargos cuando los testigos clave de la fiscalía de pronto cambiaron su testimonio. Uno de los testigos incluso desapareció.

—¿De modo que no podemos echar mano de nada de esto en la indagatoria?

—Eso no fue lo que quise decir, Jack.

—Si quieres dejar el caso, Pauline, sólo dímelo, por favor. Ya me has ayudado muchísimo. Entiendo lo que me estás diciendo acerca de Neubauer.

Se le contrajo la cara y pensé que estaba a punto de llorar. Pero se limitó a mover la cabeza.

—Hablo de ti, Jack. Escúchame. Esas personas se deshacen de los problemas.

Deseaba inclinarme y besarla, pero me dio la impresión de que estaba asustada, de modo que no me pareció una buena idea. Por último, extendí el brazo debajo de la mesa y le rocé la mano.

—¿Eso por qué fue? ¿Porque me importa? —preguntó Pauline.

—Sí, porque te importa.

40

Pauline nunca se había comportado así en toda su vida. Ni nada parecido. Cuando salieron de Rosa Mexicana, se sentía nerviosa y expuesta.

—Creo que no deberíamos volver juntos al trabajo —anunció.

Jack logró esbozar una leve sonrisa, pero Pauline lo dejó en medio de la calle levemente aturdido, mientras desaparecía por la avenida. Sin mirar atrás, se dirigió al oeste rumbo a la Tercera, caminó diez cuadras hacia el centro de la ciudad, luego dobló de nuevo al oeste y entró en la estación Gran Central, donde el tren número 6 aguardaba con las puertas abiertas.

En cuanto las puertas se cerraron, Pauline se tranquilizó. Ir al centro siempre era agradable. Y el hecho de hacer ese trayecto en mitad del día le agregaba un escalofrío agradable y juguetón.

Se bajó del tren en la estación Canal y siguió a pie hacia el centro hasta llegar a las pesadas puertas de lo que una vez fue una fábrica de fajas en la calle Franklin.

Un intercambio de zumbidos le permitió entrar en un ascensor de servicio que se abría directamente a un desván repleto de una gran variedad de elementos pertenecientes a la extravagante colección de su dueña. Pauline pasó junto a una polvorienta camilla para masajes, un cello, y zancos de circo, hacia las luces de la pared más alejada.

Sólo cuando llegó al fondo de ese espacio vio la cabellera ondeada de su hermana Mona, inclinada bajo la luz de su mesa de trabajo. Estaba soldándole un broche a un aro circular de oro con grabados que parecían jeroglíficos.

Dos años antes Mona había colgado sus zapatos de cha-cha-chá por la seguridad de una carrera como diseñadora *avant-garde* de joyas. En los últimos meses sus aros, collares y anillos, todos realizados en piezas fundidas de auténticas tapas de alcantarilla, se vendían a lo loco en las boutiques más caras de Manhattan y Los Ángeles.

Mona no se dio cuenta de que tenía visitas hasta que Pauline se sentó junto a ella en el banco y frotó su cuerpo contra el suyo como un mimoso gato siamés.

—Dime, ¿cómo se llama? —preguntó Mona sin apartar la vista de un aro de oro de 24 quilates.

—Jack —contestó Pauline—. Se llama Jack. Es fabuloso.

—Podría ser peor —comentó Mona—. Podría llamarse John o Chuck.

—Supongo que sí. Se trata de un muchacho del trabajo que vive con su abuelo y cuyo hermano fue asesinado. Lo conozco desde hace tres meses y ya me hizo hacer cosas que podrían costarme todo lo que tengo. Lo que realmente me desconcierta es que estoy más preocupada por él que por mí. Mona, creo que es alguien que de veras tiene principios.

—Parece que tuvieras ganas de acostarte con él. ¿Es así?

—Sí. Salvo que todavía ni siquiera nos hemos besado. Es muy atractivo. Lo mejor de todo es que no lo sabe.

—Típico de ti —dijo Mona—. ¿Y qué quieres que te diga?

—No necesito que me digas nada. Sólo que me abraces.

Mona se apartó de su soldador, se quitó los guantes y rodeó con los brazos a su hermana sensata, avispada y absolutamente romántica.

—Ten cuidado —le dijo—. Ese Chuck tuyo parece demasiado bueno para ser cierto.

41

Estaba haciendo algunas investigaciones legales en favor de Mudman. De hecho, la tarea se parecía mucho a un seminario de asesoría legal para defensores en el que había participado esa primavera en la Universidad de Columbia. Tenía un par de publicaciones del Colegio de Abogados desparramadas sobre el escritorio. También, una obra sobre técnicas de enjuiciamiento, de Thomas Mauet, a quien sus estudiantes de Derecho llamaban simplemente "Mauet".

Sonó la campanilla del teléfono y contesté. Maldición; era Laura Richardson, la asistente ejecutiva de Montrose.

—Bill me pidió que te preguntara si podías subir —dijo.

—No es un buen momento para mí —respondí—. Estoy hasta la coronilla de trabajo.

—Te esperaré junto al ascensor.

La llamada provocó en mí el mismo flujo de adrenalina que la anterior. Esta vez tenía menos miedo de lo que Montrose podía decirme que de mi reacción. Para bajar un poco mi ritmo cardíaco, caminé con lentitud por todo el piso antes de subir al ascensor.

—¿Qué te demoró? —preguntó Laura cuando llegué al piso 43.

En lugar de acompañarme a la oficina de Monty, me llevó a una sala de reuniones pequeña pero elegante, y me ubicó frente a una mesa renegrida iluminada por cuatro reflectores de techo. *¿Qué significa todo esto?*

—Vendrá en un par de minutos —dijo Laura antes de cerrar la puerta—. Aguarda aquí.

Si han trabajado en una gran corporación, puede que también hayan sido víctimas de esta clase de violencia incruenta. Primero se nos convoca a una reunión urgente, y después nos recibe una asistente que con toda cortesía nos pide que nos sentemos y esperemos.

Hice lo que se me indicó, pero estaba furioso. *¿Por qué estoy sentado aquí, con las manos sobre las rodillas? ¿Por qué lo tolero?* Al cabo de más o menos diez minutos, ya no pude quedarme sentado en esa especie de silla eléctrica, y salí de la habitación.

Cuando Richardson me vio caminando en libertad, pensé que haría sonar la alarma.

—Voy al cuarto de baño —le expliqué.

La expresión de Richardson fue de enorme alivio.

Cuando regresé a la sala de reuniones, Barry Neubauer me estaba esperando. En lugar de la sorpresa o el desconcierto que quizá debiera haber sentido, me enojé. Era la primera respuesta concreta de Neubauer a la muerte de Peter.

—Hola, Jack —me saludó—. No sé si alguien te lo mencionó, pero soy cliente de este estudio jurídico.

Neubauer se puso sobre los hombros el saco de su traje italiano negro hecho a medida y se sentó. Traté de mantener la calma. Después de todo, no era más que un hombre común y corriente de mediana edad, sólo que pulido y bien asesorado por un especialista en imagen. Cada detalle, desde su bronceado perfecto hasta su corte de pelo perfecto y sus anteojos con armazón de plata que valían 1000 dólares, daban prueba del lugar especial que ocupaba en el mundo.

—¿Sabes por qué estoy aquí, Jack?

—¿Porque decidió por fin que había llegado el momento de darme el pésame? Qué conmovedor.

Neubauer golpeó el puño contra la mesa.

—Escúchame bien, hijo de puta insolente. Es evidente que se te ha metido en la cabeza que yo tuve algo que ver con la desgraciada muerte de tu hermano. Así que en lugar de hacer tu investigación de aficionado, pensé que preferirías hablar directamente conmigo.

No me invitó a sentarme, pero igual lo hice.

—Muy bien. ¿Por dónde empezamos?

—No asesiné a Peter. Tu hermano me caía bien. Era un buen chico, con un excelente sentido del humor. Y, a diferencia de los otros novios de Dana, tú también me gustabas.

No pude reprimir una sonrisa.

—Es agradable saberlo. ¿Cómo está Dana?

—Dana sigue en Europa, Jack. Unas pequeñas vacaciones. Ahora, escúchame. La única razón por la que te estoy hablando en este momento es el respeto y el afecto que siento por mi hija. No seas tan ingenuo como para creer que puedes difamarme en la prensa, violar mi propiedad y entrar en las computadoras de mis colegas sin pagar las consecuencias. Estás advertido, Jack. Y es una advertencia amistosa porque, como te dije, me caes bien.

Mientras Neubauer hacía gala de su poder, pensé en Fenton hundido en el agua con las botas puestas, a Hank sin trabajo, a Marci y Molly con miedo de conducir sus automóviles. Cuando me harté, me puse de pie y rodeé la mesa con rapidez.

Le doblé el brazo y lo agarré del cuello de manera que no pudiera moverse. Los veranos que trabajé en la construcción de casas y en el astillero de Jepson me habían hecho mucho más fuerte que él, a pesar de su preparación física con entrenadores personales.

—Usted cree que nadie puede tocarlo —susurré, con los dientes apretados—. Pues se equivoca. ¿Lo ha entendido? —y le oprimí el cuello un poco más.

—Estás cometiendo un grave error —respondió Neubauer, con una mueca. Era evidente que sentía dolor y eso me satisfacía.

—No, es *usted* el que comete un grave error. Por las razones que sean, se involucró en el homicidio de mi hermano. Los hechos se ocultaron, y mis amigos recibieron amenazas por tratar de averiguar a la verdad.

Neubauer volvió a tratar de soltarse, pero lo sujeté con firmeza.

—¡Suéltame, hijo de puta! —me ordenó.

—Sí, claro —dije, y por último lo solté.

Me dirigí a la puerta, pero de pronto me frené y giré hacia Neubauer.

—De alguna manera, sea como fuere, se le hará justicia a mi hermano. Se lo prometo.

Neubauer tenía el pelo revuelto y el saco arrugado, pero había recuperado gran parte de su compostura.

—Y tú vas a terminar como tu hermano —respondió—. Te lo prometo.

—Bueno, Barry, supongo entonces que los dos sabemos a qué atenernos. Y me alegra que hayamos tenido esta breve conversación.

42

Bajé con plena conciencia de que acababa de arruinar mi trabajo en el estudio jurídico Nelson, Goodwin y Mickel, y quizá mi carrera de abogado.

No sé si valió la pena, pero pensé que no tenía otra opción. Tarde o temprano alguien debía enfrentar a Neubauer. Y me alegraba de que ese alguien hubiese sido yo.

Traté de llamar a casa —quería contarle a Mack lo que acababa de suceder y pedirle consejo—, pero la línea de mi oficina estaba muerta.

—Dios Santo —susurré—, son más rápidos de lo que creí.

Dos minutos después sonó la campanilla del teléfono. Mi asistente ejecutiva favorita del piso 43 estaba en la línea.

—Creí que me habían cortado el teléfono —le dije a Richardson.

—Lo único que no puedes hacer es llamadas —respondió—. Dime, ¿cómo una persona como tú terminó en un lugar como éste? —preguntó.

—Por algún error del bufete.

—Bueno, ya se corrigió. El señor Montrose quiere hablar contigo.

Apareció en la línea.

—¿Qué fue de aquel muchacho entusiasta y ambicioso que prácticamente me suplicó que le diera un empleo? —preguntó Montrose—. Te abrimos una puerta que casi siempre está cerrada para alguien como tú, y nos pegas un portazo en las narices. El único trabajo decente que hiciste fue en un caso *pro bono* sin ningún valor.

—¿Qué fue de la "Lucha por la Inocencia"? —pregunté—. Exley me dijo que era el alma de Nelson, Goodwin y Mickel. Eso me convertiría a *mí* en el alma del bufete.

—Pasaste a la historia, Mullen —dijo Montrose, y cortó la comunicación.

Cinco minutos más tarde, un par de fornidos guardias de seguridad —uno afroestadounidense y el otro, hispánico—

montaban guardia junto a la puerta de mi oficina. Los conocía del equipo de fútbol del estudio.

—Jack, nos han ordenado que te acompañemos a la puerta del edificio —me informó el más bajo y gordo de los dos. Se llamaba Carlos Hernández y me caía bien.

—También nos dijeron que te diéramos esto —dijo, y me entregó un papel llamado Documento de Separación.

—"Con efecto inmediato, cesan las actividades de Jack Mullen en Nelson, Goodwin y Mickel por uso impropio del tiempo y los recursos de la compañía, y conducta perjudicial para la firma" —leí en voz alta.

—Lo lamento —dijo Carlos, y se encogió de hombros.

Ojalá hubiese podido decirles que cuando transpuse la brillante puerta giratoria y salí a la calle, me sentí aliviado. Lo cierto es que estaba tan asustado como Montrose y Barry Neubauer querían que estuviera. De pronto mis amenazas contra Neubauer me parecieron ridículas y huecas. Sabía que había hecho lo correcto, pero ¿por qué me sentía tan tonto?

Aturdido, me dirigí a la Biblioteca Pública de Nueva York y al hermoso salón de lectura con revestimiento de madera, donde solía pensar en mi futuro cuando tomaba el tren a la ciudad mientras estaba en la secundaria.

Le escribí una carta a Mudman. Le di la noticia de que su antiguo fiscal al fin estaba dispuesto a entregar las viejas pruebas de su caso para confrontar el ADN. Le deseé suerte y le pedí que se mantuviera en contacto conmigo si podía.

Llamé a Pauline desde un teléfono público, pero atendió el contestador automático, y no pude soportar la idea de dejarle un mensaje.

Después atravesé la ciudad hasta la estación Penn y una vez más volví a Montauk con la cabeza gacha. Durante todo el camino a casa estuve tratando de resolver el mismo acertijo: *¿Qué puedo hacer para arreglar esto?*

43

Fenton levantó su copa y brindó por mi repentina salida del carril rápido.

—Hiciste bien, hijo mío. Volviste a nuestro nivel, tal vez un poco más abajo.

—Te echamos de menos —dijo Hank—. Bienvenido de regreso al mundo real.

Era viernes por la noche en el motel Memory. Todos los integrantes de nuestro club estaban presentes y, con la fecha fijada para la indagatoria, flotaba en el aire cierta *joie de vivre* desafiante.

En este grupo, mi calidad de desempleado no merecía condolencias. Pese al gran auge económico, el mayor de la historia, y al hecho de que una cantidad obscena de dinero caía a raudales a nuestro alrededor, muy poco nos tocaba a nosotros.

Cuando nos pusimos a conversar, se hizo evidente que todos figurábamos en la misma lista negra. Tampoco éramos paranoicos: alguien estaba *decidido* a eliminarnos.

—He estado golpeando todas las puertas de la ciudad y no conseguí nada —dijo Hank—. Incluso lugares como Gilberto's, donde sé que están tomando gente, no quisieron ni verme.

—Algún hijo de puta ha estado cortando mis redes —señaló Fenton—. ¿Saben lo difícil que es reparar una red? Para no mencionar que me da miedo salir solo en el barco.

—Mi historia es aun peor —intervino Marci—, porque me involucra a mí. Hace dos semanas ese millonario del estacionamiento de Georgica Pong me contrató para diseñar el primer laberinto auténtico de Hampton. Anoche me llamó y me dijo que le encargará el proyecto a Libby Feldhoffer. Le dijeron que si me lo daba a mí, la comisión planificadora de la ciudad jamás aprobaría los planos.

—¡Libby Feldhoffer! —saltó Molly, hecha una furia—. Su trabajo es tan ordinario.

—Sabía que me apoyarías, querida.

—No quería contártelo, pero esta mañana alguien canceló su turno de las once y media a último momento —dijo Sammy, provocando una respuesta inmediata de rechiflas.

En esas circunstancias, confieso que casi me alegré de haber renunciado a mi futuro prometedor. Me tomé la última gota del jarro de cerveza del grupo y regresaba con otro, cuando Logan, el cantinero de los viernes por la noche, me entregó un sobre grande de papel manila.

—¿Para mí? —pregunté—. ¿Quién me lo manda?

—Un tipo lo dejó. Dijo que era para todos ustedes.

—¿Lo conoces?

—Lo he visto algunas veces, Jack. Una vez me pidió que le preparara un martini.

Regresé a la mesa.

—Tenemos correspondencia.

Le di el sobre a Molly y, mientras servía una vuelta para todos, me lo lanzó desde el otro extremo de la mesa.

—No sé si puedo seguir soportando todo esto, Jack. En realidad, no puedo. Esto es espeluznante. Más que espeluznante. ¡Míralo, por favor!

En el sobre había seis fotografías, una de cada uno de nosotros. Fenton, sentado en la cubierta de su barco al atardecer. Sammy, bebiendo café en Soul Kitchen. Yo, bajando de la Beemer en el camino de entrada a casa. La foto de Hank lo mostraba corriendo por nuestro jardín con un desfibrilador. Una de Marci, con su cliente del laberinto, justo antes de que la eliminara del proyecto.

En casi todas las fotos estábamos a solas y de espaldas. Sólo para recordarnos lo vulnerables que éramos. La de Molly colmaba la medida. Era un primerísimo plano de ella durmiendo en la cama. El fotógrafo no podía haber estado a más de 30 centímetros de ella.

Debajo de cada fotografía había números: 6-5, 4-3, 10-1, 3-1, pero ninguna nota.

44

A eso de la medianoche, un grupo bullicioso de turistas entró en el Memory. La parte del frente del bar, "nuestro" bar, de pronto se inundó de sonrisas forzadas, risas falsas y voces chillonas que hablaban por teléfonos celulares.

—¡Qué zambullida! ¡Me encantó! —gritó con entusiasmo un recién llegado.

—¡Vete a la mierda también tú! —retrucó otro individuo.

—Mira —dijo Marci, y señaló una figura bronceada que bebía un trago especial de la casa en el centro del barullo—. Ése es Horst Reindorf.

Reindorf, un ex levantador de pesas profesional, había protagonizado más de una docena de películas exitosas. La última, y también la primera incursión de Neubauer en la producción cinematográfica, El *mensajero de la galaxia*, se iba a estrenar el viernes siguiente en 25.000 salas.

—Y allí está Dennis Soohoo, que interpreta el papel de su compinche algo tonto —agregó Marci, mientras los actores posaban para una fotografía.

—Me parece que *alguien* de aquí mira el Canal E! —comentó Sammy.

—¿Quieres decir que tú no? —saltó Marci.

—Yo no lo miro. Lo vivo.

—Sin duda, alguien de la casa de la playa sugirió un pequeño bar de la ciudad —señalé—. Les aseguró que sería muy divertido.

Horst Reindorf se había quitado la camiseta sin mangas y la estaba revoleando por encima de la cabeza. Dennis Soohoo se había apoderado de una joven bonita, que resultó ser la prima menor de Gidley. Gracias a Dios, ella se liberó de un empujón. Una de las integrantes del grupo se subió a la barra y se puso a bailar.

—Si Barry Neubauer va a meterse con nosotros —señaló Gidley—, es hora de que le devolvamos el favor. Nosotros no irrumpimos en sus fiestas. No debería arruinarnos las nuestras.

—A mí no me parece una buena idea —respondió Molly—. En serio, Fenton.

—Estoy seguro de que tienes razón —dijo Gidley, mientras se ponía de pie y echaba a andar hacia el barullo. Hank, Sammy y yo nos levantamos para seguirlo. ¿Qué nos quedaba?

No nos dimos cuenta de que Gidley se preparaba para abordar esa cumbre social con la misma confianza con que *sir* Edmund Hillary decidió vencer al monte Everest. A su derecha un fotógrafo de sociales estaba ubicando a un productor ejecutivo para una instantánea con Reindorf y Soohoo. A último momento, Gidley apareció en el visor y rodeó al actor con su brazo fornido.

—¡No puedo creer que estés aquí en el Memory! —gritó Gidley. El subtexto era, desde luego, *¡donde nadie quiere que estés!*

—Disculpe —respondió el fotógrafo—, estamos haciendo unas tomas para *Vanity Fair.*

—Ya que estamos, podría tomarnos una a mí y a mi nuevo mejor amigo —dijo Horst, con su típica sonrisa llena de dientes—. ¿Eres pescador? Por el olor me parece que sí.

—Muchísimas gracias, Horst —contestó Fenton—. Sí, soy pescador de cuarta generación.

—Que alguien aleje a ese imbécil del lado de Horst —ordenó uno de los ejecutivos del estudio.

Los parroquianos sabían que algo se estaba armando. La concurrencia se cerró alrededor de los famosos y sus seguidores.

—Señor fotógrafo, ¿podría tomarnos dos fotografías por si la primera sale mal? —preguntó Fenton—. No todos los días tienes la suerte de sacarte una fotografía al lado del farsante más grande del mundo del espectáculo. Y, para colmo, amigo del siniestro Neubauer.

El siguiente par de minutos transcurrió en una suerte de nebulosa. Reindorf tomó a Gidley por el cuello. Fenton, ya sin su sonrisa absurda, lanzó un puñetazo que no estaba en el guión, completo con convincentes efectos sonoros. Le dio al héroe de la película en el puente de la nariz, cosa que hizo que sangre *auténtica* salpicara por todas partes.

—¡Dios mío! ¿Qué haces? —chilló una publicista vestida de negro—. ¡Ése es nada menos que Horst Reindorf!

En un gesto insólito, se arrojó sobre Fenton y comenzó a golpearlo con su agenda electrónica con tanta ferocidad, que Horst apenas pudo liberarse y escapar por una puerta lateral.

Los otros amigos de Horst no tuvieron la misma suerte. Cuando el productor tomó una botella de cerveza, lo empujé contra el bar y lo mantuve allí. Después Hank embistió a Dennis Soohoo, quien cayó al piso. La pareja más despareja se armó cuando alguien arrojó a Sammy contra un joven que parecía un ejecutivo del estudio. Aunque el tipo era quince centímetros más alto y quince kilos más pesado, Giamalva lo derribó de un puñetazo digno de Sugar Ray.

Tal vez más de uno hubiese quedado realmente malherido si Belnap y Volpi no hubieran entrado y arremetido con las varas en alto y, una vez más, hecho de Hampton un lugar seguro para la gente civilizada. Volpi lo consiguió, rompiendo algunas cabezas, y pareció disfrutarlo.

A mí no me golpeó, pero sí me preguntó mientras me guiñaba un ojo:

—¿Cómo está tu novia, Jack?

45

Hacía una hora que el Arreglador se encontraba oculto entre las sombras del garaje de los Mullen cuando el haz de luz del único faro de Jack atravesó la bruma de la calle Ditch Plains. Codeó a su compañero musculoso mientras la reluciente motocicleta azul reducía la marcha frente a la pequeña casa.

—Aquí viene el muchacho malo.

Observó que Jack apagaba el motor, bajaba el pie y aspiraba una gran bocanada de aire nocturno. "Ese muchachito de porquería sigue saboreando su victoria", pensó el Arreglador. Su tensión aumentó cuando Jack se quitó el casco, levantó la puerta del garaje y entró la moto. Desde hacía semanas esperaba impaciente ese encuentro.

Mientras Jack abría la pequeña puerta lateral del garaje, el Arreglador inició una cuenta regresiva a partir de tres. Cuando Jack transpuso la puerta, caminó directamente hacia el puño enguantado de negro del Arreglador.

Para el Arreglador, un puñetazo bien calculado y en el momento justo era uno de los placeres más grandes de su vida. Le fascinaba la manera en que ese puñetazo producía horror y dolor al mismo tiempo, y cuando el Músculo tomó a Jack desde atrás y lo levantó del pelo, el Arreglador leyó en los ojos de Jack un dolor que alcanzaba los diez puntos. Entonces le lanzó otro puñetazo en plena cara.

Con los brazos sujetos atrás y una rodilla clavada debajo de la cintura, lo único que Jack pudo hacer fue girar un poco el cuerpo. Pero fue suficiente para reducir la intensidad de un golpe directo y convertirlo en un golpe desviado que envió al Arreglador tambaleándose hacia delante, hasta que quedaron cara a cara en la oscuridad.

—Dale este mensaje a Neubauer. ¿Puedes hacerme ese favor? —preguntó Jack, y bajó la cabeza con toda su fuerza sobre el puente de la nariz del Arreglador.

La nariz del individuo sangraba más que la de Jack, lo cual lo tentó a sacar su cuchillo de caza y despanzurrar a Mullen en su propio garaje. En cambio, comenzó a demoler a Jack con los dos puños. Un buen trabajo, por cierto, si lograba acertar el blanco.

Cuando Jack dejó de moverse, el Arreglador dejó de fallar. Eso le levantó bastante la moral. Muy pronto empezó a sentirse bien, tanto como para transmitir el mensaje, y las palabras le daban cierto ritmo a su furia.

—No se te ocurra nunca —GOLPE— pero nunca —GOLPE— joder a quienes son superiores a ti —GOLPE— en todos los sentidos —le aconsejó.

El Arreglador quería desahogarse un poco, pero a esas alturas Jack ya estaba casi inconsciente.

—En cuanto al señor Neubauer, puedes decírselo tú mismo.

De alguna manera, en alguna parte de su conciencia, Jack lo oyó y se prometió hacerlo.

Pero el hombre de guantes negros no había terminado aún. Levantó de los pelos la cabeza de Jack.

Después le susurró al oído:

—A ver si te avivas de una buena vez. El próximo es tu abuelo, infeliz. Y será sencillo, Jack. Es realmente viejo.

Cuando ganamos una pelea, pensamos que es el deporte más excitante del mundo. Cuando la perdemos, y mal, nos damos cuenta de lo tontos que fuimos. No bien logré levantar la cara del piso del garaje y hacer un control de los daños, me di cuenta de que debía ir al hospital.

Pensé que iba a tener que despertar a Mack o llamar a Hank, pero cuando me puse de pie sentí que podía arreglármelas solo, lo cual me pareció preferible. Lo que sí hice fue ir a ver cómo estaba Mack. Dormía como un bebé de 86 años.

Tomé la llave y fui a la sala de emergencias de Southampton en el viejo camión de mi padre. Incluso a las cuatro de la mañana, me tomó como 35 minutos llegar hasta allí.

En nuestro sector de Long Island no hay demasiado caos. Southampton no es el lado este de Saint Louis. Cuando entré en la sala de emergencias, el doctor Robert Wolco bajó la sección de crucigramas de su ejemplar de *The New York Times* y me miró con atención el rostro.

—Hola, Jack —dijo—, hacía mucho que no te veía.

—Hola, Robert —logré decir—. Deberías ver al otro tipo.

—Apuesto a que sí.

—Prefiero que no.

Comenzó a limpiarme las heridas con cuidado y habilidad. Después me acostó debajo de una luz anaranjada y fuerte, me fotografió la cara llena de novocaína y me suturó las heridas. Sentí que me acordonaba la piel de la cara como si fueran patines de hockey. Me pusieron 28 puntos.

Según Wolco, era unos de sus mejores trabajos y me aseguró que las heridas cicatrizarían muy bien. A mí no me preocupaba demasiado. De todos modos, nunca fui el buen mozo de la familia. Me dio un tubo plástico de Vicodín para las costillas (las radiografías mostraron que tenía tres fisuradas) y me envió de vuelta a casa. Esa noche y esa golpiza eran dos cosas más que le debía a Barry Neubauer.

Y seguía sumando.

Las cosas se estaban poniendo bravas. Ya faltaba poco para la indagatoria sobre la muerte de Peter Mullen.

El lunes por la noche el Arreglador estacionó el automóvil a una cuadra de una casa de aspecto modesto en Riverhead, Long Island. En el porche había una maceta de terracota y en el garaje una vieja veleta. Junto al buzón de aspecto "retro", pintado con el nombre de J. Davis en letra amarilla e infantil, un conejo de piedra estaba sentado sobre las patas traseras. *Yikes.*

Por ese pequeño pedazo de cielo, la doctora pasaba catorce horas por día con los brazos metidos hasta los codos en cadáveres, elaborando toda clase de teorías creativas acerca de cómo llegaron a ese estado. La devoción cívica de Davis desconcertaba al Arreglador. Podría ganar un millón en Manhattan. Pero, en cambio, prefería escudriñar los cadáveres.

¿Por qué actúa así la gente? ¿Por qué les importa tanto si alguien se ahogó o lo ahogaron? Lo más probable es que vean demasiadas películas. Todos quieren ser héroes. Pues bien, ¿sabes una cosa, Jane? Tú no eres Julia Roberts. Créeme.

Sabía que la perra fiel de la doctora mostraría los efectos de la comida deliciosa que le había deslizado, unas horas antes, por la rendija de bronce en la parte de abajo de la puerta para pasar el periódico: otro toque retro. Ya no era precisamente una perra guardiana, tendida de costado en el piso y roncando.

El Arreglador entró con el mayor sigilo, pasó por encima de la perra y subió por la escalera al dormitorio de Jane Davis.

"Ésta", pensaba, "ésta es la razón por la que me pagan tanto dinero."

Jane también dormía. *Sí, Janie, tú roncas.* Estaba acostada sobre las sábanas, en corpiño y calzones. El Arreglador notó que no tenía pechos grandes, pero muy buenas piernas.

Se sentó en la cama a su lado y la observó respirar. *Por Dios, duerme como un tronco.*

Bajó la mano y se la metió entre los muslos, y eso la despertó, furiosa.

—¡Epa! ¿Qué demonios hace? ¿Quién es usted? —gritó y levantó los puños como si quisiera pelear.

Pero entonces vio el arma, y el silenciador sujeto a ese largo cañón.

—Eres una mujer muy astuta, doctora, de modo que sabes de qué se trata esto, ¿no?

Jane asintió y luego dijo, en un suspiro:

—Sí.

—Pronto va a haber una indagatoria, y uno de tus superiores ya te ha objetado. Eso debería facilitarte mucho las cosas.

Entonces hizo algo malévolo: oprimió el cañón del arma entre las piernas de Jane Davis. Y se lo frotó y lo hizo girar. Bueno, eso surtía gran efecto, según él.

—Estás en *deuda* conmigo, Jane —dijo y se levantó de la cama—. No me obligues a volver aquí. Porque me gustaría matarte. Y, Jane, yo que tú tampoco llamaría a la policía. También ellos están metidos en esto. Si llamas a la policía volveré, y muy pronto.

Se fue del dormitorio y ella lo oyó regresar a la planta baja. Finalmente, Jane respiró hondo. Pero en ese momento oyó un disparo con silenciador.

Jame sabía lo que ese hijo de puta había hecho, y lloraba cuando bajó de prisa por las escaleras.

El hombre aún estaba en su casa, sonriendo, pero, por suerte, no le había disparado a Iris.

—Estás en *deuda* conmigo, Jane.

48

*P*rimero te matan. *Después te difaman*. Ésa fue mi "revelación de la hora del desayuno" cuando desplegué el *Star* junto a mi *omelette* en el café Estia. Suspiré, moví la cabeza y volví a sentirme triste. Triste y realmente jodido.

Peter figuraba en otro titular con grandes letras, pero la historia había pegado un giro de 180 grados y estaba fuera de control. Ahora surgía una segunda opinión acerca de la muerte de Peter: LA POLICÍA SOSPECHA LA INTERVENCIÓN DE NARCOTRAFICANTES RIVALES EN LA MUERTE DE MULLEN.

El copete anunciaba: "Según Frank Volpi, el jefe de detectives de East Hampton, una sangrienta lucha por el territorio o una operación fallida de tráfico de drogas son dos posibilidades que la policía examina en su presente investigación de la muerte de Peter Mullen, de 21 años de edad y oriundo de Montauk".

Mack tenía razón. La vida es una guerra.

Volpi también dijo que existía la posibilidad de que Peter Mullen estuviera drogado en el momento de su muerte y que se habían solicitado más pruebas para determinar si en efecto era así. "Hemos pedido que se realicen pruebas a fin de detectar la presencia de cocaína, alcohol o marihuana en la sangre de la víctima —declaró Volpi— y calculamos que tendremos los resultados antes de la indagatoria."

Los abogados de Neubauer estaban utilizando la misma estrategia que había dado tan buenos resultados con O. J. Simpson y tantos otros. Si se presentan varias hipótesis verosímiles, después resulta casi imposible llegar a la conclusión de que no existe una duda razonable.

Pedí prestado un teléfono y por fin logré comunicarme con el jefe de redacción del *Star*.

—¿De dónde saca esas historias? —le pregunté—. De Volpi, ¿verdad que sí?

—De ninguna parte. Publicamos sólo la información relacionada con el caso. Ésa es la misión de los periódicos, señor Mullen.

—Mentira. ¿Por qué no trata de publicar la verdad, para variar?

Cuando el individuo cortó la comunicación, llamé de nuevo al periódico y pedí hablar con Burt Kearns, el reportero que había escrito las notas anteriores.

—No puede hablar con Kearns. Fue despedido hace tres días.

Entonces el jefe de redacción volvió a cortar la comunicación.

Las cosas empeoraron más tarde esa misma mañana. En lugar de avanzar, sentí que retrocedía.

Le eché una ojeada al escritorio cubierto de cosas de Nadia Alper y me esforcé por disimular mi inquietud. Alper era la asistente del fiscal de distrito asignada a la indagatoria. El estado de su oficina, oculta en un piso alto de lo que solía ser el Ayuntamiento de Seaford, no mostraba un alto nivel de organización. Cada centímetro del escritorio estaba tapado de informes policiales y forenses, índices telefónicos, cuadernos, casetes y envoltorios arrugados de comida rápida comprada en el subterráneo.

Mientras la asistente buscaba algo entre los papeles, diminutas columnas de polvo comenzaban a flotar en el rayo de sol que se filtraba por la ventana.

—Sé que está aquí —insistió Nadia—. Lo estuve mirando hace un minuto.

—¿Estás manejando esto completamente sola? —le pregunté con la mayor serenidad posible. Neubauer tenía un ejército de abogados de las mejores universidades de los Estados Unidos que cobraban 500 dólares por hora y lo protegían como un chaleco a prueba de balas. Parecía que Peter, en cambio, sólo contaba a su favor con una asistente del fiscal de distrito muy joven, mal paga y abrumada de trabajo.

—También tengo un detective en Montauk entrevistando gente —respondió ella—. Y, no, éste no es mi primer caso.

—No quise decir que…

—Es el tercero.

Los dos nos lamentamos de que las pruebas que apuntaban a juego sucio en la muerte de Peter fueran sólo circunstanciales. La asistente estaba convencida de que nuestras pruebas irrebatibles eran el informe médico de Jane y las fotografías del cuerpo golpeado. Por fin, desenterró la carpeta que buscaba y la revisamos juntos. Allí estaban las copias de las radiografías que revelaban las fracturas múltiples de huesos y de cráneo y las vértebras seccionadas, y también fotografías del tejido pulmonar de Peter.

Después de la paliza que me dieron, tenía una idea de cómo habían sido los últimos minutos de vida de mi hermano, y eso volvió a producirme náuseas.

Oculto en algún lugar recóndito, debajo de la pila de papeles, sonó la campanilla de un teléfono. Mientras la asistente trataba de encontrarlo, derribó con el codo un jarro con café, lanzando un chorro color moka hacia las fotografías. Antes de que pudiera apartarlas, varias quedaron manchadas. Una cuidadosa operación consistente en secarlas con una toalla de papel reparó el daño, pero tuve ganas de tomar todo y llevármelo a casa.

—¿Qué puedo hacer para ayudarte? —pregunté, finalmente.

—Nada. Usted todavía está en la Facultad de Derecho, señor Mullen. Y aquí todo está bien. Confíe en mí.

—Muy bien —respondí con un suspiro. ¿Qué otra cosa podía decir?—. Podría ayudarte, Nadia. Hasta podría traerte café y sándwiches.

—¿Qué le pasó a tu cara? —preguntó ella por último. Me di cuenta de que su decisión era definitiva y de que preguntaba para cambiar de tema.

—Me molieron a golpes. Posiblemente las mismas personas que mataron a Peter. Neubauer fue el que me hizo esto.

—¿Por qué no presentas cargos? —preguntó.

Fruncí la nariz y moví la cabeza.

—Me parece que ya tienes suficientes asuntos que atender.

50

Sammy Giamalva tenía una vez más la misma pesadilla, aquella en la que caía y caía, mientras se preparaba para un impacto que nunca llegaba. Era la tercera vez en una semana, de modo que en alguna parte de su cerebro Sammy sabía que sólo se trataba de un sueño.

Cuando abrió los ojos, se enfrentó con una pesadilla completamente diferente. Ésta era real.

En la silla al lado de la cama se encontraba sentado un hombre grandote, con los ojos pequeños y malévolos de un cerdo. Usaba un traje negro de excelente corte. Tenía las piernas cruzadas, como si fuera un invitado en un cóctel. Pero en lugar de una copa, en la mano empuñaba una pistola que, al igual que su horrible sonrisa, apuntaba a Sammy.

—Levántate, Sammy —dijo el Arreglador—. Necesito un corte de cabello.

Incrustó con fuerza el cañón del arma en la garganta de Sammy y lo obligó bajar por las escaleras hasta la cocina. Sin dejar de apuntar a Sammy, el Arreglador se instaló en la silla grande, frente al espejo de cuerpo entero.

Se pasó los dedos de la mano libre sobre su cabello ralo color castaño claro.

—¿Cuál te parece que es largo adecuado para mí, Sammy? —preguntó—. Si lo uso muy corto parezco un nazi. Si lo llevo más largo parezco un idiota.

—Corto es mejor —intentó decir Sammy, pero tenía la boca tan seca que su respuesta sonó más como una tos.

—No pareces muy seguro, Sammy.

—Estoy seguro —esta vez Sammy logró pronunciar bien las palabras. Desesperado, trató de evaluar su situación. Recordó lo sucedido a Peter. Para no mencionar a Fenton Gidley. El tipo que tenía delante coincidía en todos sus detalles con la descripción de Fenton, incluyendo la cicatriz en la mejilla.

—Supongo que ya te habrás dado cuenta de que no viajé al Refugio de los Homosexuales sólo para que me cortes el cabello.

Sammy sólo asintió y comenzó a desplegar el poncho de plástico blanco para el corte de pelo. Estaba tratando de trazar un plan. Cualquier cosa que pudiera salvarle la vida. El hombre de la mirada malévola era petulante. Tal vez podría sacar ventaja de ese aspecto suyo.

—¿Es por lo que sucedió en el Memory? —Sammy se animó a hablar de nuevo.

—Ya me ocupé de eso. No fue ningún problema. Estoy aquí por lo que pasó en la playa.

Cuando Sammy respondió con una mirada de desconcierto, el hombre dijo:

—No te pongas triste. Lo único que queremos son los negativos. Ya no tiene sentido seguir disimulando. El juego terminó. Yo gano y tú pierdes.

El tipo pronunció las últimas palabras con un tétrico tono concluyente. La situación era mucho peor de lo que Sammy había creído. No se trataba de asustarlo. Y tampoco tenía nada que ver con la indagatoria.

—Adelante —dijo el Arreglador—. Sigo necesitando un corte de pelo. Y seguiré tu consejo con respecto al largo.

De inmediato, los cabellos del hombre empezaron a caer como copos de nieve sobre el plástico extendido debajo de la silla y, a pesar de todo, Sammy entró en el ritmo calmo y competente de su tarea. Cortar, mover y tirar. Cortar, mover y tirar. Olvidar que ese tipo tenía una pistola en la mano.

Una simple frase le daba vueltas en la cabeza: *Haz algo o morirás. Haz algo o morirás.*

Sammy se concentró en el trabajo como si su vida dependiera de ello, y cuando el Arreglador se inclinó hacia adelante en la silla para que Sammy le sacara el poncho de plástico, no pudo evitar quedar impresionado.

—Ahora sé por qué todas esas señoras adineradas se toman el trabajo de venir hasta acá.

Haz algo o morirás.

—Un último detalle —dijo Sammy y le dio un golpecito en el hombro. El hombre rió por lo bajo y luego volvió a echarse hacia atrás en la silla. Cuando miró hacia el espejo, vio que la imagen borrosa de la mano derecha de Sammy le cruzaba el pecho.

Maldición, no podía creerlo. No de ese marica de porquería. No allí... no de esa manera. Dios mío, no.

El tajo producido por la navaja fue tan rápido y limpio, que el Arreglador no se dio del todo cuenta de que le habían cortado el cuello hasta que se le abrió una segunda boca rosada debajo del mentón. Entonces, mientras el peluquero le aferraba los brazos detrás de la silla con una fuerza y una furia que fue la última sorpresa de su vida, el Arreglador vio cómo ese chorro de vida lo abandonaba.

—¿Quién va a arreglar esto? —fueron sus últimas cinco palabras.

Cuando Sammy le soltó los brazos, ese hombre corpulento se deslizó de la silla y cayó sobre el plástico colocado en el piso. Sammy respiró hondo y trató de pensar rápido en medio del caos. Dios, acababa de matar al tipo. Y ya no había nada que pudiera hacer al respecto.

No bien tomó la decisión, subió y empacó sus cosas. Después fue al garaje y, con un sifón, extrajo un par de galones de combustible de su automóvil. Regó la gasolina por toda la casa, sin olvidar ningún rincón. Después arrojó un encendedor Zippo en llamas al piso.

Cuando llegaron los bomberos, eso fue lo único que quedaba de la peluquería de Sammy: un encendedor Zippo.

51

Cuando oí la voz de Mack, que me gritaba desde la planta baja, estaba preparando unas notas para Nadia Alper.

—Jack, baja. Tu novia está aquí. Y tan linda como siempre.

Pauline aún no se había bajado del auto, pero Mack ya le insistía en que se quedara a cenar. Unos diez minutos después anunció que dejaba solos a "los tórtolos" para ir de compras a las mejores verdulerías y pescaderías de Montauk.

—Te quedas a cenar —le dijo a Pauline, y la muchacha ni se molestó en discutírselo.

Dos horas y media después, cuando el sol desaparecía en el horizonte, Mack hizo su regreso triunfal. En una mano sostenía los primeros choclos del verano. En la otra, tres gruesos trozos de pez espada.

—Sal jura por la memoria de su madre que los cortó esta mañana de un pez espada de 160 kilos —alardeó Mack.

Después de descargar su tesoro, abrió tres cervezas y se reunió con nosotros en el porche, donde lo pusimos al día con respecto a los últimos descubrimientos de Pauline acerca de Barry Neubauer.

Después de escuchar todas las novedades, Mack hizo un repaso de nuestros respectivos talentos en materia culinaria. Luego asignó distintas tareas. Me dirigí al garaje a buscar el viejo brasero japonés. Pauline y él desaparecieron en la cocina.

El solo hecho de tener a Pauline cerca nos hacía felices a todos. Por primera vez en años, la casa parecía un hogar en vez de un asilo para huérfanos.

Mack se mostró particularmente eufórico. Era como si alguien le hubiera dado un poderoso estimulante. Cada tanto salía un momento de la cocina para estar conmigo y compartir su afecto mientras yo atizaba el carbón del fuego.

—Sé que te mueres por decirme cuánto te gusta Pauline, así que ¿por qué no lo haces de una buena vez? —le pregunté.

—Deberías verla preparar la ensalada, Jackson. Parece

Madame Curie en *jeans*. Te insto a que te cases con esa mujer. De ser posible, esta misma noche.

—Ni siquiera la he tocado.

—Entonces, ¿qué estás esperando?

—Macklin, ¿puedo hacerte una pregunta personal, que quede sólo entre nosotros? ¿De Mullen a Mullen?

—Por supuesto. Házmela, te lo ruego.

—¿Te parece que ya están a punto las brasas?

—Te hablo de los asuntos del corazón y tú me preguntas por las brasas. Ocúpate de cocinar el maldito pescado, Jack. Demuéstrame que puedes hacer algo bien.

—Pauline me gusta, ¿está bien? —respondí, exasperado.

—No es suficiente, Jack. ¡Esa mujer merece algo más que "que te guste"!

—Mack, sé bien lo que ella se merece.

Media hora después, los tres nos sentamos en el porche de atrás frente a una cena perfecta de verano.

Todo salió de maravilla: el pez espada, el choclo, el vino. Hasta el aliño para ensalada de Pauline estuvo a la altura de las circunstancias.

Después de comer quedamos bastante relajados. Observé el mapa sinuoso de la cara de Mack; resplandecía desde adentro como un farol. Pauline lucía menos tensa y más hermosa que nunca.

Mack le sonsacó a Pauline todo lo referente a su infancia en Michigan. Nos contó que su padre era un policía retirado de Detroit y que su madre enseñaba inglés en la secundaria de una gran ciudad. La mayor parte de sus tías y tíos trabajaban en la industria automotriz.

—¿Cómo se conocieron tus padres? —preguntó Mack, decidido a mantener el tema de la conversación.

—Mi *padre* es el segundo marido de mi madre —respondió Pauline—. El primero era un fulano grandote, malo y carismático del viejo barrio. Se llamaba Alvin Craig. Craig era un corredor de autos preparados, un pendenciero que no hacía más que meterse en líos con la policía y, en una oportunidad en que estaba borracho, golpeó a mi madre. La última vez que lo intentó, mamá estaba embarazada de mí de cinco meses y llamó a la policía.

"El agente que vino a casa era también un hombre grande

y fuerte. Le echó una sola mirada a mi madre y le pidió a Alvin que hablaran un momento fuera de la casa —continuó—. Mis padres vivían en una casa pequeña, en un barrio de casas iguales, y Alvin y el policía estuvieron como una hora conversando en la entrada.

"No hubo peleas ni gritos. Tampoco ninguno levantó la voz. Cuando entraron, mi padre subió al piso de arriba, metió sus cosas en dos valijas y se fue para siempre. El policía se quedó a tomar un café y unos meses después mi madre tenía un nuevo marido.

"Tal vez nunca me hubiese enterado de la verdadera historia si no fuera porque un día, cuando tenía quince años y me comportaba como una malcriada, llamé idiota a mi padre. Mi madre se puso furiosa y decidió que había llegado el momento de contarme cómo se habían conocido y enamorado. En realidad, son una pareja muy tierna".

Era imposible interrumpir una historia como ésa, de modo que Mack ni siquiera lo intentó. Pero ofreció anécdotas de su propia infancia, incluyendo la vez en que él y su mejor amigo, Tommy McGoey, se subieron a un camión y estuvieron tres días caminando por Dublín, durmiendo debajo de carros y viviendo a leche y pan robados, fascinados por todo lo que veían. Pauline lo había inspirado a bucear en su pasado y a sacar a relucir historias que eran nuevas incluso para mí.

La que vivimos fue esa clase de noche mágica y serena en la que la amistad se siente tan sólida como la familia, y la familia, tan liviana y despreocupada como la amistad. Supongo que lo maravilloso dura poco. Justo antes de la medianoche, oímos que la puerta de un automóvil se cerraba con fuerza en el camino de entrada a casa. Después, el ruido de pisadas en la grava.

Cuando miré hacia atrás, Dana se acercaba a nosotros como un fantasma alto y de cabello rubio.

—Ah, si no es el mismísimo demonio… —dijo Mack.

Durante 30 espantosos segundos, el contacto visual alrededor de la mesa fue tan rápido y frenético como en un drama Kabuki.

—No se alegren tanto de verme —dijo Dana por fin, y se dirigió a la desconocida de cabello castaño—. Soy Dana, la novia de Jack. Creo.

—Pauline.

Después de hacerle un gesto a Pauline en actitud conciliatoria, giré hacia la que se decía mi novia.

—Pauline es una muy buena amiga de Nelson, Goodwin y Mickel —expliqué, y enseguida me arrepentí.

—Donde tengo entendido que ya no trabajas.

—Me ofrecieron una buena indemnización.

—¿Y? ¿Qué haces tú allí? —le preguntó Dana a Pauline—. ¿Eres abogada?

—Soy investigadora —respondió Pauline, con voz neutra.

—¿Y qué investigas?

—Bueno, diría que eres tú la que da la impresión de ser una investigadora —replicó Pauline, y el ambiente de calidez y espontaneidad de momentos antes quedó en el recuerdo.

—Lo siento. Sólo trataba de iniciar una conversación, por forzada que fuera.

En cuanto a Mack, todavía no había abierto la boca. Para dejar bien en claro del lado de quién estaba, ni siquiera miró a Dana. En realidad, tampoco me miró a mí, pero no necesitaba verle la cara para saber lo disgustado que estaba. En su opinión, la situación era culpa mía.

Cuando consideró que ya no valía la pena soportar aquel malísimo melodrama, Pauline se puso de pie para irse.

—La cena estuvo deliciosa —comenté, sonriéndole a Mack—. Igual que todo lo demás.

—Fuiste lo mejor de la velada, muchachita —respondió Mack, quien se puso de pie y le dio un fuerte abrazo—. Permíteme que te acompañe al auto.

—No tienes por qué irte —dije.

—A mí me parece que sí —contestó Pauline.

Entonces ella y Mack se fueron, del brazo, casi como si Dana y yo no estuviéramos allí.

—Deja que te acompañe, Pauline —le rogué—. Por favor. Necesito hablar contigo.

—No —insistió Pauline, sin siquiera girar la cabeza para mirarme—. Quédate y habla con tu novia. Estoy segura de que ustedes dos tienen mucho que decirse.

53

—Espero no haber interrumpido nada —dijo Dana. Hizo un puchero, pero sus ojos sonreían con malicia.

—Sí, claro. ¿Qué haces aquí, Dana?

—Bueno, bien sabes que ninguna muchacha se da por vencida sin presentar una buena pelea —respondió, con una de sus sonrisas más encantadoras y modestas.

—No me has visto ni me has hablado en dos meses. Fue idea tuya, ¿recuerdas?

—Ya lo sé, Jack. Estuve en París, en Florencia y en Barcelona. Necesitaba un tiempo para pensar.

—Y, Dana, ¿a qué conclusión llegaste en Europa? ¿Que no te gustas tanto como creías?

—No me diste alternativa, Jack. Mi padre o tú.

—Obviamente la elección estaba cantada. Tu papito te pagó el viaje a Europa, ¿no?

—A veces no tienes idea de lo que dices, Jack. Mi padre es un hombre maravilloso en muchos aspectos. Es fantástico con mi madre. Me ha apoyado siempre en todo lo que he tratado de hacer. Además, resulta que es mi maldito padre. ¿Qué quieres de mí? —confieso que su lealtad filial me hizo echar de menos a mi propio padre.

—Dime, ¿qué te trae por aquí esta noche?

—Tú —respondió Dana, mirándome fijo—. Te extrañé mucho más de lo que creí posible. Eres alguien especial, Jack.

Cuando me tocó el brazo, estuve a punto de saltar.

—Dios, me odias, ¿no es así? —los ojos se le llenaron de lágrimas—. Ay, Jack, ¿no tienes nada que decirme?

—Supongo que estás enterada de la indagatoria —respondí.

Dana echó hacia atrás la cabeza.

—No puedo creer que alguien piense que mi familia tuvo algo que ver con la muerte de Peter. ¿Tú lo crees, Jack? ¿Qué te hace pensar siquiera que Peter fue asesinado?

—Tenía el cuerpo cubierto de hematomas, Dana. Lo molieron a golpes en tu playa. Ojalá lo hubieras visto.

—Muchas personas creen que fue la tormenta la que lo golpeó así.

Todavía no podía creer que Dana hubiera optado de ese modo por el bando contrario. Igual, estaba seguro de que sería una locura compartir con ella todo el trabajo que habíamos hecho Pauline y yo en los últimos dos meses.

—Dana, no estuviste aquí cuando te necesitaba de verdad. Y te juro que sí te necesité —le dije.

Todavía le corrían las lágrimas por las mejillas.

—Lo siento, Jack. ¿Qué tengo que hacer para demostrarte que me importas?

—Antes de irte, dijiste algunas cosas. Después nunca me llamaste ni me escribiste. Ni siquiera una postal. ¿Y ahora simplemente te apareces aquí?

Se secó la cara.

—Jack, vayamos a otro lugar. Podríamos conseguir una habitación. En el Memory. Por favor. Necesito hablar contigo.

Se me acercó y me rodeó con los brazos. Fue lo peor que podría haber hecho, así que me aparté.

—No pienso ir al Memory, Dana. Creo que deberías irte.

Dana se cruzó de brazos y me miró con furia. La transformación fue bastante asombrosa.

—¿Quién es ella, Jack? ¿La perra que estaba aquí antes?

—Pauline es una muy buena amiga mía. Me está ayudando con este caso. A propósito, ¿cómo está Volpi?

Dana hizo una mueca y luego se puso de pie de un salto. Ya no lloriqueaba. Ahora estaba furiosa. La hijita de papito se parecía mucho a su papito.

Cuando Dana se fue, entré en la casa, pasé junto a un Mack taciturno que miraba por televisión un partido de béisbol, y traté de ponerme en contacto con Pauline a través de su teléfono celular.

O lo había apagado o no quería atender mi llamada.

54

Llevé una cerveza al porche y me puse a observar a los últimos turistas de fin de semana que enfilaban de regreso a la ciudad. Muy pronto Hampton volvería a ser un sitio seguro para los lugareños. Mientras tanto, me senté sobre la piedra fría y repasé mentalmente la velada. ¡Qué desastre total! Se me ocurrió que, quizá, Dana ya sabía que Pauline estaba conmigo. No me hubiese extrañado nada.

Se hacía tarde y observar las camionetas que pasaban era como contar ovejas. Ya me estaba quedando dormido cuando un patrullero frenó de golpe al doblar la esquina y toparse con el tránsito lento que volvía a la ciudad.

Para mi gran sorpresa, se metió en nuestro camino de entrada y se detuvo. Frank Volpi y un sargento que no reconocí se bajaron del vehículo. ¿Qué demonios pasaba?

—¿Te importa que te haga un par de preguntas? —preguntó Volpi al llegar al porche.

—¿Importa lo que yo piense, Frank?

—En realidad, no. ¿Dónde estuviste esta noche?

—Aquí, ¿por qué?

—Alguien acaba de prenderle fuego a la casa de Sammy Giamalva, de la que no quedó nada en absoluto —respondió—. Fue un trabajo profesional. Y estamos bastante seguros de que se incendió con él adentro.

Sentí que acababan de darme un golpe en la cabeza con la sartén de la cocina. Pensé en las fotografías de Sammy en su cocina, las que dejaron en el Memory. Sammy, con un cigarrillo en los labios y una taza de café en la mano. Mostraba a un individuo superactivo de 23 años que hacía lo que le gustaba hacer. El retrato del estilista adolescente.

Entonces recordé los diminutos pares de números garabateados en lápiz debajo de cada foto.

De pronto comprendí que indicaban *probabilidades* y que las de Sammy (6-5) eran las menores.

Volpi seguía frente a mí.

—¿Alguien puede confirmar que estuviste aquí durante el último par de horas?

—¿Qué ocurre, Frank? ¿De veras piensas que yo incendié la casa de Sammy? ¿Que porque perdí a alguien de mi familia, me vengo en mis amigos? —aunque estaba furioso, eso no era nada comparado con el pánico que sentí al pensar en el peligro en que había puesto a mis amigos.

—¿Te importa que el agente Jordan y yo echemos un vistazo por tu casa? —preguntó Volpi.

—En realidad, sí me importa —contesté, pero ya Jordan enfilaba hacia el garaje—. ¡Eh! —grité—. No puedes entrar allí.

Lo seguí y me quedé a su lado cuando levantó la puerta y con el haz de su linterna recorrió ese espacio atestado de cosas. La luz se movió lentamente sobre el brillo azul de la motocicleta de Peter.

—Es una moto muy linda —dijo, con una mueca—. Cuesta casi 20.000 dólares, ¿no?

—Lo que estás haciendo aquí es ilegal —le señalé—. Vamos, ¿sí? Sal del garaje.

Se inclinó para abrir la pequeña caja de herramientas de la BMW. ¿Qué demonios buscaba?

Di un paso adelante y lo aferré del brazo.

—Te agradecería mucho que te fueras ahora mismo. Aléjate de esa motocicleta.

Jordan se incorporó de un salto y se abalanzó contra mí, derribándome sobre Frank Volpi, quien nos había seguido hasta el garaje. Volpi de pronto me sujetó los brazos y dejó que Jordan hiciera el resto.

Aunque el primer puñetazo no me volvió a quebrar la costilla, ya casi estaba curada, el segundo sí lo hizo.

—Estás arrestado por interferir en una investigación policial y atacar a un agente de policía —dijo Volpi. Sonrió al esposarme y llevarme a la rastra hacia el patrullero. No se molestó en leerme mis derechos y caí en la cuenta: *no tenía ningún derecho a nada.*

55

—Despierta, despierta.

Un jarro de latón golpeó contra los barrotes y me despertó de un sueño en el que trataba de salvar a Peter y a Sammy. Pegué un salto y revisé frenéticamente la celda. Entonces vi la sonrisa gatuna de Mack. Llevaba una bolsa de papel manchada de grasa debajo del brazo y, en una mano, sostenía el viejo jarro de metal que usábamos en nuestras excursiones y que sin duda estuvo buscando toda la mañana.

—Levántate de la cama, pedazo de perezoso. Acabo de pagar tu fianza.

—Qué bueno verte, Macklin. Y gracias por eso.

Me puse la ropa y Paul Infante, el policía del turno de noche, apareció frente a la celda. Extendió una llave que tenía sujeta al cinturón por una cadena larga y delgada, y la cerradura se abrió con un sonido metálico. Abrió la pesada puerta y salí.

—Jack "Huracán" Mullen —dijo Macklin, y me palmeó el hombro—. Ni seis horas en el cuadrilátero pudieron quebrar a este hombre.

—Basta, Macklin.

Arriba, Infante me dio un sobre con mi reloj y mi billetera y firmé un documento en el que prometía presentarme a un juzgado por interferir en una investigación policial. Habían levantado el cargo por ataque.

—Esta tarde deberíamos ir a ver a la madre de Sammy —comentó Mack, en tono sombrío—. Somos los únicos que sabemos lo que siente.

—Supongo que también dirán que fue un accidente —respondí—. Quizás un suicidio.

Le describí la visita de Volpi y de Jordan, y la desfachatez y petulancia de su comportamiento.

—¿Crees que puedan salirse con la suya? —le pregunté.

—Por supuesto. Parece que acaban de hacerlo.

Mientras conducía, metí la mano en la bolsa de rosquillas que Mack tenía sobre las rodillas. Adentro había tres: oscuras, blandas y espolvoreadas con canela. Creo que el hecho de haber pasado mi primera noche en la cárcel las hizo muy sabrosas.

—Dime una cosa —dijo Mack, y me quitó la última rosquilla antes de que llegara a mis labios—. ¿Todavía crees que vas a poder contra el maldito sistema?

staba a punto de averiguarlo. La indagatoria sobre la muerte de mi hermano se realizó en el gimnasio de la Escuela Media de Montauk. Imposible elegir un lugar peor. Durante años Peter y yo jugamos básquet allí todos los domingos. Al caminar hacia mi asiento con Mack me pareció oír todavía el ruido de las pelotas de básquetbol rebotando contra el cemento.

Al tomar asiento, recordé el primer fin de semana en que nos metimos a hurtadillas en el gimnasio cuando éramos muy pequeños. Fenton consiguió una llave y, después de ocultar las bicicletas en el bosque, lo rodeamos mientras metía la llave en la cerradura. Milagrosamente, funcionó. Transpusimos la pequeña puerta lateral hacia esa oscuridad silenciosa y profunda, con más respeto que si hubiéramos entrado en la catedral de San Patricio. Hank encontró el interruptor de luz y todo ese recinto con piso de madera y tableros de fibra de vidrio se iluminó como un sueño en Technicolor.

La mañana de la indagatoria había por lo menos 200 sillas plegables ordenadas en hileras a todo lo largo de la cancha de juego. Las personas sentadas en ellas ya habían estado antes allí, ya sea como alumnos en su graduación, como padres orgullosos o como ambas cosas.

Marci nos había reservado a Mack y a mí los dos últimos asientos en la primera fila. Paseé la vista por el lugar y vi a Fenton y a Molly, a Hank y su mujer, a una cantidad increíble de amigos de la ciudad. Pero no al pobre Sammy Giamalva, por supuesto. No tuvimos que esperar demasiado para que comenzara la acción.

—¡Atención! ¡Atención! —anunció el alguacil, que esa mañana había llegado de Riverhead—. Todas las personas que tengan asuntos ante la Corte Suprema del condado de Suffolk, por favor presten atención al honorable juez Robert P. Lillian.

Con su túnica negra, el juez tenía el aspecto del orador de una ceremonia de entrega de diplomas. Entró en el gimnasio desde la pequeña cafetería ubicada directamente detrás y ocupó su asiento elevado. Desde el punto de vista de los asistentes, podría haberse tratado de un público local, pero la realidad era otra: hombro a hombro, ante una mesa larga y estrecha frente el juez, estaban sentados tres socios titulares de Nelson, Goodwin y Mickel, presididos nada menos que por Bill Montrose. Detrás de ellos y, como hijos orgullosos, se encontraban tres de los pasantes más promisorios de la firma.

En otra mesa, estaba sentada Nadia Alper, la asistente del fiscal de distrito. Y junto a ella había cuatro sillas vacías. Alper tomaba una bebida gaseosa grande y hacía algunas anotaciones en un cuaderno amarillo.

—Ni siquiera tiene un ayudante —observó Mack.

Lillian, un hombre bajo y macizo de cerca de 60 años, desde su púlpito judicial nos informó que, aunque no existía ningún culpable, la indagatoria se realizaría como un juicio sin jurado. Los testigos serían llamados a prestar testimonio bajo juramento; se permitirían los interrogatorios y las repreguntas, en la medida en que las considerara relevantes. En otras palabras, él era Dios.

Lillian le cedió la palabra al equipo legal de Neubauer; y Montrose citó a una tal Tricia Powell, una mujer de aspecto ordinario, cabello negro y algo más de 20 años.

Jamás había visto a Powell y me pregunté qué papel desempeñaría en todo esto.

Tricia Powell testificó que había asistido a la fiesta de los Neubauer durante el fin de semana de Memorial Day. Cerca del final de la velada, había salido a caminar por la playa.

—¿Vio a alguien durante esa caminata? —preguntó Montrose.

—No hasta que llegué a la playa —respondió Powell—. Fue entonces cuando vi a Peter Mullen.

Me estremecí en el asiento. Era el primer indicio en dos meses de que alguien había visto a Peter después del descanso para cenar. El testimonio provocó una oleada de murmullos en el gimnasio.

—¿Qué hacía él cuando usted lo vio? —preguntó Montrose.

—Tenía la vista fija en las olas —contestó Powell—. Parecía triste.

—¿Usted sabía quién era?

—No, pero lo reconocí como el hombre que estacionó mi automóvil. Después, por supuesto, vi su fotografía en el periódico.

—¿Qué sucedió aquella noche? Díganos exactamente qué fue lo que vio.

—Fumé un cigarrillo e inicié el regreso. Pero al hacerlo oí un chapoteo y, al volver la cabeza, vi que Peter Mullen nadaba entre las olas.

—¿Eso le pareció extraño?

—Desde luego que sí. No sólo por el tamaño de las olas sino también por lo fría que estaba el agua. Había metido un dedo del pie y me impresionó lo helada que estaba.

También yo me quedé helado. Esa mujer, fuera quien fuera, mentía. Me incliné hacia Nadia Alper y le susurré unas palabras.

Cuando Montrose terminó, Alper se puso de pie para interrogar a Powell.

—¿Cómo conoció a Barry Neubauer? —preguntó.

—Somos colegas —respondió muy tranquila. Tuve ganas de acercarme y cachetearla.

—¿También está usted en el negocio de los juguetes, señorita Powell?

—Trabajo en el Departamento de Promociones de las Empresas Mayflower.

—En otras palabras, trabaja *para* Barry Neubauer.

—Me gusta pensar que también somos amigos.

—Estoy segura de que lo serán ahora —comentó Nadia Alper.

La risa burlona que surgió en el gimnasio fue interrumpida por una filosa reprimenda por parte de Lillian.

—Espero, señorita Alper, no tener que pedirle de nuevo que se abstenga de esa clase de acotaciones.

Nadia volvió a dirigirse a la testigo.

—Tengo aquí una lista de todas las personas invitadas aquella noche a la fiesta y su nombre no figura en ella, señorita Powell. ¿Tiene alguna idea de por qué?

—Conocí al señor Neubauer en una reunión, un par de días antes de la fiesta, y tuvo entonces la bondad de invitarme.

—Ajá. ¿Y a qué hora llegó usted? —preguntó Nadia.

—Confieso que temprano, lo cual no es muy elegante. A las siete, cuando mucho, a las siete y cinco. Con todas las celebridades que asistirían, no quería perderme ni un minuto.

—¿Y fue Peter Mullen quien le estacionó el automóvil?

—Sí.

—¿Está usted absolutamente segura, señorita Powell?

—Segurísima. Era alguien... bueno, difícil de olvidar.

Alper se acercó a su mesa, tomó una carpeta y se dirigió al estrado.

—Me gustaría presentarle al juzgado testimonios escritos de tres de los colegas de Peter Mullen que trabajaron esa noche. Aseguran que Mullen llegó a trabajar con por lo menos 40 minutos de retraso. Por consiguiente, es imposible que él hubiera estacionado el automóvil de la señorita Powell o de cualquier otra persona antes de las 7:40.

Se volvió a producir un movimiento en la sala. Los murmullos se hicieron más intensos. Era obvio que la gente estaba furiosa.

—¿Tiene usted alguna explicación para esta discrepancia, señorita Powell? —preguntó el juez.

—Me pareció que él había estacionado mi auto, Su Señoría. Supongo que es posible que lo haya visto en algún otro momento de la fiesta. Era un hombre muy atractivo. Quizá por esa razón su cara me quedó tan grabada.

Se produjo tanta conmoción mientras Nadia Alper regresaba a su asiento, que Lillian tuvo que golpear el martillo y pedir nuevamente silencio.

—Alper sí que tiene agallas —me dijo Mack al oído—. En mi opinión, esta vuelta fue un empate.

57

La situación era en extremo penosa para mí.
Hubiese querido estar a cargo de las repreguntas para objetar cada frase de Bill Montrose, su actitud indiferente, incluso su maldito saco azul de cachemira y sus pantalones grises. Por su aspecto, parecía que en cuanto este asunto sin importancia terminara se iría de inmediato a su club exclusivo.

El siguiente testigo de Montrose era el doctor Ishier Jacobson, quien había renunciado a su cargo de forense del condado de Los Ángeles una década atrás, cuando se dio cuenta de que le podría ir cinco veces mejor como perito judicial.

—Doctor Jacobson, ¿cuánto tiempo fue usted jefe de patología en el hospital Cook Claremont de Los Ángeles?

—21 años, señor.

—Y en ese tiempo, doctor, ¿más o menos cuántas víctimas de asfixia por inmersión tuvo que examinar?

—Muchísimas, lamento decirlo. El sector de playas de Los Ángeles es muy activo y está repleto de personas que practican surf. En el ejercicio de mi cargo me ocupé de más 200 ahogados.

Con una gran sonrisa, Montrose miró al juez Lillian y luego otra vez al doctor Jacobson.

—De modo que no sería nada exagerado afirmar que en este campo usted posee un nivel de experiencia excepcional.

—Creo haber examinado a más víctimas de asfixia por inmersión que cualquier patólogo de los Estados Unidos.

—¿Y cuáles fueron sus conclusiones en lo referente a la muerte de Peter Mullen?

—En primer lugar, que se ahogó. En segundo lugar, que su muerte fue o bien un accidente o un suicidio.

No es que yo no supiera con cuánta facilidad se puede comprar el testimonio de un perito. Si el cliente puede pagarlo, siempre es posible incluir una segunda opinión para contradecir con mayor peso lo que la fiscalía trata de demostrar. Pero las tácticas de un abogado son un poco diferentes cuando la víctima del homicidio es el propio hermano.

—¿Cómo explica usted el estado del cuerpo, doctor Jacobson? Las fotografías tomadas a la víctima en la playa muestran que tenía magulladuras graves. Hasta se especuló con que lo habían golpeado.

—Como usted sabe, una tormenta pasaba por Hampton ese fin de semana. En esa clase de oleaje, un cuerpo con magulladuras graves es la norma, no la excepción. He examinado docenas de víctimas de asfixia por inmersión en las que en ningún momento se sospechó juego sucio. Créame, los hematomas que presentaban eran casi idénticos a los que Peter Mullen exhibía esa noche. Algunos eran incluso peores.

—Eso es una mentira flagrante —susurró Hank, y se inclinó por encima del respaldo de nuestras sillas—. Ese tipo da asco. Ha sido comprado y le han pagado muy bien.

Montrose continuó con la farsa. También él daba asco.

—Como usted sabe, le pedí que trajera algunas fotografías de víctimas previas para ilustrar ese punto. ¿Podría usted mostrarlas a este tribunal, doctor Jacobson?

Jacobson sostuvo en alto dos fotografías, y Montrose, como si no las hubiera visto antes, simuló estremecerse.

—Las dos personas tenían casi la misma edad que el señor Mullen —certificó—. Como pueden ver, están casi tan magullados como el señor Mullen y, si mal no recuerdo, las condiciones no eran en absoluto tan severas.

Montrose le llevó las fotografías al juez, quien las puso junto a la declaración que había recibido de manos de Alper.

—¿Encontró usted en sus registros alguna otra cosa que pudiera arrojar luz sobre esta muerte trágica? —preguntó Monty.

Jacobson asintió.

—La autopsia reveló rastros significativos de marihuana en su corriente sanguínea, como si hubiera inhalado tal vez uno o dos cigarrillos de marihuana poco antes de zambullirse en el agua.

—Su Señoría —lo interrumpió Alper—, este vergonzoso intento de manchar la reputación de la *víctima* no ha cesado desde su muerte. ¿Cuándo terminará?

—Por favor, señorita Alper —dijo el juez—, tome asiento y espere su turno.

—¿Por qué razón la marihuana tendría relevancia, doctor Jacobson? —preguntó Montrose.

—Estudios recientes han demostrado que inmediatamente después de inhalar marihuana, el riesgo de falla cardíaca aumenta de manera espectacular. Si a esto se le suma una temperatura del agua inferior a los diez grados, las posibilidades de que tal cosa suceda son reales. Creo que eso fue exactamente lo que ocurrió en este caso.

—Gracias, doctor Jacobson. No tengo más preguntas.

58

De pronto, sentí que ya no podía soportar nada de eso, que me estaba costando demasiado digerirlo. Si yo hubiera sido el fiscal de distrito, le habría hecho repreguntas al doctor Jacobson hasta que se desmayara de agotamiento. Le habría pedido que le dijera al tribunal cuántos días de peritaje le había cobrado a Nelson, Goodwin y Mickel en los últimos cinco años (48), cuáles eran sus honorarios (7500 dólares) y cuánto cobraba por día (300 dólares), y que dijera cuál era su restaurante preferido en Nueva York (Gotham Bar & Grill, y la entrada más cara que solía pedir allí, un elaborado plato de ternera, que costaba 48 dólares).

Para fundamentar mejor lo que quería demostrar, le preguntaría si esos 48 días lo hacían merecedor del plan de jubilación de Nelson, Goodwin y Mickel (no), o de bonificaciones (de nuevo no) y si alguna vez había presentado una opinión experta gratuita (desde luego que no).

Nadia Alper decidió no seguir esa línea de interrogatorio. Quizá supuso que Lillian no se lo permitiría. Tal vez pensó que cuanto antes pudiéramos poner a nuestro propio perito en el estrado de los testigos, mejor sería. No sé cuáles hayan sido los motivos, pero lo cierto es que en el gimnasio se percibió una justa indignación cuando Nadia llamó a testificar a la doctora Jane Davis.

Por fin íbamos a oír un testimonio honesto, y Montauk lo recibiría de labios de una de los suyos. Ésta era la razón por la que habíamos asistido a esta indagatoria: para escuchar la verdad, para variar.

Hasta Nadia Alper parecía de mejor talante cuando dijo:

—Doctora Davis, por favor háblenos del papel que desempeñó en esta investigación.

—Soy patóloga del hospital Huntington y jefa de médicos forenses del condado de Suffolk —respondió Jane.

—De modo que, a diferencia del doctor Jacobson, usted realmente examinó el cuerpo de Peter Mullen, ¿esto es correcto?

—Sí.

—¿Cuántas horas dedicó usted a ese examen?

—Más de 60.

—¿Eso es más de lo habitual?

—Crecí en Montauk y conozco a la familia Mullen, de modo que mi examen fue particularmente minucioso —respondió Jane.

—¿Qué pruebas tomó usted en cuenta? —preguntó Alper.

—Además de un examen físico completo del cuerpo, hice radiografías múltiples, tomé también muestras y las comparé con el tejido pulmonar.

—Y, según su informe, que tengo en las manos, llegó a la conclusión de que el señor Mullen no se ahogó sino que fue muerto a golpes. Para citar palabras de su informe: "La muerte de Peter Mullen fue el resultado de múltiples golpes al cuello y la cabeza con puños cerrados, pies u otros instrumentos romos. Las radiografías muestran dos vértebras completamente seccionadas, y el nivel de saturación del tejido pulmonar indica que la víctima había dejado de respirar bastante tiempo antes de llegar al agua".

—Esos fueron mis hallazgos —dijo Davis, quien parecía nerviosa y ahora hacía inspiraciones profundas—. Pero después de reflexionarlo más y de hacer un examen de conciencia, y en beneficio de la amplia experiencia del doctor Jacobson, he llegado a la conclusión de que esos hallazgos iniciales eran incorrectos, que las pruebas indican asfixia por inmersión. Ahora me doy cuenta de que mi juicio se vio comprometido por mi amistad con la familia del difunto.

A medida que Jane Davis fue presentando la última parte de su testimonio devastador, se le fue debilitando la voz y empezó a encogerse en el estrado de los testigos. Dejó a Alper allí, de pie, temblando como una hoja al viento, y sin habla. Tampoco yo podía creer lo que acababa de oír. Y tampoco la gente que llenaba el gimnasio. Por todos lados se veían cabezas que giraban.

—¿Cuánto te pagaron, querida? —preguntó una mujer, cuyo hijo era compañero de clase de Peter.

—Espero que haya sido más de lo que le pagaron al doctor Jacobson —gritó Bob Shaw, el dueño de una rotisería sobre la calle principal—. Al menos él no tuvo que traicionar a sus amigos.

—Déjenla tranquila —intervino Macklin desde su asiento—. La han presionado y amenazado. Demonios, ¿no lo entienden?

Lillian golpeó con el martillo y gritó exigiendo silencio, y cuando nada dio resultado, anunció un receso de una hora.

En medio de esa casi revuelta, Jane Davis aprovechó para abandonar el estrado de los testigos. Corrí tras ella, pero ya su automóvil se alejaba de la playa de estacionamiento.

59

Durante el receso, Mack y yo salimos del gimnasio tambaleándonos. En el estacionamiento del costado nos refugiamos en un pequeño banco. Tenía la sensación de que me habían dado otra golpiza, sólo que ésta era mucho peor que las anteriores.

—Me parece que aprendiste más en las últimas dos horas que en los dos años de la Facultad de Derecho de tu elegante universidad —dijo Mack—. A menos que allí estén ofreciendo cursos de cómo corromper, sobornar e intimidar físicamente a testigos. Quizá deberían tenerlos.

Mack contempló la preciosa mañana de agosto y escupió entre sus zapatos toscos y deformados. En muchos sentidos, ésa era una escena idílica. Una pequeña escuela agradable y bien conservada, con campos verdes de juego. Era el tipo de lugar al que los canales de televisión suelen enviar sus camarógrafos para captar la maquinaria pintoresca de la democracia en acción. Para que filmen a los lugareños entrando en el gimnasio de su pequeño pueblo con sus pesados zapatos de trabajo y pasando al otro lado de una cortina para emitir su voto.

Cuando acudimos al mismo gimnasio en una mañana como ésta, comprendemos que lo que está sucediendo no es tan lindo ni idílico y, por cierto, no es democrático. *Es la Gran Mentira*.

Marci nos vio sentados en el banco y se acercó a fumar un cigarrillo.

—Esas personas de la ciudad de Nueva York no suelen tomar prisioneros, ¿no? —dijo, y me ofreció un cigarrillo. Negué con la cabeza—. ¿Seguro? Es un día perfecto para un hábito como éste.

Cuando era estudiante y observaba este mismo estacionamiento, por lo general estaba vacío, salvo por una hilera modesta de automóviles que pertenecían a los profesores. Al mirarlo ahora, vi que un Mercedes sedán describía con lentitud un círculo sobre la superficie alquitranada. Era largo y plateado y tenía ventanillas polarizadas; por fin se detuvo a veinte metros de nosotros.

Unos hombres musculosos y de traje negro bajaron del asiento delantero y de prisa fueron a abrir las puertas de atrás.

En un destello de piernas largas y blancas y pelo rubio, Dana se apeó. Se estaba alisando su vestido oscuro y tuve que reconocer que estaba tan bonita como siempre. Del otro lado del automóvil apareció su padre: también estaba espléndido. Todopoderoso y omnisciente. Le tomó la mano y, con los guardaespaldas desplegados adelante y atrás, los dos avanzaron hacia el gimnasio.

—Pero si es tu antigua novia —comentó Mack—. Debo de haberla juzgado mal, porque aquí está para demostrarles su apoyo a ti y a tu hermano.

60

Marci aplastó la colilla de su cigarrillo y los tres seguimos a los Neubauer y sus guardaespaldas de vuelta al gimnasio. El juez Lillian intentaba en ese momento imponer orden en la sala. Golpeó el martillo varias veces y los oriundos de Montauk por fin interrumpieron sus fuertes discusiones y volvieron a ocupar sus sillas metálicas.

Estaban terminando de ubicarse cuando Montrose llamó a Dana Neubauer al estrado de los testigos. Se me cayó el alma a los pies.

—Dios santo —farfulló Mack—. ¿Qué puede decir ella?

Dana caminó con solemnidad hacia la barra. Como dije, esa mañana estaba especialmente encantadora. Pensándolo bien, me doy cuenta de que también parecía importante, seria y muy creíble.

—¿Conocía usted al difunto Peter Mullen? —preguntó Montrose.

—Sí, conocía muy bien a Peter —contestó ella.

—¿Desde hace cuánto tiempo?

—Hace 21 años que vengo aquí cada verano. Conocí a Peter y al resto de su familia casi enseguida.

—Lamento tener que preguntarle esto, Dana, pero ¿estuvo usted íntimamente involucrada con Peter Mullen?

Dana asintió.

—Sí.

Se oyeron murmullos, pero, en líneas generales, los presentes seguían un poco aturdidos por los testimonios anteriores. A esas alturas yo ya sabía lo de Dana y Peter, pero detestaba oírlo en un tribunal público.

—¿Cuánto tiempo duró esa relación? —preguntó él.

—Alrededor de seis meses —respondió Dana, y se movió con incomodidad en la silla de los testigos.

Montrose suspiró, como si la situación fuera para él tan difícil como lo era para Dana.

—¿Estaban ustedes involucrados en el momento de su muerte?

"Dios mío", pensé, "esto se está poniendo cada vez peor."

—Acabábamos de romper —aclaró, mirando hacia mí. Sabía que era mentira. Al menos, eso pensé. Pero cuando intenté captar su mirada, Dana volvió a concentrarse en Montrose.

—¿Cuánto tiempo antes? —preguntó—. Sé que esto es muy duro para usted.

—Esa noche —respondió Dana en un susurro—, la noche de la fiesta.

—Qué muchacha tan maravillosa, Jack —dijo Mack sin molestarse siquiera en darse vuelta.

Dana volvió a mirarme con temor y comenzó a llorar muy despacio. Le clavé la vista, sobrecogido. ¿Quién era esa mujer que estaba prestando testimonio? ¿*Algo* de lo que decía era cierto?

—Peter lo tomó muy mal —continuó ella—. Comenzó a comportarse de manera muy loca. Rompió una lámpara en la casa, derribó una silla y salió hecho una furia. Me llamó por teléfono una hora después y me dijo que yo estaba cometiendo una grave equivocación, que los dos teníamos que estar juntos. Sabía que estaba trastornado, pero nunca pensé que haría algo insensato. Si hubiese conocido a Peter, tampoco lo habría creído. Actuaba como si nada pudiera afectarlo en realidad. Es evidente que me equivocaba. Lamento mucho lo ocurrido.

Entonces Dana bajó la cabeza y sollozó entre las manos.

—¡Bravo! —gritó Gidley desde atrás—. ¡Bravissimo!

Dicho lo cual se puso de pie de un salto y comenzó a aplaudir a rabiar la actuación soberbia de Dana.

61

En una oportunidad, un buen amigo mío pasó un verano en un canal de televisión de Nueva York dedicado a las noticias. Al presentador le cayó bien, lo invitó a tomar una cerveza y le confió el secreto para convertirse en un éxito televisivo.

—Lo importante en este negocio —le dijo el presentador— es la sinceridad. Una vez que aprendes a fingir, el resto es sencillo.

Después de Dana, Barry Neubauer subió al estrado. La especialidad de Neubauer no era aparentar simpatía sino proyectar su importancia como gran empresario. Cada detalle de su aspecto, desde el corte del traje gris oscuro hasta la inclinación del mentón y la abundante cabellera de pelo entrecano, reforzaba la imagen de un hombre superior.

—Señor Neubauer —comenzó a decir Nadia Alper—, según un cantinero que trabajaba en su casa, la tarde anterior a la fiesta, usted y la señora Neubauer mantuvieron una discusión prolongada y áspera. ¿Podría decirnos cuál era el tema de esa discusión?

—Sí, recuerdo una disputa —respondió Neubauer y se encogió de hombros—, pero no recuerdo que fuera demasiado importante. De hecho, no recuerdo con claridad de qué se trataba. Quizá se debía sólo a nervios previos a la fiesta. Sospecho que ese cantinero no ha estado casado durante 27 años.

—¿Refrescaría a su memoria, señor Neubauer, que yo le dijera que ese mismo cantinero lo oyó pronunciar varias veces el nombre de Peter Mullen durante la disputa, a menudo acompañado de una imprecación?

Neubauer frunció el entrecejo mientras se esforzaba por recordar el incidente.

—No, lo lamento, sería igual. No se me ocurre ninguna razón para mencionar su nombre en una disputa entre Campion y yo. Peter Mullen ha sido amigo de la familia desde que tengo memoria. Consideramos su muerte, más allá de las circunstancias exactas en que haya sucedido, como un hecho muy trágico. He presentado mis condolencias a la familia Mullen. Visité a su hermano mayor Jack en el estudio jurídico donde él solía trabajar y hablé mucho con él.

Neubauer daba la imagen del testigo perfecto. La postura erguida, la mirada firme, la voz grave y las respuestas lentas y ponderadas se combinaban para crear una impresión de total credibilidad. Creer por un segundo que sus respuestas pudieran ser falsas, parecía una actitud cínica e intrigante.

Alper insistió. Dicho sea a su favor, no daba la impresión de tenerle miedo a Neubauer.

—¿Recuerda usted cuáles fueron sus actividades el día en que murió el señor Mullen?

—Por la mañana me ocupé de algunos asuntos de rutina, y por la tarde jugué bastante mal dieciocho hoyos de golf en Maidstone. Después Campion y yo nos preparamos para la fiesta.

—¿Podría decirnos qué hacía a eso de las diez y media de la noche, la hora en que el señor Mullen murió?

—Estaba hablando por teléfono en mi estudio —respondió Neubauer, sin vacilar—. Lo recuerdo muy bien.

Nadia Alper ladeó la cabeza, sorprendida. Lo mismo hicimos Mack y yo.

—¿Hay alguna razón, señor Neubauer, por la que recuerde una llamada telefónica de manera tan precisa y al mismo tiempo no recuerde en absoluto una pelea que tuvo con su esposa?

Nada parecía turbar a Barry Neubauer.

—En primer lugar, fue una llamada muy larga; duró poco más de una hora. Incluso recuerdo haberme sentido un poco culpable por haber dejado tanto tiempo a mis invitados.

—Ahora resulta que es un maldito ser humano compasivo —comentó Macklin en voz baja.

—¿Tiene usted alguna prueba de que esa llamada existió?

—Sí, traje una copia de la factura telefónica. Muestra una llamada de 74 minutos desde las 22:03 minutos de la noche hasta las 23:17 —Neubauer le entregó el documento a Alper.

—¿Podría decirnos con quién hablaba, señor Neubauer? —preguntó Alper.

Al ver que Neubauer vacilaba un instante, Montrose intervino:

—Objeción.

Los dos abogados miraron a Lillian.

—No ha lugar —sentenció el juez—. Por favor, responda a la pregunta.

—Con Robert Crassweller hijo —dijo Neubauer, y una levísima sonrisa se le dibujó en los labios—. El procurador general de los Estados Unidos —dijo.

La respuesta final eliminó todo rastro de tensión y energía que quedaba en la sala, Algunos espectadores se pusieron de pie y se fueron, como si se tratara de un juego y nada más. Barry Neubauer paseó la mirada por el público de manera despreocupada. Cuando me localizó a mí, me dedicó una sonrisa indolente. *La hora de los aficionados se acabó, muchachos.*

Después de algunas preguntas más, Nadia Alper terminó con Neubauer. Entonces los dos abogados informaron al tribunal que ya habían presentado la totalidad de su lista de testigos.

El juez Lillian convirtió en un espectáculo el hecho de arreglarse la túnica antes de dirigirse al tribunal con tono sombrío.

—Por lo general —dijo Lillian—, no daría a conocer mi decisión hasta mañana por la mañana. Sin embargo, en este caso no se me ocurre nada que requiera mayor reflexión. Por la tanto la conclusión a la que ha llegado este tribunal es que el 29 de mayo Peter Mullen se ahogó por accidente o por suicidio. La indagatoria ha finalizado y este tribunal entra en receso.

62

El receso se produjo a eso de las 16:40. Cuando llegué al Shagwong, eran las cinco en punto de la tarde. Me instalé en el fondo de la barra y le pedí a Mike que sirviera seis medidas de whisky.

Sin levantar siquiera una ceja, tomó los vasos con ambas manos y, con una precisión fruto de mucha práctica, los alineó y los fue llenando hasta el borde.

—Cortesía de la casa —dijo.

—Entonces debería de haberte pedido siete —le contesté, y sonreí por primera vez en ese día.

Mike colocó un séptimo vaso y también lo llenó.

—Bromeaba.

—Yo también.

Mientras Mike repartía la dosis total de mi medicina irlandesa sobre la barra, me pareció ver de nuevo, en mi mente, esa sonrisita presumida que Montrose me dedicó al salir de la sala del tribunal. Mostraba más disgusto que alegría. Parecía preguntarse por qué yo era la única persona en ese recinto que no lograba comprender que la justicia no era ni un misterio ni un juego de dados, sino una adquisición importante. Si inviertes el dinero en forma prudente y secreta, sales en libertad. Eso era lo que sucedía en esta época en los Estados Unidos. ¿Quién sabe? Tal vez siempre fue así.

Durante las dos horas siguientes bebí sin pausa de izquierda a derecha. Decidí dedicarle una medida a cada uno de los testigos que participaron en el desfile de perjuros. Hice un brindis por Tricia Powell, sin duda la Empleada del Mes de Mayflower, y otro por el bueno del doctor Jacobson, el mago de la ciencia forense de Los Ángeles. O, como lo describió Mack: "Una prostituta con *currículum*".

Mi ex novia Dana se mereció dos medidas de whisky. La primera por regresar nada menos que de Europa porque me echaba de menos. La segunda, por su maravillosa actuación de esa tarde, merecedora de un Oscar.

Casi sin fijarme en la gente que me rodeaba, seguí bebiendo y bebiendo hasta que mi nivel de aturdimiento fue mayor que mi furia. Creo que eso sucedió en algún momento de la segunda medida para Dana, la cuarta que bebí en 40 minutos.

Aunque quizá yo no sea el mejor de los testigos, recuerdo que Fenton y Hank se me acercaron y cada uno me rodeó con el brazo, pero, al darse cuenta de que no estaba de ánimo para recibir un abrazo grupal, muy pronto me dejaron entregado a mi automedicación. Sólo trataban de hacer lo correcto.

Cuando pedí la bebida, había incluido un brindis por Jane Davis, pero cuando le llegó su turno estaba más preocupado por ella que enojado. Camino de regreso del cuarto de baño me detuve junto al teléfono público y le dejé un mensaje un poco incoherente en su contestador automático.

—No es culpa tuya, Jane —grité por encima del barullo del bar—, sino mía. No debería de haberte metido en este lío.

Fue entonces cuando vi a Frank Volpi. Estaba en el fondo, esperando que yo terminara de hablar por teléfono.

—Felicitaciones, idiota —dijo. Después sonrió y se alejó antes de que pudiera responderle.

De vuelta en el bar, brindé por Frank. Había estado junto a nosotros desde el principio, y su actuación había sido impecable.

—Por Volpi —dije, y bebí.

Le dediqué el brindis número seis a Barry Neubauer. Ese río de whisky me había inspirado, y se me ocurrió una copla adecuada para la ocasión. *Barry Neubauer, cínico e inmoral, eres la escoria del momento actual.*

Se suponía que ése sería mi último brindis, pero gracias a Mike aún me quedaba una reluciente bala de plata. Por desgracia, a esas alturas, iba a tener que brindar por algo tan vago y amorfo como el Sistema. Entonces pensé en el procurador general Robert Crassweller hijo. Ni siquiera yo podía dejar de felicitar a Montrose por la forma en que había armado ese golpe bajo con su falsa objeción. Qué desparpajo. Manejó a Nadia Alper con gran delicadeza, como quien toca un Stradivarius. ¡Qué clase! ¡Qué triunfador!

Después de ese último brindis, apenas podía enfocar la vista. De hecho, todo el recinto giraba. Traté de resolver el problema con un par de cervezas. Estaba totalmente borracho. Entonces hice varios intentos de dejarle a Mike una propina de 40 dólares. Pero una y otra vez volvió a meterme el dinero en el bolsillo de la camisa, hasta que, por fin, me tambaleé hacia la puerta.

Dos cuadras más abajo me detuve junto a un teléfono público y volví a llamar a Jane. No podía borrar de mi mente la mirada horrible de su rostro. Planeaba dejarle una versión un poco más inteligible de mi primer mensaje, cuando contestó.

—Está bien, Jane —dije.

—No, no está bien. Por Dios, Jack. Lo siento. *Lo siento*. Vinieron a mi casa.

—No tiene importancia de todos modos.

—¡Igual! —parecía histérica.

Cuatro turistas pasaron junto a mí y subieron a un convertible Saab.

—Jane, tienes que jurarme que no harás ninguna tontería.

—No te preocupes. Pero hay algo que tengo que decirte. No te lo comenté antes porque me pareció que no tenía sentido. Cuando le hice todas esas pruebas al cuerpo de Peter, también le hice un análisis de sangre. Jack, tu hermano era VIH positivo.

La caminata de tres kilómetros y el aire del mar me hicieron muchísimo bien. Cuando pasé frente a la playa de estacionamiento del balneario de Ditch Plains y corté camino por el césped húmedo frente a casa, ya estaba sobrio.

Siempre se lo voy a agradecer. Sentada en el porche y recostada contra la puerta principal con uno de mis suéteres viejos, estaba Pauline.

Eran alrededor de las diez y media de la noche. Una leve bruma marina cubría la calle y el parque. Reconozco que es una analogía extraña y no sé por qué se me ocurrió en ese momento, pero ver a Pauline delante de la puerta de mi casa me hizo acordar a Gary Cooper en *La hora señalada*, en la escena en que se lo ve esperando pacientemente en la calle. Algo acerca de la inmovilidad y la sonrisa Pauline, de "aquí estoy, ¿qué vas a hacer al respecto?".

—¡Qué agradable volver a verte, Pauline!

—A ti también, Jack. Te estuve observando hoy desde la parte de atrás del gimnasio. Después regresé a la ciudad en el auto y finalmente vine hasta acá. Muy loco, ¿no? No lo niegues.

—¿Hiciste algo terrible que obligó a Macklin a echarte de la casa?

—No.

—¿Sólo querías un poco de aire fresco?

—No.

—¿Alguna de estas razones?

—No.

Por lo general, la mayoría de los "no", no suelen ser muy convincentes, pero estos sí lo eran. Me senté en el suelo de piedra y me recosté contra la puerta roja de madera de nuestra casa. Rocé el brazo de Pauline y lo sentí vibrar contra el mío. Me tomó la mano y la boca se me secó.

—Pero mientras hablaba con Macklin, de pronto algo me resultó muy claro —me susurró.

—¿Qué, Pauline? —le pregunté, también en voz muy baja.

—Cuánto me importas.

Volví a mirar a Pauline e hice lo que sin duda deseaba hacer desde hacía mucho: la besé con delicadeza en los labios. Tenía los labios suaves y se acomodaban a la perfección en los míos. Nos quedamos así por un momento maravilloso antes de separarnos y mirarnos.

—Valió la pena la espera —dije.

—No deberías haber esperado, Jack.

—Te prometo que para el siguiente no voy a esperar tanto.

Comenzamos a besarnos de nuevo, y desde entonces, no hemos parado, en realidad.

Empiezo a darme cuenta de que, para ustedes, que me han acompañado hasta ahora, nada de esto es sorprendente, y lo más probable es que se lo vieran venir. Pero yo no.

No hasta esa noche cuando crucé el césped. No porque no quisiera que sucediese. Quise que sucediera desde el primer momento en que Pauline entró en mi diminuta oficina. Tanto lo deseaba, que no quería hacerme ilusiones.

—Eres una buena persona. Y muy dulce —dijo Pauline, mientras nos abrazábamos en el porche del frente.

—Por favor, no pienses mal de mí por eso.

—No lo haré —respondió, y me mostró una manta que había sacado de la casa.

—Vayamos a la playa, Jack. Hay otra cosa que quiero hacer contigo desde hace mucho.

IV

El graduado

64

La salida del sol en Queens y el río East puede no ser tan espectacular como la del Atlántico, pero no es nada despreciable. Tampoco lo era poder abrazar a Pauline mientras dormía serenamente junto a mí. Había imaginado lo bien que nos llevaríamos, pero no tenía idea de lo maravilloso que resultó ser. Por primera vez en mi vida, estaba enamorado.

Al final del verano dejé a Mack en Montauk y me fui a vivir con Pauline en la Avenida B. Durante cinco meses, viajé todos los días en subterráneo a Manhattan con el propósito de completar mis estudios para graduarme en la Facultad de Derecho de la Universidad de Columbia.

Aunque el verano había moderado mi entusiasmo por el Derecho, no realizaba mis estudios a desgano. Estimulado por la rabia y la repugnancia, del mismo modo en que algunos de mis compañeros lo estaban por la ambición, estudié con más empeño que nunca. La indagatoria me dejó intrigado con respecto a la litigación, y repasé *Técnicas en juicios y procesos*, de Thomas Mauet, como si fuera la Biblia. Hice otro tanto con *Casos y pruebas fundamentales* y con *Derecho político*.

Me esforcé tanto en todos los cursos de mi carrera que, cuando publicaron las notas finales, me enteré de que me había graduado como tercero de mi clase.

Aunque mis perspectivas de empleo eran escasas, supuse que me merecía un descanso. Así que mientras otros estudiantes de tercer año seguían luchando por conseguir empleo en estudios jurídicos prestigiosos o entrar en el Colegio de Abogados, yo disfrutaba de la vida en el East Village. Era un buen lugar para cultivar el alma y tratar de averiguar qué debía hacer a continuación un joven furioso y muy instruido de 29 años.

Mi estado de ánimo alterado se agravó cuando recibí una carta de Huntsville, Texas. Mudman había aceptado mi ofrecimiento de que nos mantuviéramos en contacto. Me enviaba novedades sombrías acerca de la posibilidad de obtener alguna vez su ADN para presentarse a un nuevo juicio. Sin embargo, nada de lo que me había dicho hasta entonces me preparó para la última carta que recibí de él.

Se había fijado la fecha de su ejecución.

Vi a Mudman por primera vez una mañana muy fría de febrero, poco antes de que el estado de Texas lo ejecutara. Nos separaba el panel de plexiglás ubicado entre la sala de observación y la cámara de la muerte.

Pauline y yo habíamos tomado un vuelo a Dallas la mañana anterior. Alquilamos un automóvil en cuanto llegamos y emprendimos el viaje de tres horas a Huntsville. A último momento las autoridades de la prisión anularon el permiso para una entrevista privada. Puesto que figurábamos en la lista de visitas personales de Mudman, se nos permitiría observar la ejecución.

Junto con la tía abuela de la víctima y un reportero de prisión que se sentó junto a nosotros en la sala de observación de tres niveles, no vimos a Mudman hasta que lo trajeron en su silla de ruedas a la cámara de la muerte, poco antes de las ocho de la mañana.

Mudman se encontraba en el pabellón de la muerte desde hacía 20 años y eso había causado estragos en él. La última fotografía que había visto de ese ex portero-matón de un metro noventa de estatura ya tenía cerca de 20 años; y, aunque Mudman seguía siendo un hombre grandote que pesaba alrededor de 150 kilos, estaba muy envejecido. Tenía el pelo largo y la barba completamente blancos. Una artritis degenerativa en las caderas lo había recluido en una silla de ruedas tres años antes.

Mientras el alcalde y el capellán de la prisión observaban, un guardia le puso a Mudman un par de anteojos. Después sostuvo una hoja de papel a la altura de su pecho. Aunque Mudman estaba algo sedado, empezó a leer.

—Esta cárcel y mi gobierno —dijo con una voz curiosamente alta— ya me han quitado los mejores años de mi vida. Esta mañana se llevarán lo que queda de mí. Cometerán un homicidio. Que Dios tenga piedad de sus almas.

Giró la cabeza y me vio en la primera fila. Me sonrió con

gratitud y con tanta ternura que me conmovió profundamente. Tuve que reprimir un sollozo, y Pauline me tomó del brazo.

Los minutos pasaban con una lentitud de pesadilla. Mientras la lluvia torrencial y fría pegaba contra el techo de metal corrugado, el capellán leyó el salmo 23. Luego, los guardias sacaron a Mudman de la silla de ruedas y lo colocaron sobre la camilla.

Su fragilidad, la silla de ruedas de la prisión y la eficiencia de los guardias creaban la impresión errónea de que estábamos presenciando un procedimiento médico que curaría a un hombre enfermo. Esa impresión adquirió verosimilitud cuando un ordenanza levantó la manga del grueso brazo derecho de Mudman. Buscó una vena, limpió la piel con un algodón con alcohol y le insertó un catéter intravenoso.

En cuanto el director de la prisión —un hombre de unos sesenta años de expresión bondadosa, lo cual me sorprendió—, vio que tenía puesto el catéter, levantó el brazo derecho. Esa señal inició la entrada de la primera dosis de veneno en el cuerpo de Mudman.

Menos de 30 segundos después, volvió a levantar el brazo, además con el que ordenaba la entrada del clorhidrato que terminaría con la vida del Mudman.

Durante todo ese tiempo, los ojos de Mudman permanecieron clavados en los míos. En su última carta me había pedido que presenciara su ejecución. Quería que yo estuviera allí para poder mirar a alguien que creyera en su inocencia. E hice todo lo que estuvo a mi alcance para ser merecedor de esa mirada inflexible.

En el último minuto, Mudman intentó cantar una vieja canción de los Hermanos Allman que le gustaba desde pequeño: "*Me voy al campo, preciosura, ¿quieres venir conmigo? / Me voy al campo, preciosura, ¿quieres venir conmigo?*". De alguna manera, logró entonarla.

El clorhidrato finalmente hizo efecto. Vació el aire de su enorme pecho con tanta violencia como si le hubieran pegado un puñetazo. El cuerpo se le sacudió hacia delante contra las correas, con tanta fuerza que los anteojos salieron volando al piso de concreto.

El médico de la prisión declaró muerto a Mudman a las

8:17 minutos de la mañana en una ejecución por orden del Estado.

Pauline y yo salimos de la prisión en silencio. Me sentí hueco y vacío; casi tan mal como la noche en que vi el cuerpo de Peter en la playa. Tuve la sensación de haberles fallado a los dos.

—Ese hombre era inocente —le dije a Pauline, mientras regresábamos a Dallas desde Huntsville—. Y Barry Neubauer es un asesino. Tiene que haber algo que podamos hacerle a ese hijo de puta. Una dosis de clorhidrato no estaría nada mal.

Pauline estiró el brazo, me tomó la mano y la sostuvo con suavidad. Y entonces comenzó a cantar en voz muy baja: "Me voy al campo, preciosura, ¿quieres venir conmigo?".

66

Una mañana de jueves de comienzos del mes de mayo me sumí en la rutina meditativa que había empezado a practicar desde mi regreso de Texas. Salí y compré los periódicos, le preparé café a Pauline y le di un beso de despedida cuando se fue a su nuevo empleo en el estudio jurídico MacMilan y Hart. Luego, después de veinte minutos de planchas y abdominales sobre la alfombra de la sala, salí a la calle.

Primero pasé a ver a Philip K., un ex editor de revistas. Era un adicto a la heroína en recuperación y ahora, un paciente ambulatorio en una clínica de metadona. Vendía libros usados en una mesa de juego de cartas en una esquina del parque de la plaza Tokins. Esteta y esnob, Philip sólo vendía libros que valía la pena leer, según su criterio. Muchas mañanas no había más de tres o cuatro tomos sobre la mesa.

Esa mañana, Philip sólo ofrecía una novela en rústica llamada *Perros de la noche*. Le pagué el precio que pedía, la guardé en el bolsillo de atrás del pantalón y me dirigí a un café al paso de la Segunda Avenida, donde me instalé en la barra y comencé a leerla mientras tomaba un café con *matzo brei*.

Aunque sin *piercings* ni tatuajes en el cuerpo, me estaba convirtiendo en un habitante del East Village de un modo muy sutil. Empezaron a gustarme los *pierogi* y los *blintzes* y otros dulces originarios de la Europa Oriental que se vendían en casas de comida estrechas ubicadas desde la Segunda hasta la Avenida C. Me encantaban los bares oscuros en cuyas rocolas había canciones que nunca había oído antes. A Mack también le encantaban, y cada tanto se tomaba un ómnibus y se reunía con Pauline y conmigo en un bar local.

Macklin era tan aficionado al jazz, que parecía más a gusto en el Village que yo. Con el sombrero de ala curva que le compré, se parecía a Henry Miller, como si éste hubiese regresado para un último recorrido por la bohemia.

Hablando de sombreros, ahora me compraba ropa de segunda mano. Esa mañana, nada de lo que llevaba puesto había costado más de seis dólares, así que después de desayunar y de leer 50 páginas de la novela recomendada por Philip, decidí darme una vuelta por Ferdi's Vintage en la Séptima, donde había conseguido las mejores ofertas.

Acababa de empezar a revisar el estante con camisas en el fondo del local cuando vi que entraba un individuo bajito de barba y pelo corto teñido con agua oxigenada.

Lo observé revisar trajes viejos. Verlo me hizo echar de menos a Sammy. Ese hombre tenía más o menos la misma altura y la misma contextura física. Y también su misma actitud petulante.

El parecido era tan sorprendente, que comencé a preguntarme si no teníamos todos clones que caminaban por las calles de distintas ciudades alrededor del mundo.

El hombre debió de haber notado mi interés porque volvió la cabeza para mirarme. Comencé a farfullar una disculpa, pero en ese momento su expresión sorprendida lo delató.

—¡Sammy!

Me pegó una trompada y de pronto me encontré en el suelo, mirando desde abajo faldones gastados de camisas viejas.

67

¿Sammy estaba vivo? No podía ser. Pero, maldición, lo estaba.

Me levanté tan rápido como pude. Salí corriendo de Ferdi's y lo vi correr hacia el oeste por la Séptima. Dobló al sur en la Primera y desapareció de mi vista. Corría como si acabara de ver un fantasma, y lo mismo me sucedía a mí.

En la esquina había un bar de homosexuales y las vidrieras del frente estaban cubiertas con cortinados color rojo oscuro. Cuando abrí la puerta, la luz procedente de la Primera Avenida me permitió ver a Sammy escabulléndose por la puerta trasera.

—¡Sammy, detente! —le grité—. Tengo que hablar contigo.

Eché a correr tras él por entre las sombras hasta que casi tropecé con un cantinero imponente que acababa de saltar desde atrás de la barra y me bloqueaba el paso.

—Sólo trato de hablar con un viejo amigo a quien creí muerto.

—No me digas, querido —dijo—. Pero a veces no nos queda más remedio que aceptar un no por respuesta.

Me di media vuelta y me abalancé hacia la puerta. Sammy cruzaba en ese momento la Primera, una cuadra al sur. La conmoción que había sentido al verlo se estaba trocando en furia.

Fui tras él de prisa. Cuando volví a ver la nuca de su cabeza encanecida, ya no corría sino que caminaba rápido.

Lo seguí de lejos hasta la calle Sexta, pasando los restaurantes indios, la vieja iglesia ucraniana y una tienda guatemalteca de regalos. Después, por la Segunda y la Tercera, alrededor de Cooper Union, y por entre los *punks* con patinetas que hacían piruetas a la sombra del brillante cubo de antracita de Astor Place.

De pronto, Sammy enfiló por la Cuarta, y su cabellera blanca sobresalía entre el gentío de empleados que iniciaban su hora de descanso para el almuerzo.

Cada vez que miraba por encima del hombro, me agachaba o entraba en una tienda. Separado de él por pocos metros,

crucé la Catorce por Circuit City, después atravesé Union
Square, donde estuve a punto de perderlo entre la multitud de
mujeres elegantes vestidas de negro que compraban fruta fresca y verduras.

Sólo entonces empecé a asimilar el hecho de que Sammy
estuviera vivo. ¿Qué había pasado en su casa aquella noche?
¿Quién murió en el incendio? ¿Por qué había huido Sammy? ¿Y
qué hacía en Nueva York?

Dejé las preguntas para más tarde y me concentré en la
nuca de Sammy. Cuando faltaba una cuadra para Paragon, dobló de nuevo hacia el oeste. Lo seguí hacia Chelsea, donde todos los bares son de homosexuales, y en las vitrinas los mani-
quíes tienen la cabeza rapada y están tomados de la mano.

En la esquina de la Ocho y la Dieciocho, cerca de Cove-
nant House, se me cruzaron unos empleados de mudanzas que
estaban entregando un par de sofás Art Decó. Cuando logré ro-
dearlos, Sammy había desaparecido una vez más.

68

Después de salir de Union Square, Sammy miró de nuevo hacia atrás y vio a Jack a un poco más de una cuadra de distancia, cerca de City Bakery.

Sin cambiar de ritmo, procedió hacia el oeste. Justo antes de la Séptima se escondió debajo de una escalera de cemento y aguardó a que su viejo amigo de Montauk pasara.

En cuanto Jack cruzó la avenida, Sammy echó a correr hacia el centro de la ciudad. No miró hacia atrás durante cinco cuadras. Después dobló una última vez hacia el oeste. Al final de la siguiente bocacalle había un pequeño parque. Encontró un banco en un rincón y se recostó contra él.

Durante una hora se escondió entre las sombras, tan invisible como los sin techo. Escuchó el ruido de taxis avanzando a toda velocidad por la Décima, y los gritos de los pequeños que las niñeras caribeñas, altas y apacibles, solían llevar a los parques y soltar como palomas.

¿Cuáles eran las probabilidades de ver a Jack revisando los estantes en una tienda de ropa usada del East Village?, pensaba Sammy. ¿Las mismas que toparse con él en cualquier otra parte? Bueno, el mundo estaba lleno de sorpresas. Y, ¿a qué no saben qué? La mayoría de las sorpresas son un desastre. Debía tener más cuidado. Mucho cuidado. Últimamente había tenido la sensación de que lo seguían.

Descansó un buen rato. Después salió del parque y caminó por la Décima a lo largo de las cuadras arboladas. Deambuló bajo la sombra del cruce del tren, donde incluso a primera hora de la tarde los travestis de piernas flacas y hombros anchos trataban de seducir a quienes todos los días emprendían ese largo camino de regreso a casa.

En la Decimoctava dobló al este más allá de los garajes de taxis, y minutos después entró en su departamento. Había subalquilado un piso en una urbanización de Chelsea, y él era la única cara blanca en todo el edificio. Pero, como solía decir su vecino, era un cuartucho elegante. ¿Dónde iba a conseguir un departamento de un dormitorio en el piso 24, con una pequeña terraza, por 1400 dólares por mes? ¿En el fin del mundo?

En el ascensor vacío subió hasta el piso 24 mientras pensaba en el encuentro fortuito con Jack Mullen. ¡Por Dios! Quizás era una señal de que debía dejar la ciudad, ir a South Beach y conseguir trabajo en un salón de belleza *outré* de la Avenida Collins. Se bajó en el piso 24, que también era su edad por tres días más, y caminó por el corredor interminable, lo único del edificio que le daba miedo.

Al girar la llave en la cerradura, dos hombres salieron del lugar donde se hallaba la tolva del incinerador. Reconoció a Frank Volpi.

—Caramba, creo que necesitas un corte de pelo, Frank.

Volpi empujó la cara de Sammy contra la puerta y el otro individuo lo pateó en el costado. El segundo hombre era uno de los tipos que habían matado a Peter. De pronto Sammy supo que no iba a llegar nunca a South Beach.

Tal vez ésa fue la razón por la que decidió no decirles nada en absoluto. Durante la hora siguiente, Volpi y el otro hombre trataron de doblegar a Sammy, y sin duda tenían mucho talento para realizar esa tarea. Pero Sammy se mantuvo en sus trece. Quizá por respeto a Peter, o incluso a Jack. Lo cierto es que no lograron sacarle ni una palabra.

Ni cuando le hundieron la cabeza en el inodoro, ni cuando le cocinaron la mano sobre la hornalla de la cocina de gas. Ni siquiera cuando lo llevaron al balcón de concreto que daba a la calle Dieciocho.

Y lo arrojaron al vacío.

69

Después de perder de vista a Sammy, seguí deambulando aturdido por Chelsea durante media hora. Por fin, me refugié en un café sobre la Novena. Me sentí agradecido. Me alegraba saber que alguien que creía muerto, estuviera vivo.

Después del café regresé a Ferdi's. Tal vez Sammy había comprado ropa allí antes. Quizás había pagado con una tarjeta de crédito o dejado un número de teléfono. No era probable, pero era lo único que se me ocurrió y necesitaba caminar.

En la esquina de la Dieciocho, una joven madre estaba sentada en el borde de un gran macetón de cemento. Hacía ruidos que imitaban los gorjeos de los pájaros y levantaba a su bebé por encima de la cabeza.

Por un momento me pareció la personificación urbana de la felicidad de una Madonna con su hijo, pero un instante después la madre miró el cielo, gritó, abrazó al bebé y echó a correr despavorida.

Alcé la vista.

Al principio pensé que alguien había arrojado desde la ventana de un piso alto una enorme bolsa plástica con residuos. Mientras caía, alcancé a ver brazos y piernas que giraban como molinos, y un destello blanco. Creo que antes de que aterrizara en la vereda supe que se trataba de Sammy.

El sonido horrible y seco del impacto dejó a todos anonadados en la calle. Durante algunos instantes, en Chelsea reinó más silencio que nunca en una tarde asoleada de fin de semana.

Un Lexus blanco estacionado cerca hizo un guiño con los faros, y enseguida comenzó a sonar su alarma contra ladrones.

Un niño del vecindario se acercó pedaleando en su reluciente bicicleta, miró fijo el cuerpo caído de ese desconocido y la mancha roja que brotaba debajo de él, y se alejó a toda velocidad. Fui el segundo en acercarme, y tuve alrededor de un minuto a solas con Sammy. El nombre en la licencia de conducir que llevaba en la billetera era el de Vincenzo Nicolo. Pero era Sammy. Los hematomas en los brazos y la cara parecían tan graves como los del cuerpo de Peter. Tenía también quemaduras en carne viva en las manos.

—Lo siento —susurré.

Un minuto después, yo era sólo una cara más en una rueda de curiosos. A los cinco minutos el círculo de curiosos era una multitud. Cuando oí el ulular de las sirenas de la policía, me deslicé hacia atrás por entre el gentío y me alejé de allí.

Me alegré incluso de que Sammy me hubiera golpeado. Al menos había tenido oportunidad de tocarlo una última vez antes de su muerte.

70

Por fin, una hora después, me dejaron de temblar las piernas. Me encontraba en la esquina de un estacionamiento de la Avenida D. Quité la funda que cubría la Beemer.

A pesar de que hacía dos meses que no la usaba, arrancó enseguida. Dejé que carraspeara un poco y luego salí de la ciudad. No hacía más que ver a Sammy cayendo y cayendo como si hubiera estado en el aire durante minutos. No podía quitarme la imagen de la cabeza. Nunca.

En el camino me detuve para llamar a Isabel Giamalva. Le dije que era posible que pasara a verla.

—Por supuesto, ha pasado demasiado tiempo, Jack —me contestó.

Tres horas después llamaba a la puerta de su modesta casa-rancho, a una cuadra y media de la calle principal de Montauk. La madre de Sammy todavía llevaba puestos los pantalones y la chaqueta negra de su turno de camarera en un restaurante de Amagansett. Traté de simular que era sólo una visita social, pero me estaba costando mucho engañarme a mí mismo.

—¿Qué tal las propinas? —pregunté y me obligué a mirar a Isabel a los ojos.

—Bueno, ya sabes —contestó. Isabel tenía cabellos castaños, y era una mujer menuda y regordeta, no sin cierto atractivo. Siempre había sido buena con nosotros, vale decir con Peter, con Sammy y conmigo.

—Cada año la gente empieza a llegar más temprano. Salvo por los chales, podría ser un sábado de agosto. Dime, ¿quién es esta Pauline que Mack no se cansa de elogiar?

—Supongo que sueña con otra generación de Mullens, aunque cualquiera diría que a estas alturas ya estaría un poco harto de la familia. La traeré a verte uno de estos días. A ti también te gustará.

—¿Qué sucede, Jack? —preguntó, por último.

No tenía intenciones de decirle a Isabel lo que le había

pasado a su hijo. ¿Qué sentido tenía? Con el documento de identidad falso y un poco de suerte, tal vez nunca llegaría a enterarse. Pero sí le dije que estaba convencido de que el mismo que mató a Peter también había asesinado a Sammy. Le pregunté si alguna vez sospechó que Sammy y Peter habían hecho algo malo.

—Para nada —respondió Isabel—. ¿Eso me convierte en una mala madre? Sammy trabajó desde los 16 años y siempre fue un muchacho muy reservado. Supuse que eso tenía que ver con que fuera homosexual. Seguramente quería ocultarme los detalles, aunque a mí no me hubieran escandalizado. Jamás me presentó a ninguno de sus novios, Jack. Todavía no sé si alguna vez tuvo una relación seria.

—Si la tuvo, yo tampoco lo supe, Isabel.

—Si quieres, puedes revisar su habitación —dijo—, pero no hay mucho en ella.

Me condujo al fondo de un pequeño pasillo y se sentó en la cama mientras yo le echaba un vistazo a los estantes y la mesa de fórmica negra que ocupaban todo el ancho del cuarto. Hacía años que Sammy no vivía en su casa. El único rastro que había dejado era una pila de revistas *Vogue* y *Harper's Bazaar*. Fuera de eso, apenas quedaban los restos escasos de una educación secundaria estadounidense: una vieja gramática francesa, un texto de álgebra, una novela de John Knowles y un ejemplar de *El rey Lear*.

Los otros libros eran manuales de fotografía. Prolijamente ubicados contra la pared, había libros sobre el arte del retratos técnicas de iluminación en interiores y exteriores, el uso de los teleobjetivos para fotografiar vida salvaje.

—No sabía que Sammy era fotógrafo —comenté.

—Sí. Nadie lo sabía —respondió Isabel—. Era otra cosa que mantenía en secreto. Pero hasta que Peter murió, solía venir aquí una o dos noches por mes y trabajaba en eso toda la noche.

—¿Aquí? ¿En su casa?

—Se construyó un cuarto oscuro en el sótano. Debe de haber sido hace cinco años. Siempre pensé poner un aviso en el *Star* y vender todo el equipo, pero nunca me animé a hacerlo.

71

No pude encender la luz. Se había quemado un fusible en el sótano. Isabel no había tenido tiempo de cambiarlo, así que, antes de bajar por la escalera empinada de madera, me dio una vieja linterna de hojalata. Enfoqué el débil haz de luz por ese recinto con olor a humedad. Alcancé a ver el oscuro contorno de una estufa, un par de viejos esquíes de madera para agua, y una mesa de ping-pong plegada.

En medio de esos objetos comprados en tiendas de segunda mano, divisé por fin el cuarto oscuro. Abarcaba apenas la mitad de una pared y estaba construido con planchas de madera terciada. Tenía el tamaño de un cuarto de baño grande. Una puerta giratoria de goma permitía entrar y salir del cuarto oscuro sin alterar la oscuridad.

Una vez adentro, moví la linterna sobre la larga mesa color negro mate. Estaba cubierta de bandejas grises de plástico que conducían a una ampliadora grande, de varios pisos.

Contra la pared había jarras con líquido revelador y una pila alta de cajas cerradas de papel para copias de gran calidad. Por alguna razón, empecé a detestar los productos Kodak en la época en que comenzaron a presentar por televisión esas publicidades melosas y falsas.

Me senté en la única silla existente y enfoqué la linterna hacia la pared. Estaba cubierta con un panel barato de madera, bastante arqueado por la humedad. Al pasear el haz de luz a lo largo de la borde, noté que el lado izquierdo estaba muy gastado y astillado. Probablemente, lo habían sacado y vuelto a poner muchas veces.

Deslicé la silla hacia atrás y me agaché debajo de la mesa. El olor a moho era mucho más intenso allí abajo, y al rato las rodillas de mis *jeans* estaban mojadas por los charcos de agua que se habían juntado en el suelo.

Con la linterna en una mano, traté de despegar el panel de madera con la otra, pero no pude meter los dedos debajo del borde.

En ese espacio abigarrado y oscuro, la maniobra más pequeña resultaba torpe. Apoyé la linterna sobre la mesa y, sosteniéndome con una mano, metí la mano en el bolsillo de atrás del pantalón en busca de mis llaves.

Primero debería haber salido de debajo de la mesa. Mientras me esforzaba por sacar las llaves, un ratón me pasó por encima de la mano. Ni siquiera podía moverme sin caer de cara contra el piso.

Logré sacar las llaves, y finalmente separé de la pared el borde astillado de la madera y metí los dedos. Con un buen tirón, el panel se desprendió y quedó a la vista un espacio mohoso junto a la base de cemento.

Metí la mano en la oscuridad y mis dedos tocaron algo suave y húmedo. Enseguida saqué la mano. Tal vez era una rata o una ardilla muerta. Me dio mucho asco.

Dirigí la linterna hacia ese lugar y sólo alcancé a vislumbrar algo blanco. Respiré hondo y volví a meter la mano.

Esta vez el objeto húmedo no me pareció un cadáver en descomposición sino, más bien, una caja de cartón mojada. La tomé de una esquina y con mucho cuidado la saqué.

Transporté mi tesoro con ambas manos y avancé en la oscuridad hacia la mesa. Era una caja de papel Kodak como las que había contra la pared. Fui levantando la tapa con cuidado —estaba tan húmeda que tuve miedo de que se desintegrara—, encendí la linterna y vi que estaba llena de copias reveladas.

Encima había una funda de contactos llena de imágenes diminutas e idénticas, al parecer, del tamaño de dos estampillas postales.

Al iluminarlas con la linterna vi que en cada fotografía había una pareja desnuda haciendo el amor. A medida que fui recorriendo las fotos, las imágenes parecieron animarse hasta que comenzaron a mecerse unas contra otras como actores en una película muda.

No conocía a la mujer pelirroja que estaba de rodillas, pero no tuve ningún problema en reconocer al hombre arrodillado detrás de ella.

Era mi hermano.

Subí por la empinada escalera del sótano como un adolescente asustado que compra en un quiosco un ejemplar de *Penthouse*. Llevaba el álbum familiar pornográfico bien sujeto debajo del brazo. Isabel me esperaba en la parte superior de la escalera.

—¿Estás bien? —se inclinó y me preguntó—. Tienes muy mal aspecto, Jack.

—Son los productos químicos. Lo único que necesito es un poco de aire fresco —después agregué, como al pasar—: Encontré algunas viejas fotografías que Sammy le tomó a Peter. Espero que no tenga inconveniente en que me las lleve a casa para revisarlas mejor. Confieso que me movilizaron mucho.

—Por supuesto, Jack. Quédate con las que quieras. No hace falta que me devuelvas ninguna. Pero sí te haré cumplir la promesa de que me presentes a Pauline.

Incluso antes de transponer la puerta de calle, me temblaban las piernas. Me sentía nervioso e intrigado. Pero, más que nada, muy asustado.

Pensé en el robo que hubo el verano pasado en casa. Pensé que el que había arreglado cuentas con Sammy buscaba esas fotografías. Y estaba preparado para torturar y matar a fin de conseguirlas. Puse las fotografías con mucho cuidado en la mochila sujeta al tanque de gasolina de la motocicleta. Isabel me observó desde la ventana de la cocina.

Crucé a toda velocidad los 400 metros que me separaban de la ciudad y llamé a Pauline en cuanto encontré un teléfono público.

—Pauline, no vuelvas al departamento —dije—. Ve a la casa de tu hermana. A cualquier otra parte. ¡Pero no al departamento!

Después de cortar la comunicación estacioné la moto detrás del Shagwong y caminé las dos cuadras hasta el motel Memory.

Alquilé una habitación en la parte de atrás, cerré y trabé

las puertas y bajé las persianas. Si los tipos que mataron a Sammy me habían visto, quizá no me quedaba demasiado tiempo de vida.

Comencé a vaciar la caja y a sacar una copia húmeda por vez. En la parte superior de la pila había más fundas de contactos como las que había visto en el sótano.

Saqué por lo menos otras veinte hasta llegar a la primera copia grande.

Mostraba a Peter sentado en el borde de una cama, sonriéndole espontáneamente a la lente. Una mujer de alrededor de 40 años lo montaba como un jockey.

Comencé a repartir las fotos por la habitación, una por una, hasta que todos los muebles y todas las superficies, y cada azulejo rajado del baño, quedaron cubiertos con las carreras brillantes de Sammy y de Peter. Las copias en papel brillante, todavía saturadas con olor a productos químicos, habían captado relaciones de dos, de tres, de cuatro, e incluso había una que involucraba a cinco personas. Había sexo heterosexual, homosexual y bisexual.

El trabajo de Sammy no tenía nada de aficionado. La iluminación era buena, las escenas estaban muy bien enfocadas y los ángulos de la cámara eran explícitos. Sammy tenía buen ojo para la fotografía y mi hermano era un modelo talentoso. Al cabo de un rato, ya no podía seguir mirando fotografías. Llamé a Pauline a su teléfono celular y le conté lo que había encontrado y dónde estaba.

Llegó a la medianoche y, después de un prolongado abrazo, le mostré las mejores obras de Sammy y de Peter. Durante un par de horas bebimos café y estudiamos las fotografías. Cuando cesó el impacto de su contenido, comprendimos que por fin teníamos pruebas. Teníamos realmente algo concreto. Como curadores preparando las obras para una exposición, tomamos notas, redactamos listas y calculamos fechas.

Después reordenamos las fotografías en orden cronológico. Comenzamos con las que Peter no parecía tener más de 15 años y terminamos con las que fueron tomadas sin duda pocas semanas antes de su muerte.

En las últimas tomas, Peter estaba sentado en un jacuzzi con un hombre de pelo entrecano y una hermosa mujer rubia sin corpiño.

Barry y Dana Neubauer.
Supongo que Dana era en realidad la hijita de papito.
Créase o no, no fue la foto de Dana y su padre la que más me
impresionó, sino aquellas en las que Peter tenía 14 y 15 años.
Cuando todo comenzó, era apenas un estudiante de segundo
año.

Esa noche las reglas del juego cambiaron para siempre.
Llamé primero a Fenton y luego a Hank y a Marci. Por último
llamé a Mack.

En 20 minutos todos estábamos apiñados en la misma habitación de motel. Antes del amanecer, no sólo habíamos jurado vengar la muerte de mi hermano, sino que ya teníamos una
idea de cómo lo haríamos.

V

La verdad y nada más que la verdad

V

73

Para el millonario de Hampton común y corriente, el comienzo de otro verano en el paraíso se caracteriza por embotellamiento de tránsito en la calle 96, un avance muy lento por la ruta 27 y una espera de una hora para una pizza de 25 dólares en el restaurante de Sam. Para quienes vuelan por encima del tránsito en aviones y helicópteros privados, empieza con la fiesta en la Casa de la Playa de los Neubauer.

Según los amigos de Marci y de Hank, que eran parte del vasto ejército de proveedores, Barry Neubauer le había dado a la organizadora de su fiesta un cheque en blanco. En una semana, la organizadora ya había gastado un millón de dólares. Entre otros lujos, eso basta para comprar al más distinguido de los chefs para preparar las salsas, al músico de moda para tocar su Stradivarius y al más solicitado de los floristas para cortar las flores y preparar los *bouquets*. Y todavía queda suficiente para servir champán en copas de cristal y una docena de clases diferentes de ostras; para contratar al disc jockey del momento y construir una pista de baile de madera en el parque.

Pauline y yo también gastamos un poco de efectivo. Para averiguar quién asistiría ese año, Pauline se puso en contacto otra vez con su viejo amigo, el pirata informático. El amigo entró en el disco rígido del organizador de la fiesta y extrajo la lista de invitados.

La comparación de la lista del año anterior con la de este año permitía cotejar la importancia de las celebridades y personajes de la alta sociedad. Entre los ricos anónimos que conformaban el grueso de invitados, casi todos recibieron invitaciones otra vez. Pero la rotación fue del ciento por ciento entre las celebridades de turno. Los maestros de ceremonia y la música que los acompañaba fueron reemplazados por los ganadores del Oscar de este año. El diseñador de modas del año anterior fue suplantado por uno más revolucionario y más actual. Aunque fueras un artista de éxito durante doce meses, igual no volverías a esa fiesta. Si invitaras a la chusma dos años seguidos, podría empezar a creer que pertenecía a esa clase social. Y no era así. Para los verdaderos millonarios, las celebridades se cotizan apenas por encima de la servidumbre.

En cuanto a mí, la única diferencia importante entre el año anterior y éste era que mi hermano, Peter Rabbit, ya no iba a estar en la entrada de la casa estacionando automóviles.

Pero Fenton Gidley sí estaba.

Una semana antes de la fiesta, me encontraba al lado de Fenton cuando llamó por teléfono a nuestro amigo Bobby Hatfield. Bobby se ha encargado del estacionamiento de las fiestas de Neubauer durante años, así que en cuanto Fenton le contó que hacía meses que no comía un pez espada decente y que le vendría bien un poco de dinero, Bobby lo incorporó con todo gusto a su plantel.

En esa noche cálida pero lluviosa de fines de mayo, Fenton, alerta y bien dispuesto, se hallaba debajo del elegante toldo a rayas doradas, instalado de prisa para proteger de la lluvia, desde el auto hasta la puerta, a los invitados de Barry y Campion.

Fenton se sentía muy elegante. Llevaba puestos sus zapatos de vestir, su mejor par de *jeans* y una de las dos camisas con cuello que tenía. También estaba recién afeitado, recién duchado y perfumado. Tenía tan buen aspecto que estuve tentado de tomarle una fotografía y enviársela a su mamá.

Además de asesorarlo en cuanto al vestuario y el acicalamiento, le di una clase rápida de cómo tratar a los ricos, algo para lo que tenía un talento innato, me avergüenza confesarlo. Le expliqué que no consiste tanto en la rapidez con que te apresuras a abrirles la puerta ni en la perfección con que cumples con las tareas propias de un lacayo. Por lo general, los muy, muy ricos no buscan un servilismo excesivo o siquiera gratitud. Eso los hace sentirse incómodos.

—Lo que quieren —le dije a Fenton— es que te excites. Quieren ver que tu pequeño contacto con el dinero te resulta excitante.

Cuando Gidley se presentó puntualmente ante Hatfield a las siete y cuarto de la tarde, lo primero que hizo fue revisar la lista de invitados. Quería estar seguro de que fuera la misma que vio conmigo y Pauline y de que no hubiera cancelaciones de último momento.

A las ocho y cinco comenzó el desfile de automóviles de lujo. En menos de una hora la mayor parte de los 190 invitados ya habían transpuesto las imponentes puertas de roble e ingresado en la preciosa terraza de piedra cubierta con toldos e iluminada con faroles.

Allí, los camareros y las camareras, luciendo *blazers* color fucsia de diseño exclusivo, servían sushi y champán del mejor. Con su aspecto elegante y atractivo, parecían modelos de pasarela.

Tricia Powell fue una de las primeras personas en llegar. Desde su perjurio en la indagatoria, la carrera de Trish en las Empresas Mayflower había ascendido de modo vertiginoso. Descendió de un Mercedes E430 negro —vestía un sencillo vestido negro de Armani—, miró a través de Gidley como fuera un panel de vidrio manchado y entró en la casa caminando sobre sandalias de diseño exclusivo.

El abogado de Neubauer y mi ex mentor, Bill Montrose, formó parte de la segunda oleada de visitantes. Cuando el Jaguar verde de Montrose se detuvo, Gidley no encabezaba la línea de *valets*, pero se adelantó para atenderlo.

Después de darle el comprobante a Montrose, sacó el automóvil del camino de entrada y descendió por una suave ladera hacia uno de los dos espacios iluminados por la luna, diseñados para el estacionamiento de automóviles. Puso el automóvil de Montrose en el rincón más alejado.

Antes de que él y sus compañeros se tomaran un descanso, Gidley notó la llegada de varios hombres y mujeres que figuraban en el álbum pornográfico de Sammy, y no pudo evitar pensar que tenían mucho mejor aspecto con la ropa puesta.

75

Muchos actores y actrices de televisión y cine estuvieron presentes. También políticos notables, con sus esposas o sin ellas.

A eso de las once de la noche, justo cuando la fiesta comenzaba a perder parte de su magia, Bill Montrose buscó a los dueños de casa. Con un afectuoso abrazo (a Barry) y un beso cariñoso en la mejilla (a Campion), inició la partida.

Se abrió camino por entre el gentío hacia las puertas de atrás de la casa. En cuanto Montrose salió, Fenton pegó un salto del banco ubicado al costado del camino de entrada y tomó la llave número 115 del tablero.

Montrose seguía buscando la mitad de su comprobante de estacionamiento, cuando Gidley se le acercó.

—No se preocupe, señor —le aseguró—. ¿Es el Jaguar verde, verdad?

Montrose le guiñó un ojo.

—Eres competente, muchacho.

—Eso trato, señor.

Gidley se dirigió al lugar donde, apenas horas antes, había estacionado el Jaguar. Silbando el tema de un viejo programa de televisión, se deslizó detrás del volante de nogal y llevó el automóvil al parque delantero de la casa.

—Un auto precioso —le comentó a Montrose al bajarse y aceptar la propina de cinco dólares—. Que tenga una buena noche.

Cómodo al fin y contento de salir de la fiesta, Montrose se quitó la corbata de seda natural. Marcó un número en el teléfono del auto. Después de una breve espera, la voz de su asistente Laura Richardson apareció en el parlante.

—¿Quién habla?

—Laura, soy yo —le aclaró—. En este momento estoy saliendo de la casa de los Neubauer. Créeme, no te perdiste nada en absoluto.

—No me mientas, Monty. Lo haces muy mal, y eso que eres un profesional. Todo el mundo estaba allí, ¿no?

—Bueno, estuve al lado de Morgan Freeman.

—No me digas. Mide alrededor de un metro setenta y huele raro.

—No, un metro noventa y una fragancia exquisita.

—¿Alguien más?

—Nadie que conozcas. Escúchame, Laura, esta noche no podré ir.

—Vaya sorpresa, Monty. ¿Qué pasa esta vez?

—En términos del acuerdo de divorcio y la custodia y todo lo demás, quedaría muy mal que estuviera ausente este fin de semana.

—Lo que quieres decir es que sería *desastroso* que descubrieran que te has estado acostando con tu asistente negra desde hace tres años.

Montrose reprimió un bostezo.

—Laura, ¿te parece que es un buen momento para hablar de esto?

—No —contestó Richardson—. Tú sigues siendo el jefe.

—Gracias —dijo Montrose—, porque no tienes idea de lo agotado que estoy.

Cuando oyó el clic que significaba que la muchacha había cortado la comunicación, golpeó la mano con furia contra el tablero de instrumentos.

—¡No te atrevas a colgarme! —gritó—. Toda esta mierda me tiene harto.

En ese instante me quité la manta, me acomodé en el asiento de atrás y le presioné el cañón del arma contra la nuca.

—Supongo que ésta no es tu noche, Monty —dije, cuando nuestras miradas se encontraron en el espejo retrovisor.

Le di a Montrose sólo un par de segundos para reaccionar. Después le clavé de nuevo el cañón de la pistola en la nuca. Me sentí muy bien.

—Doble a la derecha en el semáforo —le ordené—. Haga exactamente lo que le digo, Monty.

Redujo la marcha del vehículo para hacer el giro y me miró por el espejo retrovisor. Era sorprendente la rapidez con que se le había borrado el pánico de la cara y la velocidad con que había recuperado la máscara de Hombre Importante en el Mundo Importante. En 30 segundos se había convencido de que, básicamente, tenía todo bajo control.

—Supongo que tendrás plena conciencia de que lo que acabas de hacer es un secuestro o podría ser considerado como tal. ¿Qué demonios crees que estás haciendo, Jack?

—Doble a la izquierda —le ordené.

Montrose de modo obediente dobló en Further Lane, y la luna nos persiguió a través de las ramas de los colosales olmos. En forma asombrosa, la seguridad de Montrose iba en aumento. Era casi como si estuviera de nuevo en su enorme oficina con vidrios polarizados y todo lo que tenía que hacer era oprimir un timbre para que Laura Richardson entrara enseguida con los guardias de seguridad.

—Te ofrecí una vista de medio Manhattan —me recordó—. Y lo arruinaste todo. Parece que no lo entiendes, Mullen.

—Tiene usted toda la razón, Monty. Y lo recuerdo muy bien —aparté el arma de la nuca de Montrose, se la metí en la oreja y la gatillé—. Es un arma vieja y fea. Si yo fuera usted, concentraría toda mi energía en evitar los baches. Ahora gire hacia la derecha.

Montrose vaciló y gimió, y cuando lo miré por el espejo retrovisor, nuevamente se había transformado.

—Y otra vez a la izquierda —señalé, y viramos hacia el agua, en dirección a DeForest Lane.

—El tercer camino de acceso a la derecha.

Con toda obediencia condujo el automóvil por el camino de entrada de una cabaña de techo bajo y lo estacionó. Le di un pañuelo y le dije que se vendara los ojos. Le temblaron las manos casi tanto como las de Jane Davis en la indagatoria.

—Que esté bien apretada —le indiqué—. Quiero que esto sea una sorpresa.

Lo conduje al interior de la casa, lo hice girar varias veces en la cocina y lo llevé hasta a un patio de ladrillos. Justo un poco más allá se encontraba estacionado un viejo camión lechero.

Abrí la puerta posterior del camión y metí dentro a Montrose, junto con los otros tres rehenes atados y con los ojos vendados. Una era Tricia Powell, la estrella de la indagatoria de mi hermano; los otros dos eran Tom y Stella Fitzharding, los íntimos amigos de los Neubauer.

Cerré la puerta del vehículo con un golpe y dejé a los cuatro en completa oscuridad.

Regresé al sedán de Montrose, deslicé la butaca hacia atrás y modifiqué la ubicación del espejo retrovisor. Imaginé como debió de haberse sentido Montrose cuando miró por el espejo y vio mi cara. *Qué bueno que lo estés disfrutando, Jack.*

Conduje el Jag de Monty por caminos rurales hasta que, a través del parabrisas empapado por la lluvia, divisé el brillo de los portones de la Casa de la Playa. Bajé la ventanilla para informarle al guardián de la entrada que iba a recoger a un invitado. Ya lo había dado por sentado, y con la mano me hizo señas para que entrara.

Unos metros antes de llegar a la casa, saqué el auto del camino y desaparecí detrás de algunos setos. Después me dirigí al descampado donde había estado estacionado el Jaguar al principio. Lo puse en el mismo lugar y dejé caer las llaves debajo del asiento delantero.

En el estacionamiento sólo quedaba un automóvil. Recostado contra él estaba Fenton. Cuando me bajé del Jag, me palmeó el hombro y me miró fijo.

—Llegó la hora, Jack —sonrió—. ¿Estás listo?

—Sí, por supuesto. Al menos es por una buena causa.

—La mejor.

Fenton se quitó la chaqueta roja de empleado del estacionamiento. Me la puse junto con una gorra negra de béisbol. Me bajé bien la visera sobre la frente y luego corrí hacia la cocina, donde un enjambre de empleados comía los restos del banquete. La habitación estaba repleta de personas que conocía desde la escuela primaria. Pero en el frenesí por comer, ninguno levantó la vista cuando pasé junto a ellos.

Sin detenerme, avancé de prisa por un pasillo oscuro y subí por una escalera a otro corredor largo, al cual daba una media docena de habitaciones para huéspedes.

Tal vez Dana nunca fue mi novia, pero durante casi un año yo fui sin duda su novio. Durante las reuniones familiares a veces nos escabullíamos a uno de esos dormitorios de huéspedes. Corrí hasta el final del pasillo y bajé una escalera de aluminio de una trampa ubicada en el cielo raso.

Después subí al altillo y levanté la escalera.

En un rincón había una pila de colchones. Me instalé en uno, con mi mochila como almohada. Puse la alarma de mi reloj para las tres y cuarto de la mañana y traté de dormir un poco.

Lo iba a necesitar.

78

Por mucho que te esforzaras, no hubieras podido armar una escena menos sospechosa. El sol apenas se asomaba por el horizonte, cuando por un maravilloso paisaje rural se vio avanzar un antiguo y pesado camión lechero. Era una imagen que evocaba la dulzura de los Estados Unidos de mucho tiempo atrás.

Más o menos cada 800 metros el camión ingresaba en un camino de entrada y se dirigía a otra mansión costosa. Entonces Hank saltaba con su overol azul con el logo blanco de la empresa lechera cosido en el hombro. Cruzaba el césped mojado por el rocío y se dirigía a la parte de atrás de la casa. Una vez allí, recogía las botellas de leche vacías del contenedor de alambre ubicado junto a la puerta de la cocina y las reemplazaba con tres o cuatro con leche bien fría.

Desde luego, todo esto era una broma. Al final de la semana, vaciaban hasta la última gota de leche por el sumidero de la pileta de la cocina.

Pero había algo en esas tapas de cartón encerado y en esas botellas de vidrio de boca ancha, con el dibujo de una vaca pegada alrededor, que hacía sentir a sus clientes de elite como típicos granjeros de Iowa.

Durante la siguiente hora, el camión lechero cumplió con lentitud su ronda habitual. A medida que iba dejando su precioso fluido lácteo a lo largo de la costa de East Hampton, casi no lograba ponerse a la par de un perro de raza, un rhodesian ridgeback, que jugueteaba corriendo como todas las mañanas.

Por último, bien temprano por la mañana, el camión dobló por la calle Bluff. Tres paradas más adelante, Hank atravesó con el camión los portones abiertos del complejo de los Neubauer.

79

Las tres y cuarto de la mañana.

La alarma de mi reloj sonó con una serie de *bips* agudos y persistentes y abrí los ojos ante un rayo de luz que se colaba por la saliente del techo.

Me deslicé hasta el borde del colchón, apoyé los pies sobre el piso de madera y respiré hondo.

Para activar el flujo sanguíneo, no hay nada mejor que despertarte en el altillo de una casa en la que entraste en forma ilegal. "Caramba, Jack", pensé una vez más, "¿será ésta es la única forma de hacerlo?"

Cuando se me normalizaron los latidos del corazón, me até los cordones de las zapatillas y saqué una linterna de la mochila. Después, me sostuve con una mano de las vigas del techo para no perder el equilibrio y me abrí camino por el altillo, con la linterna en la otra mano.

Esa enorme casona de dos plantas, construida en la década de 1930, daba al mar y parecía una grampa cuyos extremos se doblaban un poco más de 90 grados. Cuando llegué al final del ala para huéspedes me deslicé entre un bosque de vigas, doblé a la derecha y crucé al cuerpo principal de la casa, que contenía la cocina, la sala y los comedores. Justo debajo de mí había una sala de proyección con 48 butacas.

En esa parte del altillo había enormes equipos industriales de aire acondicionado, así que tuve que maniobrar alrededor de las estructuras de metal y de la maraña de mangueras de plástico que lanzaban aire frío a las habitaciones de abajo.

Allá arriba, sin embargo, hacía tanto calor y había tanta falta de aire como en una estación de subterráneo. Lo cierto es que cuando por fin crucé la parte central y volví a doblar hacia la derecha por encima de los dormitorios principales, el sudor me goteaba por la nariz y caía con suavidad sobre la madera recalentada del piso.

Seguí caminando hasta llegar a la ventana diminuta recortada en el tejado del altillo, en un extremo de la casa.

Eran las 3:38 de la madrugada, o sea que estaba cinco minutos adelantado con respecto a lo previsto.

Desde la ventana alcanzaba a ver el lugar donde el mar había varado el cuerpo deshecho de Peter.

Era bueno que algo me recordara por qué estaba en el altillo.

Conté quince pasos hasta donde calculaba que estaría el dormitorio de Dana. Cuando no pude encontrar el panel de madera deslizable que buscaba, amplié mi búsqueda tres pasos en cada dirección. Por fin, encontré la puerta corrediza que se abría sobre un placard de Dana.

Me puse en cuclillas, metí la linterna en la mochila y me sequé la cara y el cuello con la camiseta. Cuando aparté ese trozo de madera, un chorro de aire frío me sopló en la cara.

Sosteniendo mi peso con las palmas de las manos, fui bajando hacia la oscuridad fría de la habitación de Dana.

De pronto me encontré en el fondo de un placard, entre hileras fragantes de blusas, vestidos y pantalones de marca. Encendí mi linterna. Cada estante estaba rotulado con el nombre de un diseñador: Gucci, Vera Wang, Calvin, Ralph Lauren, Chanel. Me abrí paso entre la ropa interior de Dana, sus sedas y cachemiras, hasta la puerta apenas entreabierta. A cuatro metros y medio, Dana dormía en la cama.

Había llegado el momento de tomar una decisión con respecto a si Dana estaba o no involucrada de modo directo en el asesinato de Peter. A estas alturas, ya tenía bastante información acerca de lo ocurrido un año atrás. Sabía que Peter había recibido una nota perfumada escrita en un papel que parecía el de Dana, y quizá fuera de ella. Pero estaba seguro de que la relación que tuvo con Peter ya había terminado la noche en que él murió. En la indagatoria, Dana había mentido para proteger a su padre.

De modo que tomé una decisión. A mi juicio, Dana era más una víctima que una auténtica cómplice. Tal vez no fuera una buena persona, pero no era una asesina. Su padre había abusado de ella sexualmente. *Mejor dejar las cosas como están*, me dije.

Sin apartar la vista de las hileras de zapatos y *jeans* costosos diseminados por todas partes, salí con cuidado del placard y, luego, del dormitorio. Estaba en un pasillo amplio que conducía a las alcobas separadas de sus padres. Estaba lleno de cuadros de Pollock, de De Kooning y de Fairfield Porter, todos pintados en Hampton. Las diminutas luces rojas de las alarmas de cada uno parpadeaban en la oscuridad.

A mi derecha oí el ruido de agua de un retrete. Me apoyé contra la pared y permanecí inmóvil.

Entonces un joven de piel oscura salió del cuarto de baño en calzoncillos. *¿Quién demonios es ese tipo? ¿Qué hace en esta parte de la casa?*

Tenía alrededor de 19 años; parecía indio o paquistaní y

era, al menos, tan atractivo como Peter. Sumido en un mundo poscoital, se dirigió, semidormido, al ala para huéspedes. *Es el maldito reemplazante de Peter.*

Unos pasos más y estaba junto a la puerta del dormitorio de Barry Neubauer. El último día —de hecho, toda la semana anterior— había sido una pesadilla interminable. A cada rato me descubría haciendo o decidiendo algo inadecuado. Aún podía echarme atrás. No era demasiado tarde. Era como una de esas escenas de película de suspenso en las que tenemos ganas de gritar: *No lo hagas. No abras esa puerta, Jack.*

Pero no les hice caso a esas voces interiores.

Saqué la pistola y empujé la puerta del cuarto de Neubauer. El corazón me latía con fuerza. Nunca antes había entrado en ese dormitorio. Incluso en los meses en que anduve con Dana, era territorio prohibido.

La habitación tenía un aspecto sobrio, con piso de tablones irregulares blancos. Junto a un ventanal había una pequeña sala de estar, con una pantalla plana de televisión, un sofá de cuero negro y un par de sillones haciendo juego.

Estaba a cinco pasos de la cama de Neubauer, una inmensa escultura de madera y acero. Lo oía respirar pesadamente. Sonaba como si estuviera masticando algo en sueños.

En una especie de trance, avancé con mucha cautela hacia la cama. Neubauer estaba tendido de espaldas, despatarrado, y con las manos se cubría en forma instintiva los calzoncillos de seda negra. De un costado de la boca le brotaba un hilo de saliva. Incluso en el estado incorpóreo en que me encontraba, me pareció que sería una pose perfecta para un maravilloso retrato de un director ejecutivo en actitud de reposo.

Tuve miedo de que, si seguía mirándolo, sintiese mi presencia y abriera los ojos, de modo que me agaché al lado de la cama. Saqué de la mochila un rollo de cinta aisladora plateada. El corazón se me salía por la boca.

Todavía en cuclillas, corté una tira de quince centímetros. Conté hasta tres, respiré hondo y cubrí con la cinta la boca de Neubauer antes de que tuviera tiempo de emitir algún sonido. Se la oprimí con tanta fuerza contra las mejillas barbudas que la cabeza se le hundió en las almohadas. Después le clavé el cañón de la pistola en el puente de la nariz.

Durante largo rato quedamos como unidos en una suerte
de armonía negativa: su espanto y su furia armonizaban a la
perfección con los míos.

De pronto, trató de quitarme el arma y empezamos a luchar. Pero mi posición era mucho más ventajosa, y yo era más
fuerte que él. Aparté la pistola y se la clavé en la oreja. Neubauer ya no ofreció resistencia. Sólo en los ojos oscuros se le
notaban la ira y el odio. *¿Cómo demonios te atreves a hacerme esto?*

Coloqué a Neubauer boca abajo y le esposé las manos en
la espalda. Después lo levanté a la fuerza y le até más cinta aisladora plateada alrededor de los muslos, con lo cual limité sus
movimientos.

—Buenos días —lo saludé—. En la indagatoria usted dijo
que hizo todo lo que estuvo a su alcance por demostrarnos su
pesar por la muerte de Peter. Esas palabras no fueron muy sa-
tisfactorias para mí ni para mi familia. He venido a conversar
con usted sobre ese tema.

Delante del dormitorio de Campion, una débil luz se filtraba por debajo de la puerta. Empujé a Barry hasta que quedó boca abajo y le añadí otra vuelta de cinta aisladora alrededor de los tobillos. Tenía un poco de miedo de que mi breve lucha con su marido la hubiera despertado. Fue una gran ventaja para mí el hecho de que durmieran en cuartos separados.

Cuando abrí la puerta, vi que la luz provenía de las llamas oscilantes de unas dos docenas de pequeñas velas que ardían debajo de una pintura de Krishna con sus múltiples brazos. El dormitorio de Campion parecía más un *ashram* que una alcoba.

Pero todas las deidades invocadas no impidieron que Campion se despertara de modo abrupto al oír el rasgón de la cinta aisladora que estaba por ponerle en la boca.

—Buenos días, Campion —le susurré—. No voy a lastimarte.

—Está bien —fue todo lo que dijo. Parecía muy tranquila y comprendí que seguramente estaba sedada.

Dejé que se pusiera una bata de toalla sobre el camisón de seda y un par de chinelas. Después le até las muñecas y la conduje al lugar donde su marido yacía en el piso, forcejeando.

Levanté a Barry y empujé a la pareja por la escalera caracol hacia la planta baja.

A mitad de camino, oí el ruido del motor del único camión de reparto de la lechería de East Hampton.

—La carroza de ustedes —les dije a los Neubauer.

Salimos de la propiedad, pero todavía nos quedaba una parada más cerca de la ciudad. Debíamos recoger al detective Frank Volpi.

82

El camión lechero avanzó con lentitud por los centelleantes caminos rurales, igual que un vehículo antropomórfico en un dibujo animado transmitido por televisión. *Miren, niños y niñas, soy el cordial camión de reparto de la lechería de East Hampton. Detrás del volante está el señor Hank, el cortés y atractivo lechero.*

Pensé que al cabo de un rato volvería a ser el de siempre, pero no fue así. Me sentía distante y encerrado en mí mismo, y el malestar que me acalambraba el estómago no cedía. La mañana poseía un matiz casi onírico. Me costaba creer que eso estuviera sucediendo realmente.

Después de salir de la calle Bluff y entrar en la 27, el camión avanzó por un Amagansett silencioso, aún dormido. Pasó frente a tiendas y restaurantes vacíos, y al mercado de granjeros cerrado.

Luego siguió su camino entre las dunas chatas y lunares de Napeaque hacia Montauk. Salvo por un par de pescadores que comían sándwiches de huevo en John's Pancake House, todo allí también estaba desierto.

El motor tuvo que hacer un gran esfuerzo para trepar con su pesada carga la colina de la salida del pueblo. Pasamos frente a la biblioteca y el atajo que conducía a mi casa en la calle Ditch Plains.

A un kilómetro y medio del faro, el camión dobló hacia la derecha. Se sacudió al pisar una gruesa cadena que yacía en el suelo entre setos abandonados.

Después de bajar del vehículo para cerrar la cadena, Hank siguió conduciendo el camión por el camino arenoso hasta que percibimos la espuma de las olas mientras danzaban bajo las primeras luces del amanecer.

Al llegar a la cima nos encontramos con una casa de ensueño acurrucada entre las dunas en el borde mismo del barranco. Era como si Max Kleinerhunt, director ejecutivo y fundador de "everythingbut.com", hubiera decidido que el sol brillara sobre él antes que sobre cualquier otra persona de los Estados Unidos.

Por desgracia para Max, sus acciones, que en algún momento se cotizaron a 189 dólares, se estabilizaron en 67 centavos la unidad. Aunque ya había gastado 22 millones de dólares en su casa de verano, a Kleinerhunt le preocupaba mucho más ahora salvar la cara que broncearla al sol. Durante los pasados seis meses, el único visitante era algún ocasional turista o ciclista que trepaba de la playa a la hora del ocaso para ver el espectáculo maravilloso desde los interminables balcones.

La actitud de moda esa primavera era "no construir nada en absoluto cerca de alguien". Max Kleinerhunt había tenido éxito en ese sentido.

Hank oprimió un botón en el control remoto que tenía sujeto a su visor. Una puerta de acero surgió de las dunas y el camión entró en un garaje subterráneo inmaculado para doce automóviles.

Aun antes de que el camión se detuviera del todo, Pauline vino corriendo y me abrazó a través de la ventanilla abierta.

—Éstas han sido las doce horas más largas de mi vida —murmuró.

—También para mí —le susurré.

Detrás de ella estaban Fenton, Molly y Marci.

Mis amigos de la infancia se apiñaron alrededor de la parte de atrás del camión lechero como niños alrededor del árbol de Navidad. Abrí la crujiente puerta trasera y subí. Comencé a quitar las cintas aisladoras, aunque no la de las muñecas.

—¡Cómo te atreves a tratarnos así! —dijo Campion cuando le quité la cinta de los labios—. Fuiste un invitado en nuestra casa.

—Y ahora ustedes son nuestros invitados —le respondí.

Tricia Powell estaba a punto de estallar en llanto, mientras señalaba las arrugas y manchas de su vestido de noche de terciopelo negro. Dijo, furiosa:

—Éste es un Armani, animales.

Barry Neubauer permaneció callado después que le quité la cinta. Lo miré a los ojos y me di cuenta de que estaba planeando qué hacer. No era el momento para él de decir una sola palabra.

Frank Volpi dijo que yo era "hombre muerto" y, pronunciada por él, la amenaza me pareció convincente.

Mientras Fenton y yo los ayudábamos a bajar del camión, Marci abrió algunas reposeras de playa. Hank acercó una mesa con ruedas que contenía dos pilas de objetos transparentes: una, con jeringas descartables envueltas cada una en papel; la otra, ampollas de plástico de 100 ml.

Barry Neubauer siguió fulminándome con la mirada mientras yo compartía con ellos algunas buenas noticias y otras no tan buenas.

—Dentro de algunos minutos podrán entrar en la casa y ponerse cómodos. Pero antes, este hombre, que es un enfermero con experiencia, les extraerá sangre a cada uno, salvo al señor Montrose. No voy a dar ninguna explicación, así que ahórrense las preguntas.

Pero no les pareció bien.

—¡Enjuiciaré a cualquiera que *me toque* siquiera con una

aguja! —gritó Tom Fitzharding. Recordé las fotografías de él y su esposa con Peter, cuando mi hermano tenía 16 ó 17 años.

Le pegué una cachetada. Produjo un ruido fuerte y logró que todos permanecieran callados. Me hizo sentir muy bien. Fitzharding y su esposa no me gustaban nada, y con razón.

—Una vez que terminemos con esto, podrán entrar en la casa —repetí—. Podrán ducharse, cambiarse de ropa y dormir una siesta. Pero, estén o no dispuestos a cooperar, nadie saldrá de aquí hasta que hagamos esto.

—Mocoso de porquería —dijo Stella Fitzharding.

Me acerqué a ella.

—Estoy enterado de todo lo que pasó entre Peter y usted. Así que cállese la boca.

—Necesito ducharme, así que pueden empezar conmigo —intervino Tricia Powell, se instaló en una de las sillas y extendió un brazo.

Después, las cosas se sucedieron sin problemas. En el garaje, Hank y Marci extrajeron con cuidado 90 ml de sangre de cada uno y luego rotularon los tubos de ensayo. Después, condujimos a los rehenes a la casa y los llevamos al ala de deportes y entretenimientos. Varios colchones de gomaespuma estaban alineados en el piso. Desde luego, había también cuartos de baño. Hasta teníamos café y panecillos. Y, por supuesto, grandes cantidades de leche orgánica.

—Traten de dormir un rato —les aconsejé—. Va a ser un día muy largo.

84

Días antes Marci había ido a los grandes almacenes de Riverhead y revisado las mesas de saldos en busca de ropa para vestir a nuestros huéspedes. Cuando los Neubauer y los Fitzharding, Volpi, Tricia Powell y Montrose hicieron fila para desayunar, estaban bien vestidos, en forma modesta. La comida y el descanso los había puesto de mejor humor, pero sus rostros expresaban confusión y ansiedad. *¿Por qué estamos aquí? ¿Y ahora, qué sucederá?*

Habíamos pensado mucho en el tema de seguridad y decidimos tomar medidas sencillas. Cada puerta de esa ala de la casa tenía candado. Algunas incluso dos. A todos se les dijo que ante el primer problema serían atados y amordazados. Hasta el momento, la amenaza había surtido efecto. También contribuyó el hecho de que tanto Marci como Fenton y Hank cargaran rifles con perdigones todo el tiempo.

Poco después del desayuno, Macklin llegó con una mujer menuda y de pelo entrecano. Los del grupo intercambiaron miradas de desconcierto y algunos parecieron animarse con la esperanza de que todo terminara pronto.

Después, cuando Macklin y yo nos pusimos a hablar en un rincón, Bill Montrose apeló al buen juicio de mi abuelo.

—Señor Mullen, qué bueno verlo —exclamó Montrose—. Creo que comprenderá que si nos dejan en libertad antes de que alguien se lastime, a los involucrados en esta situación les irá mucho mejor. Me parece que casi puedo prometérselo.

—Usted debe de saber más de esto que yo —respondió Macklin, y le dio la espalda al abogado.

Con todo, los seis rehenes no perdieron las esperanzas de liberarse, hasta que los llevamos a una gran sala que daba al mar, cuyos pisos de baldosas, vigas de madera y asombrosa vista eran el centro de atención de la casa.

Esa mañana, sin embargo, los cortinados tapaban la totalidad de los ventanales. Unas luces muy intensas, que Marci y Fenton colgaron del cielo raso, iluminaban la habitación.

Montrose murmuró:

—Dios Santo, no.

En ese recinto con muy pocos muebles, había un par de mesas largas de madera y varias sillas de playa. Al frente, en una plataforma de 30 centímetros de alto, se destacaba un sillón de oficina de cuero negro.

Entre el sillón y las mesas colocaron dos sillas. Una tenía una Biblia; la otra estaba frente a un pequeño escritorio, en el que sobresalía un objeto arcaico parecido a una máquina de escribir a la que le faltaban algunas partes.

Detrás del sillón elevado colgaban dos banderas: la de los Estados Unidos, y la verde, anaranjada y blanca de Irlanda.

Entre los muebles había un trípode con una cámara de televisión. En uno de los lados decía EH70.

Molly la enfocó en nuestros huéspedes a medida que entraban en la habitación, esposados y protestando, y se sentaban en las sillas de playa colocadas detrás de las mesas. Todos parecían horrorizados. A continuación se cerró con llave la puerta del recinto. Hank se apostó junto a ella con un rifle de perdigones y un bate de béisbol.

Entonces Molly giró la cámara para filmar a Macklin mientras éste cruzaba la habitación, subía con cautela al pequeño escenario y se sentaba en el sillón de cuero.

Más o menos al mismo tiempo, su amiga y estenógrafa de tribunales Mary Stevenson se instaló frente a la vieja máquina de escribir.

A la derecha de Macklin, en la pared blanca había un cartel hecho a mano.

Molly enfocó esas sencillas letras de imprenta: EL PUEBLO CONTRA BARRY NEUBAUER.

85

Volpi fue el primero en alterar el orden, como cabía esperar. Se levantó y empezó a gritar a voz en cuello:

—¡Esto es un desatino!

Hank corrió hacia la puerta sosteniendo el rifle como una espada. Golpeó a Volpi, quien cayó al piso, gimiendo de dolor. Pensé que era una buena advertencia para todo el grupo. Sabía que la cámara seguía enfocada en el cartel hecho a mano y que no había transmitido el ataque de Hank.

—Frank, mantén la boca cerrada —gritó Hank—. Y eso va también para el resto de ustedes—. Creo que todos ya saben a qué atenerse.

Sin previo aviso, Molly giró la cámara una vez más, esta vez para enfocar su despiadado lente en mi persona. Respiré hondo y miré hacia la cámara.

Desde el asesinato a sangre fría de Sammy en Chelsea, me había esforzado mucho en más de un sentido, como nunca hubiera hecho en el bufete de Nelson, Goodwin y Mickel. Confiaba en que estaba haciendo lo correcto. Para esto me había preparado durante mi último año en Columbia. Y no sólo porque estuviera obsesionado con el asesinato de Peter y la injusticia con respecto a él. Había leído *Técnicas en juicios y procesos* y *El arte de la repregunta*, un clásico publicado en 1903, que todavía tenía vigencia.

—Estamos en el aire —dijo Molly y tocó la luz roja de la cámara—, estamos transmitiendo. Adelante, Jack.

—Mi nombre es Jack Mullen —comencé a decir con voz un poco quebrada; tenía la sensación de que le pertenecía a otra persona—. Nací y pasé mi infancia en Montauk y he vivido aquí toda mi vida.

Nadie en la habitación estaba tan nervioso como yo, pero deposité mi confianza en el tono uniforme y mesurado que había practicado con tanta diligencia durante los seminarios de abogacía en Columbia. Con la voz y mi porte pretendía transmitir que era una persona cuerda, básicamente razonable y que valía la pena oír lo que tenía que decir.

También sabía que había llegado el momento preciso para esto. Estaba bastante seguro de que muchas personas estaban enojadas e indignadas por las injusticias que les atribuían a los tribunales en el pasado reciente: el juicio a O. J. Simpson, el veredicto Diallo en la ciudad de Nueva York, la forma chapucera en que se había realizado la causa Jon-Benét Ramsey, y otras en sus propias ciudades y pueblos.

—Ayer hizo un año —proseguí— que mi hermano murió en una fiesta que se realizó en una casa de playa en Hampton. Fue contratado para estacionar automóviles. Al día siguiente el mar varó su cuerpo en la playa de la propiedad. En la indagatoria que se llevó a cabo a fines de ese verano se llegó a la conclusión de que la muerte de mi hermano, que tenía 21 años, había sido accidental. No fue así. Lo mataron a golpes. En las próximas horas probaré no sólo que fue asesinado, sino por qué y por quién.

"Sentado a mi izquierda, en el extremo de la mesa, está el dueño de esa casa y anfitrión de la fiesta. Su nombre es Barry Neubauer. Es el director ejecutivo de las Empresas Mayflower. Es probable que ustedes hayan mirado sus canales de cable o visitado sus páginas web o llevado a sus hijos a algunos de sus parques temáticos. Tal vez hayan leído sus logros en una revista de negocios o visto su fotografía tomada en alguna gala de caridad llena de celebridades. Pero eso no significa que conozcan al verdadero Barry Neubauer.

"Sin embargo, les aseguro que lo conocerán. Y mucho mejor de lo que imaginan, porque Barry Neubauer está a punto de ser juzgado por el asesinato de mi hermano.

—¿Jack Mullen va a juzgarme? —gritó Neubauer—. ¡De ninguna manera! ¡Apaguen esa maldita cámara! ¡Háganlo ya!

A su estallido, les siguieron tantos otros, que Macklin tuvo que golpear su martillo de nogal negro para exigir silencio.

—Este juicio comenzará en minutos —dije por último frente a la cámara—. Estamos transmitiendo en vivo por el Canal 70. Este breve receso les permitirá llamar por teléfono a sus amigos para avisarles.

86

Molly apagó la cámara. Llamé por señas a Fenton y Hank. Nos acercamos a Neubauer, quien levantó las manos esposadas.

—¡Quítenme esto!

No presté atención a su pedido, como si procediera de un niño maleducado.

—A mí me da lo mismo que todos ustedes participen o no en este juicio —le dije a Barry sin vueltas—. No cambia nada.

Resopló como un director ejecutivo autosuficiente.

—No vamos a cooperar. ¿Qué impresión crees que dará eso por televisión? Tú quedarás como un fracasado, Mullen, que es lo que eres.

Le hice un gesto a Neubauer y luego saqué un sobre de mi maletín.

Solamente a él le mostré lo que había adentro.

—Esto es lo que parecerá, Barry. Y esto. Y todo esto —dije.

—No te atreverás —me respondió con un gruñido.

—Sí que lo haré. Y, como le dije, depende de usted. Puede ofrecernos su versión de las cosas. Si no lo hace, no hay problema. Volveremos a transmitir en vivo.

Molly comenzó a grabar nuevamente y yo repetí mis comentarios introductorios, sólo que esta vez de manera más serena y convincente.

—Antes de que este juicio termine —continué—, comprenderán que Barry Neubauer es un asesino y que todos los que ocupan esas sillas contribuyeron o bien al crimen mismo o a su ocultamiento. Una vez que hayan visto lo que hicieron, créanme, no sentirán ninguna piedad por ellos. Se lo aseguro.

"El Pueblo probará que Barry Neubauer mató a mi hermano personalmente o contrató a alguien para que lo hiciera. También probaremos que, además de contar con los medios y la oportunidad de matar a Peter, tenía un motivo poderoso. Cuando escuchen cuál era ese motivo, lo entenderán todo.

"Reconozco que éstas no son las circunstancias ideales para determinar la inocencia o culpabilidad de un hombre", dije.

—Bueno, bueno —intervino Bill Montrose—. Es la primera cosa inteligente que has dicho hasta ahora, Mullen.

No le hice caso. Sabía que a esas alturas lo más importante era seguir adelante y no permitir que me desviaran del tema. Tenía la boca seca; hice una pausa y me llevé a los labios un vaso con agua. La mano me temblaba tanto que casi lo dejo caer.

No obstante, mi voz era firme.

—Si me prestan atención, creo que comprenderán que este juicio es, al menos, tan justo como cualquier otro. Aquí lo que buscamos es, precisamente, justicia.

"En primer lugar, el señor Neubauer contará con un abogado. Y no un defensor cansado y mal pagado como se les asigna a muchos acusados indigentes que terminan en el pabellón de la muerte. Nada menos que el famoso Bill Montrose, socio principal y presidente del directorio de un importante estudio jurídico de Nueva York. Y puesto que el señor Montrose es desde hace mucho el abogado personal del señor Neubauer y recientemente lo representó con tanto éxito en la indagatoria, conoce a la perfección todos los detalles del caso. Si se toma en cuenta que el adversario del señor Montrose seré yo, un abogado de 29 años que hace poco egresó de la Facultad de Derecho, se darán cuenta de que éste es un punto muy importante a favor del acusado.

"El papel de juez en esta sala lo cubrirá mi abuelo, Macklin Reid Mullen —dije, y mis palabras provocaron otros gritos de indignación por parte de Montrose—. La estenógrafa es Mary Stevenson, quien ha sido relatora en los tribunales municipales de la ciudad de Nueva York durante 37 años.

"Una vez más, comprendo que todo esto sea bastante insólito. Pero les pido que presencien este juicio. Dennos una oportunidad. Después, lleguen a sus propias conclusiones. Mi abuelo vino a este país desde el condado de Clare, Irlanda. Ha pasado los últimos 35 años trabajando como paralegal, y la ley y la justicia le importan más que a cualquier persona que yo haya conocido, incluyendo mis profesores de Derecho.

"En cualquier juicio penal, el juez no ocupa su lugar para

determinar culpa o inocencia sino para dictaminar las diferencias que existen entre los abogados en lo referente a pruebas o procedimientos y para garantizar la integridad del proceso. En este caso —dije, y miré de frente a la cámara—, ustedes serán el jurado. Macklin no está aquí para dictar una sentencia, sino sólo para dirigir los procedimientos. Y estoy seguro de que hará un buen trabajo. Eso es todo lo que tengo que decir. El señor Montrose tendrá ahora la palabra.

Bill Montrose era el único de nuestros huéspedes que no llevaba esposas. Estaba sentado, sumido en sus pensamientos. Después, como cualquier buen jugador de póquer, volvió la cabeza para leer la expresión de mi rostro.

Hice todo lo posible por parecer ajeno a la importancia crucial de los siguientes segundos. Si Montrose estaba de veras preocupado por el bienestar de su cliente, su defensa sería clara y precisa. Pero, al igual que muchos abogados exitosos y relativamente anónimos, Montrose había llegado a un punto en su vida en el que anhelaba más fama y reconocimiento, además de fortuna y propiedades. Lo supe desde que trabajé en Nelson, Goodwin y Mickel. Según sus colegas, Como abogado penalista, se creía mucho mejor que Johnnie Cochran o Robert Shapiro. La soberbia de Bill Montrose no tenía límites. Y yo contaba con ello.

Cuando Montrose se puso de pie, respiré profundamente. Enfrentó la cámara East Hampton Canal 70 de Molly. Ésta era también la oportunidad de su vida. Y no estaba dispuesto a desaprovecharla.

—Por favor, no me interpreten mal —comenzó—. Sólo porque estoy aquí de pie frente a usted en este momento no significa que este procedimiento tenga ni una pizca de legitimidad. No la tiene.

"No se equivoquen —continuó después de una pausa dramática—. Esto *no es* un juicio. Ésta *no es* la sala de un juzgado. El hombre mayor que está detrás de mí, por hábil y paternal que sea, *no es* un juez. Éste es un tribunal improvisado, sin ninguna autoridad.

"Ustedes deberían de saber que la justicia ya se ha expedido en este caso. El verano pasado se realizó una indagatoria con respecto a la muerte de Peter Mullen. En una sala de juzgado auténtica, presidida por un juez auténtico —el honorable Robert P. Lillian—, mi cliente fue declarado inocente.

"Durante esa indagatoria el tribunal escuchó a una testigo

que vio a Peter Mullen zambullirse en un mar peligroso tarde por la noche y con marea alta.

"No uno sino dos médicos forenses presentaron pruebas que respaldaban sus convicciones de que no hubo juego sucio; sólo se trató de un accidente. Después de sopesar los testimonios, el juez Lillian, en un fallo que está a disposición de cualquiera que desee tomarse el trabajo y el tiempo de leerlo, llegó a la conclusión de que la muerte de Peter Mullen, por triste que haya sido, fue culpa suya y de nadie más.

"Según parece, su familia no lo puede aceptar. Al tomar estas medidas desafortunadas, el hermano y el abuelo de Peter Mullen están convirtiendo un accidente en un crimen.

Una vez más, Montrose hizo una pausa como para concentrarse. Tengo que reconocer que era un excelente abogado.

—Ahora les están pidiendo a ustedes que miren esta farsa. ¡Por favor, no lo hagan! Apaguen el televisor o cambien de canal. Háganlo ahora mismo. Háganlo si creen en la justicia. Confío en que lo harán.

Montrose se sentó, y me pregunté si volvería a hablar.

Macklin golpeó con el martillo la plataforma de madera que sostenía su silla.

—Este tribunal —dijo— entra en receso durante 90 minutos para permitir que la fiscalía y la defensa preparen sus alegatos. Les sugiero que lo hagan a la brevedad posible.

88

Catorce minutos después del inicio del receso, la ABC interrumpió su cobertura del campeonato de golf del Riviera Country Club y apareció en la pantalla Peter Jennings desde el estudio del Lincoln Center de *World News Tonight*. Una noticia apareció sobreimpresa en la pantalla.

—ABC Noticias acaba de enterarse —dijo Jennings, con su voz grave— de que el multimillonario mediático Barry Neubauer, su esposa y por lo menos tres invitados fueron secuestrados anoche después de una fiesta celebrada en memoria de los soldados muertos en campaña, realizada en su casa de verano de Amagansett, Long Island. Según una transmisión que se acaba de realizar en vivo por el Canal 70 de East Hampton, los secuestradores se disponen a juzgar a Neubauer por el asesinato de un residente de Montauk de 21 años. Está previsto que el juicio, que se llevará a cabo en un lugar no precisado, comenzará dentro de menos de una hora.

Mientras Jennings proseguía hablando con su acento canadiense, un cuadrado rojo apareció en el extremo superior derecho de la pantalla. Mostraba un mapa del extremo de Long Island y, escrito en grandes letras rojas, CRISIS EN HAMPTON.

En minutos, los presentadores o sus suplentes, tanto para la CBS (SECUESTRO EN LONG ISLAND) y la NBC (REHENES EN HAMPTON), habían decidido participar en la contienda. Al igual que Jennings, pasarían los siguientes 45 minutos tratando de mantener el interés del público, mientras sus reporteros se apresuraban a ponerse al día con esa historia conmovedora.

El primer exterior de la ABC fue una entrevista con el sargento Tommy Harrison en la playa de estacionamiento ubicada detrás de la comisaría de East Hampton.

—Jack y Macklin Mullen —dijo Harrison—, personas muy conocidas y antiguos residentes de Montauk, han actuado, al parecer, movidos por la frustración con respecto al resultado de una indagatoria por la muerte de Peter Mullen, acaecida el último verano.

—¿Alguno de ellos tiene antecedentes criminales? —preguntó el reportero.

—Por lo visto, usted no lo entiende —respondió Harrison—. Salvo por un incidente menor en el que Jack Mullen fue involucrado después de la muerte de su hermano, ninguno de los dos ha sido arrestado jamás. Ni siquiera por una infracción de tránsito.

La ABC pasó entonces al Departamento de Justicia de Washington para transmitir una conferencia de prensa que un vocero acababa de iniciar:

—... de los rehenes secuestrados anoche en Long Island. Los cinco que hasta el momento han sido identificados son Barry y Campion Neubauer, Tom y Stella Fitzharding, que son los dueños de una propiedad en Southampton, y William Montrose, un prestigioso abogado de Nueva York.

Cuando el vocero levantó la vista de sus notas fue acribillado con distintas preguntas:

—¿Por qué los secuestraron?

—¿Por qué no pueden ustedes rastrear la fuente de esa transmisión?

—¿Qué saben acerca de los secuestradores?

Después de hacer una breve declaración, el vocero dio por terminada la conferencia de prensa:

—Los secuestradores están empleando un desmodulador que hasta el momento nos impide localizar la fuente de la transmisión. Decir algo más en este momento perjudicaría nuestros esfuerzos por resolver esta situación de la manera más rápida posible.

Entonces la ABC retornó a las oficinas del Canal 70 en Wainscott. J. J.Hart, el gerente de 24 años del canal, se encontraba junto al abogado de la emisora, Joshua Epstein. Hart señaló que no pensaba obedecer la orden de censura del gobierno:

—Nuestra reportera Molly Ferrer ha realizado una de las mejores notas periodísticas exclusivas en televisión, y no tenemos la menor intención de *no* compartirla con el público.

—Dicha prohibición es flagrantemente anticonstitucional —señaló Epstein—, y el lunes pienso discutirlo en el tribunal. A menos que anoche haya sucedido algo que nadie me ha informado, todavía vivimos en democracia.

—Para resumir lo que sabemos hasta el momento —intervino Jennings—, hay cinco rehenes, quizá más. Los secuestradores, un abuelo y su nieto, al parecer quedaron trastornados por la controvertida muerte de un miembro de su familia. Y está por iniciarse un juicio por homicidio totalmente fuera de lo común. Tendremos más noticias pronto, pero ahora volveremos a conectarnos con el Canal 70 de East Hampton, por donde se transmitirá en vivo el juicio que está a punto de iniciarse.

89

—El tribunal del pueblo de Montauk —dijo Macklin con voz calma y segura—, movido sólo por la búsqueda de la verdad y la absoluta intolerancia por la mentira, está por sesionar.

Entonces bajó el martillo con un fuerte golpe.

Mi abuelo y yo intercambiamos una rápida mirada en reconocimiento de la trascendencia del momento, antes de que yo llamara a Tricia Powell a prestar testimonio. Creo que Tricia comprendió la importancia de aparecer por televisión, pero quizá no de lo que estaba por ocurrirle. En cuanto hizo el juramento, comencé.

—Señorita Powell, tengo entendido que usted llegó con mucha elegancia a la fiesta de esta temporada.

—Supongo que se refiere a mi nuevo Mercedes.

—Las cosas han cambiado muchísimo para usted, ¿verdad? Un verano es una asistente ejecutiva en las Empresas Mayflower y el verano siguiente se baja de un sedán de 45.000 dólares.

—Sí, he tenido un año excelente —respondió Tricia Powell con un dejo de indignación—. En febrero me ascendieron a directora de Eventos Especiales.

—Perdóneme por preguntárselo, pero ¿cuánto dinero ganó usted el año pasado?

—39.000 dólares.

—¿Y ahora?

—90.000 —respondió con orgullo.

—De modo que meses después de mentir en la indagatoria con respecto a que vio a mi hermano zambullirse en el mar con olas peligrosas en la fiesta de los Neubauer, fue ascendida y su sueldo fue más que duplicado. O sea que el perjurio le fue más útil que una licenciatura de Harvard.

—Su Señoría —intervino Montrose.

—Ha lugar —dijo Macklin—. No sigas con esa actitud, Jack.

—Perdón. Meses después de que testificó que vio a mi hermano zambullirse en aguas con temperatura de diez grados durante sus horas de trabajo estacionando automóviles, su sueldo se incrementó en 51.000 dólares. ¿Existe algún otro motivo, fuera de su testimonio, que la haya hecho tan valiosa para su empleador?

—Sí, lo hay, pero a usted no le gustaría oírlo —contestó Powell—. Después de todo, no encaja en su teoría conspirativa.

—Por favor, señorita Powell. Deme la oportunidad. El tribunal quiere oír su versión de los hechos.

—Trabajé entre 50 y 60 horas semanales. No quería seguir siendo sólo una asistente por más tiempo.

—Me parece correcto —afirmé, y abrí la carpeta que tenía en la mano.

—Señorita Powell, le estoy mostrando lo que ha sido designado como Prueba A del Pueblo —dije y le entregué el documento.

—¿Lo reconoce?

—Sí.

—¿Qué es?

—Es mi evaluación por seis meses de trabajo en las Empresas Mayflower. ¿Cómo hizo para conseguirla? —preguntó.

—Eso no es importante en este momento —respondí—. ¿Reconoce la firma en la parte de abajo de la última página? —pregunté y le señalé su firma.

—Es la mía.

—Su Señoría —dije, mirando a Mack—, en este momento, el Pueblo ofrece su Prueba A.

Mack le preguntó a Montrose:

—¿Alguna objeción?

—Lo que objeto es la totalidad de este procedimiento —contestó Montrose.

—No ha lugar —dijo Mack, con brusquedad—. Se admite la Prueba A del Pueblo. Continúa, Jack.

—Voy a pasar por alto la primera parte, que documenta los días que usted llegó tarde o estuvo enferma, y procederé a leer la sección titulada "Conclusión - Próximos Pasos". Creo que nos dará una idea aproximada de la impresión que estaba causando en su empleador antes de la muerte de mi hermano:

—Cuando se les pidió a sus tres supervisores que evaluaran su desempeño de cero a diez en lo referente a su disposición para el trabajo, esfuerzo y competencia general, ninguno de los tres la calificó con más de seis —dije—. Esto es lo que dice el último párrafo: "A la señorita Powell se le ha enviado una advertencia por escrito. Si su trabajo no mejora de manera notable en los próximos meses, será despedida".

—Bueno, supongo que tuve una mejoría notable —respondió Tricia Powell.

90

Bill Montrose se puso de pie de un salto. Con su gran mata de cabello blanco, su gran porte y sus movimientos abruptos y seguros, Montrose se parecía bastante a un músico en Lincoln Center. Permaneció inmóvil al frente de la sala. Su concentración recordaba la de un director que aguarda que su orquesta termine de afinar y quede en silencio.

—Señorita Powell —dijo cuando salió de su hechizo—, ¿recibió usted *alguna clase* de pago por el testimonio que prestó en la indagatoria del último verano?

—Absolutamente ninguna —respondió Powell—. Ni un centavo.

—¿Barry Neubauer o alguna otra persona que actuara en su nombre le prometió a usted algo?

—No.

—¿No le prometieron un ascenso, un aumento, una oficina con ventanales, un entrenador físico personal o incluso un nuevo par de zapatos?

—¡No! —exclamó Powell, en tono aun más indignado.

—Señorita Powell, Jack Mullen parece estar bajo la impresión equivocada de que existe algo escandaloso en el hecho de que una persona ambiciosa y talentosa llame la atención del director ejecutivo de una importante empresa. Pues no es así. Usted no ha hecho nada que merezca una disculpa.

—Gracias.

Me puse de pie.

—¿El señor Montrose tiene alguna pregunta?

—Desde luego que sí. Señorita Powell, permítame que le pregunte cómo fue que llegó a aquí esta tarde. ¿Vino voluntariamente?

—Por supuesto que no —respondió Tricia—. Ninguno de nosotros está por propia voluntad.

—¿Podría decirme cómo llegó aquí?

—Me dirigía a casa en mi auto —contestó Powell—, cuando de pronto un hombre surgió del asiento trasero y me amenazó.

—¿Sintió usted miedo?

—¿No lo tendría usted? Casi me salí del camino.

—¿Y después, qué?

—Me llevó a una casa, donde me obligaron a subir a la parte posterior de un hediondo camión lechero con usted y los Fitzharding.

—¿Cuánto tiempo estuvo en el camión?

—Casi siete horas.

—¿Y ahora está en libertad de irse?

—No.

—Si el señor Mullen lo permite, señorita Powell, ya puede regresar a su asiento.

—Gracias.

En cuanto se retiró Tricia Powell, Montrose se dio vuelta para enfrentar la cámara. Se disponía a hablar, cuando una expresión de alarma le cruzó el rostro y quedó boquiabierto.

91

La mirada angustiada de Montrose siguió a Jane Davis mientras la doctora avanzaba por el piso de piedra y sus pisadas resonaban en la habitación.

Jane llevaba puestos pantalones negros de vestir y blusa negra, y no parecía nerviosa ni asustada, como lo había estado durante la indagatoria. Miró fijo a Montrose y luego giró la cabeza para clavar la vista en Barry Neubauer.

Para demostrar su falta de preocupación, Neubauer le dirigió una sonrisa petulante. Y para demostrar la de ella, Jane le sonrió con serenidad.

—El Pueblo llama a la doctora Jane Davis —anuncié, y Jane avanzó hasta donde la aguardaba Fenton con la Biblia Gideon de la familia. Aunque las manos le habían temblado durante la indagatoria, en esos momentos estaba completamente tranquila. Apoyó la mano en la tapa de cuerina roja de la Biblia y juró "decir la verdad".

—Doctora Davis —dije, en cuanto se sentó—, nos hacemos cargo de las consecuencias que pueda tener su testimonio de hoy. Y se lo agradecemos muchísimo.

—Quiero estar aquí —dijo—. Nadie tiene nada que agradecerme —Jane se echó hacia atrás en su asiento y respiró hondo.

—Doctora Davis —dije—, ¿podría usted hacer un breve repaso de su formación frente a este tribunal?

—Desde luego que sí. Me gradué primera en mi clase en la secundaria de East Hampton en 1988 y figuré en el Cuadro de Honor Nacional. Creo que fui la primera persona de la secundaria de East Hampton, en más de una década, en ingresar en Harvard, pero como no pude costearme los estudios allí, fui a la Universidad Estatal de Nueva York, en Binghamton.

—¿Dónde recibió usted su formación universitaria?

—Asistí a la Facultad de Medicina de Harvard y después hice mi residencia en el Hospital de la Universidad de California en Los Ángeles.

—¿Cuál es su empleo actual?

—Desde hace dos años soy jefa de patología en el Hospital de Long Island y también jefa de médicos forenses del condado de Suffolk.

—Su Señoría —dije, mirando a Mack—, el Pueblo presenta a la doctora Jane Davis como perita en patología y medicina forense.

Mack miró a Montrose, quien seguía en estado de total agitación.

—Estoy seguro de que el señor Montrose no tiene ninguna objeción al testimonio de la doctora Davis, puesto que la convocó como perita en la indagatoria. ¿Es así, señor abogado?

Montrose asintió, inquieto, y farfulló:

—Ninguna objeción.

—Doctora Davis —continué—, ¿usted practicó la autopsia de mi hermano?

—Sí.

—Doctora Davis, antes de que usted entrara en esta sala, la señorita Powell describió cómo fue secuestrada antes del inicio de este juicio. Confiaba en que usted compartiría con nosotros su propia experiencia previa a la indagatoria.

La doctora asintió.

—La noche anterior a mi testimonio en la indagatoria —declaró—, un hombre entró por la fuerza en mi casa. Yo estaba en la cama, durmiendo. El hombre me despertó y me puso una pistola entre las piernas. Dijo que le preocupaba que mi testimonio no fuera el apropiado. Que lo habían enviado para que me instruyera cómo hacerlo correctamente. Aseguró que si yo decía algo inconveniente en la indagatoria, volvería, me violaría y me mataría.

Por primera vez desde que había entrado en la habitación, Jane bajó la cabeza y fijó la mirada en el piso.

—Lamento que hayas pasado por eso, Jane —dije.

—Ya lo sé.

—¿Qué hiciste al día siguiente en el juzgado? —pregunté—. Durante la indagatoria.

—Cometí perjurio —respondió Jane Davis, con voz clara y fuerte.

Y continuó:

—Durante la autopsia de tu hermano, tomé 26 juegos de radiografías. Practiqué media docena de biopsias y realicé infinidad de estudios de sangre y de laboratorio. Peter tenía 19 huesos rotos, incluyendo los brazos y las muñecas, ocho dedos y seis costillas. El cráneo mostraba fracturas en dos lugares, y tres de sus vértebras estaban fisuradas. En algunos lugares, su cuerpo exhibía huellas tan perfectas de puños cerrados y de pies, que parecían dibujadas.

"Además de eso, el tejido pulmonar de Peter no era el que correspondía a una muerte de asfixia por inmersión. El nivel de saturación se asemejaba al de alguien arrojado al agua *después* de dejar de respirar. Las pruebas de que a Peter lo mataron a golpes y luego lo arrastraron al agua, eran abrumadoras. Que Peter Mullen fue asesinado es un hecho tan irrefutable como el que en este momento me encuentre aquí sentada.

92

Montrose se puso de pie. La enorme tensión que sentía era evidente por la forma en que apretaba las mandíbulas. Sin duda, en ese momento estaba pensando en que él era el gran Bill Montrose, hasta me parecía oírlo.

—¿Existe algo como un juicio justo que no sea del todo justo? —preguntó—. Desde luego que no. Pero nuestros secuestradores quieren hacerles creer lo contrario. "Sé que no es exactamente un proceso legal aceptado", insinúa el señor Mullen, y se encoge de hombros a modo de disculpa, "el hecho de que los acusados sean arrastrados a punta de pistola de sus automóviles en mitad de la noche. Pero dennos una oportunidad; no somos más que personas comunes y corrientes como ustedes. Nos hemos visto obligados a hacerlo porque el sistema está en crisis, el sistema es injusto." Pero no es así cómo funciona la justicia. Y, por cierto, no como se supone que debe funcionar según la Constitución y las leyes de nuestro país.

Montrose hizo una mueca como si, para él, una amenaza a la Constitución fuera tan dolorosa como un golpe físico.

—La justicia —prosiguió— no puede ser un poco más justa, según las expectativas de algunos. Tiene que ser justa y punto. ¿Y cómo puede haber un juicio justo cuando la fiscalía le tiende una emboscada a la defensa con una testigo sorpresa como Jane Davis?

Ya había oído más que suficiente de la retórica de Montrose. Si Macklin iba a permitir discursos, entonces yo también pronunciaría uno.

—Todos en esta sala entienden su frustración —dije al levantarme de la silla—. Nosotros estábamos en el juzgado el verano pasado cuando la doctora Davis, después de sufrir amenazas y maltratos toda la noche, declaró que la muerte de mi hermano fue accidental. Igual que usted, la joven fiscal Nadia Alper quedó tan estupefacta, que no estaba preparada para repreguntar a la testigo.

"Pero aunque las tácticas que usted enfrenta hoy son casi

idénticas a las que Nadia Alper tuvo que enfrentar, hay una diferencia fundamental —dije, y sentí que me ruborizaba—. En la indagatoria, agarraron por sorpresa a la fiscal con una mentira. Hoy, lo agarran a usted por sorpresa con la verdad, una verdad que sin duda supo desde el principio.

"Le fascina hablar de la burla que es este juicio, señor Montrose. Lo que en realidad le molesta es que sea casi justo. Después de defender en forma incansable a los ricos y poderosos durante 25 años, su criterio se ha vuelto tan retorcido, que algo que se asemeje aunque sea remotamente a juego limpio le resulta ofensivo. Le sugiero que lo acepte de una vez.

—Bueno, basta —intervino Mack desde su sitial—. Este tribunal entra en receso hasta mañana.

93

Esta vez, cuando se reanudó el juicio de El Pueblo contra Barry Neubauer, ya los medios periodísticos estaban preparados para transmitir todos los sucesos. "Secuestro en Long Island" era la nota con más audiencia de los últimos años. Y resultaba oportuna. La mitad de los reporteros y productores que realizaron notas esa noche ya estaban en Hampton cuando empezó la nueva jornada.

En el instante en que el Canal 70 cesó de transmitir, los presentadores rivales comenzaron a dirigirse a la nación. Presentaron los perfiles que sus respectivos canales y redes habían compilado en las últimas dos horas. Así, el país se enteró de que Barry Neubauer estaba casado con una integrante de una de las familias más prominentes del campo editorial en la Costa Este, y había extendido sus tentáculos a la televisión por cable, los parques temáticos e Internet. Rivales como Ted Turner y Rupert Murdoch hicieron evaluaciones respetuosas de su actuación.

También se supo que su abogado, William Montrose, educado en Yale, no había perdido un juicio en 17 años. Montrose había cimentado su reputación en un tribunal de Fort Worth nueve años antes con la defensa de un ranchero adinerado que había matado a un jugador profesional de tenis de quien sospechaba —equivocadamente— que se acostaba con su amante. Los colegas dijeron que Montrose había opacado de tal manera al fiscal —quien hizo todo lo posible por lograr una sentencia de homicidio en segundo grado—, que este último se sintió agradecido de poder conseguir una multa de 1000 dólares por posesión de un arma de fuego no registrada.

Después les llegó el turno a los Mullen. Las entrevistas con los vecinos del lugar hablaron de la muerte de la madre y del padre de Jack, y aseguraron que ninguno de los Mullen se ajustaba ni remotamente al perfil de un terrorista.

—La única razón por la que soy el alcalde de Montauk —afirmó Peter Siegel—, es que Macklin se echó atrás. Y Jack es nuestro ídolo local.

—Son los Kennedy de clase trabajadora de Montauk —afirmó Dominick Dunne, quien llegó a la ciudad en representación de la revista *Vanity Fair*—. El mismo atractivo y carisma, la misma elocuencia católica irlandesa, y la misma maldición trágica.

Los medios mostraban la rapidez con que la noticia había polarizado el East End. Cuando a un banquero bronceado que se bajaba de su Porsche frente a una vinoteca de East Hampton se le acercó un reportero, le dijo:

—Espero que los condenen a cadena perpetua —expresaba, así, el sentimiento prevaleciente en la clase alta.

Los locales tenían una visión muy diferente. Tal vez sus comentarios como "Espero que todo el mundo vuelva a salvo a su casa" parecieran neutrales, pero en realidad los únicos cuya seguridad les importaba eran los Mullen y sus amigos.

—Si ustedes supieran lo que le ocurrió a esa familia en los últimos años —dijo Denise Lowe, una camarera de PJ's Pancake House"—, comprenderían que esto es una tragedia norteamericana. Es algo tan triste. Todos queremos muchísimo a Jack y a Macklin.

Pero sólo cerca de la medianoche, cuando los lectores de noticias regresaron a su casa y los expertos del cable tomaron la posta, comenzaron a filtrarse los primeros comentarios editoriales realmente favorables. Como ha sucedido con bastante frecuencia, la voz cantante la llevó Geraldo.

Esa noche, transmitió desde el bar del restaurante Shagwong. Moderando el programa como una reunión de vecinos, Geraldo entrevistó a los locales y los alentó a hablar de Mack y Jack y a narrar recuerdos y anécdotas.

—Una de las razones por las que Macklin tal vez se sienta tan cómodo en su nuevo papel —dijo Gary Miller, el dueño de una guardería infantil — es que, de manera no oficial, ha sido el juez de la ciudad durante veinte años. De hecho, en este momento estamos sentados en su tribunal favorito.

Geraldo también estableció una comunicación en vivo con Chauncy Howells, decano de la Facultad de Derecho de Columbia.

—Jack Mullen no fue un buen estudiante de Derecho: fue un estudiante de Derecho *brillante* —manifestó Howells—. Uno de los alumnos más inteligentes que he tenido. Sin embargo, no se postuló para ningún empleo en el campo jurídico. Eso indica que ha estado planeando esto durante bastante tiempo y sopesado las consecuencias. No tengo ninguna duda de que para Jack Mullen ésta fue una decisión moral y ética bien pensada.

—No se equivoquen —concluyó Geraldo en el cierre—. Jackson y Macklin Mullen no son fanáticos ni radicales, ni tampoco un par de chiflados. Son individuos que, como le sucedería a cada uno de nosotros, estaban hartos de las injusticias del sistema judicial. La única diferencia es que esas injusticias los afectaron más que a cualquiera de nosotros. Y decidieron hacer algo al respecto. Vayan nuestras oraciones por *todos* los involucrados en esta tragedia. Buenas noches, mis amigos.

Y, mientras las redes y los canales de cable sacaban provecho de *El Pueblo contra Barry Neubauer*, el FBI inundó Hampton. Y con sus zapatos de suela de goma, toscos y pasados de moda, sus cortes de pelo espantosos y sus sedanes ordinarios, parecían tan fuera de lugar como alguien que compra comida con vales del gobierno.

—Si no tengo cuidado, podría acostumbrarme a un lugar como éste —opinó Macklin, mientras pasaba un dedo largo y huesudo por el antiguo revestimiento de caoba que le daba a la habitación el aspecto de una rectoría de miniserie británica. Estábamos en la biblioteca, al lado del lugar más austero, que habíamos convertido en nuestra sala de juzgado. Mack y yo nos instalamos en los pisos encerados de roble, sentados frente al ventanal largo y alto que daba a la playa vacía. Sentí como si acabara de vivir el primer día de 100 horas del mundo.

—Estuve pensando en Marci, Fenton y Hank —señalé—. No deberíamos de haber permitido que se involucraran en esto.

—Ya es un poco tarde, Jack. Además, todos ellos querían estar aquí —respondió Macklin, con impaciencia—. Y, con franqueza, espero que tengas entre manos mucho más de lo que mostraste ayer.

—¿Y qué me dices del testimonio de Jane? —le pregunté.

—Fue lo mejor. Pero no comprometía a Neubauer, en absoluto. ¿Dónde están las pruebas concretas, Jack?

—No hay que adelantarse, Mack —le respondí—. Como solía decir Fenning, mi antiguo instructor de tácticas jurídicas, es preciso "construir el barco".

—Pues entonces constrúyelo pronto y asegúrate de que flote. Ahora ayúdame a levantarme, Jack. Tengo que meterme en mi bolsa de dormir. Y, de todos modos, no debería estar hablando contigo de estos temas.

Lo agarré de la mano, grande y deformada, y tiré con fuerza. Y mientras lo tuve allí, aproveché para darle un abrazo enorme y prolongado. Fue como si oprimiera una bolsa con huesos.

—No vayas a hacerte el viejo conmigo, Macklin —le advertí—. Te necesito demasiado.

—Te confieso que tengo la sensación de haber envejecido diez años en las últimas diez horas. No es muy bueno cuando se comienza el día a los 87 años.

95

L a biblioteca tenía su propio balcón y, cuando Mack se alejó, abrí la puerta de vidrio y salí. Sabía que no debería
estar afuera, pero necesitaba aclarar las ideas. Quería repasar
todo de nuevo, sobre todo el motivo principal por el que podríamos salir impunes, según mis expectativas.

El balcón formaba un ángulo hacia afuera desde la esquina de la casa. Sea que se mirara hacia el este en dirección al faro o al oeste hacia la ciudad, no se veía otra obra construida por
el hombre. En su vasta e insensible belleza, una noche de Montauk puede hacernos sentir tan insignificantes como una mosca
atrapada en el lado equivocado de la ventana. Pero esa noche,
aquella escala que nos empequeñece me resultaba consolado-
ra. Y las estrellas estaban deslumbrantes.

Uno de los muchos efectos secundarios positivos de la
claridad de pensamiento es que nos ayuda a conciliar el sueño.
Me eché sobre los tablones de cedro y enseguida me quedé
profundamente dormido.

Me despertó el ruido a pisadas en el otro extremo del balcón.

Era demasiado tarde para huir. Me senté y escruté la oscuridad, pero sin ver nada. Tal vez el FBI. En cualquier momento
una voz profunda y amenazadora me ordenaría que me pusiera boca abajo y colocara las manos detrás de la espalda.

Habíamos dejado bien en claro, esperaba, que no íbamos
a lastimar a los rehenes. No era necesario que me dispararan
en cuanto me vieran. Casi dije en voz alta: "No es preciso que
me disparen".

Olí el perfume de Pauline antes de verla.

—Regresar aquí fue una locura —dije cuando salió de la
oscuridad.

Pero no lo dije con demasiada convicción. Supuse que
Pauline había estado pensando lo mismo: que tal vez sería
nuestra última vez juntos por un buen tiempo.

—Y bueno, sí, estoy loca —respondió.

—Entonces viniste al lugar adecuado.

Pauline se tendió en el piso y se inclinó hacia mí, y durante algunos minutos lo olvidé todo, salvo lo maravillosa que era para mí. Pero ese pensamiento me llenó de angustia.

—No lo dije en serio, querida Pauline. De veras me alegra que volvieras de Nueva York.

—Ya lo sé, Jack. Así que dale un beso a tu chica.

96

Más o menos una hora después, Pauline y yo seguíamos en el balcón, bajo cielo colmado de miles de estrellas tintineantes.

—¿Recibiste el análisis de sangre de Jane? —me preguntó en voz baja. Por un segundo estuve en lugar tan lejano, que no supe de qué hablaba.

—Lo recibiré mañana. Temprano, espero. ¿Y a ti? ¿Cómo te fue en ese mundo grande y malvado?

—Me fue bien —dijo Pauline, con una gran sonrisa de satisfacción—. Me fue muy bien, Jack. Te pondrás muy contento.

—¿Cuántos pudiste rastrear?

—Doce —contestó ella—, de doce.

—¿Y cuántos firmaron?

—Todos. Cada uno de ellos, Jack. Detestan tanto como nosotros a ese desgraciado de Neubauer.

—Parece que contraté a la investigadora adecuada —acoté, y volví a besarla.

—Tienes buen ojo para el talento. Ah, a propósito, Jack, eres *famoso*.

—¿Famoso bueno o famoso malo?

—Depende del canal, y del comentador. El tipo del programa *Hardball* dice que a ti y a Mack deberían arrastrarlos a la plaza principal de la ciudad y ahorcarlos.

—Sería un programa de televisión muy visto.

—Diez minutos después Geraldo los comparó con héroes de la Guerra de la Independencia de los Estados Unidos.

—Siempre pensé que Geraldo nunca había recibido el respeto que se merece.

—¿Desde cuándo?

—Desde esta noche.

—Y me parece que la meteoróloga de la Fox quiere tener un hijo contigo.

—Alguien debería de decirle que ya no estoy disponible.

—Buena respuesta, Jack. Estás aprendiendo.

—Es verdad. Si llegara a aparecer algún bebé que tuviera que ver conmigo, sería hijo de una mujer no meteoróloga con el nombre musical de Pauline Grabowski.

Hubo una pausa muy dulce.

—¿Pauline?

—¿Qué sucede, mi abogado?

—Te amo.

—Yo también te amo. Por eso estoy aquí —susurró—. Probablemente es la razón por la que todos estamos aquí, Jack.

—Te amo más de lo que creí que podía amar a nadie. En realidad, te adoro. Cada día que estamos juntos me sorprendes para bien. Amo tu alma, tu compasión, esa risa tierna y divertida que tienes. Jamás me canso de estar contigo y te echo terriblemente de menos cuando no estás —callé y la miré a los ojos. Pauline me devolvió la mirada y no parpadeó—. ¿Quieres casarte conmigo? —dije, con voz muy queda.

Esta vez el silencio fue aterrador. Hasta tenía miedo de moverme.

Por fin me apoyé en el codo y me incliné hacia ella. Mil trozos resplandecientes le surcaban la cara. Estaba más hermosa que nunca.

Cuando asintió entre lágrimas, el enigma de mi vida quedó resuelto.

97

El teniente de la guardia costera Christopher Ames, de 29 años, se encontraba sentado detrás del parabrisas de su helicóptero Blackhawk 7000, y sentía que la noche era su video-juego privado. Estaba de servicio, buscando millonarios desaparecidos, pero no sentía ningún entusiasmo por la tarea. No le gustaba mucho ninguno de los millonarios que había conocido. Ninguno de los tres.

Cerca de 30 kilómetros al nordeste de Montauk estaba la Isla Block. Ames se había pasado el día volando de aquí para allá, examinando cada centímetro cuadrado de la isla. Y nada. Pero no lo sorprendía.

En ese momento se dirigía de vuelta a Long Island, haciendo algunas acrobacias, pero no como para que lo procesaran en consejo de guerra. Miró el indicador de velocidad: 280. Demonios, parecía la mitad de eso. Volaba a menos de 50 pies de la espuma de las olas duras como el cemento.

En el faro de Montauk Ames viró a la izquierda y siguió la línea abrupta y quebrada de la costa. A la luz de la luna parecía derrumbarse en el mar.

Pensó que cabalgaría sobre los farallones durante algunos kilómetros más antes de virar tierra adentro en dirección al aeropuerto MacArthur. Fue entonces cuando vio la oscura mansión suspendida entre las dunas.

Todo el día había estado observando casas de veraneo que valían muchos millones, pero ésta las superaba a todas. Distinguida y ondulante, parecía no tener fin a lo largo de los riscos.

Sin embargo, en el primer fin de semana importante del verano, no tenía ni una sola luz encendida. Algo bien extraño y un verdadero desperdicio. *Alguien* debería de estar usando esa maravilla.

Tiró fuerte de la palanca y el enorme pajarraco pareció frenarse en seco en el aire. Le recordó a un personaje de dibujo animado que se da cuenta un instante demasiado tarde de que ha caído por el costado de un precipicio. Entonces, por enésima vez ese día, el teniente Ames viró hacia la mansión.

Ya más cerca alcanzó a ver que el lugar no estaba del todo terminado. Giró alrededor de ese sitio sin césped ni jardines como un automóvil de carrera que da la vuelta en una pista de 400 metros. Su motor de turbina levantó una nube de polvo que se fue depositando sobre su ruta: desde el porche del frente hasta el enorme rodillo amarillo de vapor que había en el final del sendero.

Estaba a punto de hacer otro viraje para enfilar hacia el aeropuerto cuando vio la bicicleta de montaña apoyada contra uno de los escasos árboles.

La iluminó con su faro de 8000 vatios y vio un candado que colgaba, abierto, del neumático trasero.

¿Qué tenemos aquí?

Ahora más con mayor lentitud, volvió a trazar un círculo alrededor del lugar. Dio una vuelta a la altura del techo y enfocó las luces a lo largo de la hilera de ventanas a oscuras.

Fue entonces cuando vio a la pareja en la terraza, literalmente debajo de sus narices. Los dos estaban desnudos.

Ames estaba a punto de encender el radiotransmisor cuando la mujer se levantó y giró para enfrentar las luces. Era hermosa, y no con el aspecto de una modelo.

Durante alrededor de diez segundos se quedó de pie con las manos en las caderas mirando hacia arriba, como si tratara de transmitirle algo importante con la mirada. Después levantó los brazos por encima de los hombros y le hizo un gesto grosero con el dedo del corazón de cada mano.

Ames se echó a reír y por primera vez en ese día recordó por qué le gustaban los Estados Unidos.

"Debo de tener algo mejor que hacer", pensó, "que espiar a un par de intrusos que hacen el amor en uno de los lugares más hermosos de Norteamérica." Puso el radiotransmisor de nuevo en su soporte y luego viró su enorme pájaro de vuelta al aeropuerto MacArthur.

Seguía sonriendo y pensando en la hermosa muchacha que lo había insultado con ambas manos.

98

Pauline y yo estábamos perdidos en nuestro propio y pequeño mundo, de la mano y observando el mar, cuando Fenton irrumpió por las puertaventanas hacia el balcón.

—Jack, ¡Volpi ha desaparecido!

—Pensé que ibas a hacer rondas cada diez minutos. ¿Las puertas estaban cerradas con doble llave?

—Te juro que sí, Jack. No puede haberse ido hace mucho, apenas unos pocos minutos.

Por suerte, a esas alturas ya Pauline y yo estábamos vestidos. Seguimos a Fenton a la playa. Miramos hacia un lado y otro de la costa. *Nada. Volpi no estaba.*

—Debe de haber enfilado hacia el oeste, en dirección a la casa de los Blakely. Es lo único sensato —especulé.

Los tres corrimos hacia el garaje y al auto de Pauline. Con Pauline al volante, avanzamos a toda velocidad por el camino de tierra y luego doblamos a la izquierda hacia la ciudad.

—No puede terminar así —dije.

Pauline, que ya avanzaba bastante rápido, pisó el acelerador a fondo. Eran casi las dos de la mañana y el camino estaba vacío. Al cabo de unos 600 metros, viró a la izquierda hacia Franklin Cove.

—Frena aquí —le pedí a Pauline—. La línea de la costa está justo del otro lado de esa duna. O le hemos tomado la delantera o lo perdimos.

Bajamos del auto y trepamos gateando por la duna. El corazón me latía con fuerza cuando llegamos a la cima.

Habíamos llegado demasiado tarde. Volpi ya nos llevaba como 100 metros de delantera y corría por la playa hacia un grupo de grandes casas ubicadas en la curva.

De todos modos corrimos tras él y la brecha comenzó a estrecharse. Pero Volpi, que acababa de notar nuestra presencia, corría como si en ello le fuera la vida, y era imposible que lo alcanzáramos antes de que llegara a la primera casa.

Mientras avanzaba con torpeza por la arena, oí un disparo

a mis espaldas. Cuando Fenton y yo giramos, vimos a Pauline empuñando su Smith & Wesson. Entonces volvió a dispararle a Volpi.

El segundo disparo debe de haberlo rozado.

Frenó en seco y levantó las manos.

—¡No disparen!

Seguimos corriendo. Fenton llegó primero. Clavó un hombro y 120 kilos en el pecho de Volpi y lo tiró al suelo de espaldas. En un segundo estábamos sobre él, y toda la furia y la frustración del año anterior comenzó a brotar de nuestros puños.

—Suficiente —dijo Pauline—. Basta.

Pero Fenton no había terminado. Tomó un puñado de arena y se lo metió a Volpi en la boca. Volpi luchaba por respirar, escupió y farfulló algunas palabrotas.

Entonces yo también tomé un puñado y se lo embutí en la boca.

—¿Qué le pasó a Peter? —le grité a la cara—. Estuviste allí, ¿verdad que sí, Frank? ¿Qué fue lo que sucedió?

Volpi seguía escupiendo arena y jadeando.

—No... no —logró decir.

—Frank, sólo quiero oír la verdad. ¡No importa lo que nos digas aquí! Nadie lo sabrá fuera de nosotros.

Volpi negó con la cabeza y Fenton le metió otro puñado de arena en la boca. Más jadeos, escupidas y ahogos. Casi empecé a compadecerme de él.

Esta vez le dimos un minuto para respirar y concentrarse.

Pero Gidley no podía aflojar.

—Ahora sabes qué sentí cuando recibí la visita de tu amigo. ¡Trató de ahogarme! ¡Yo casi no podía respirar! No hacía más que escupir agua salada. ¿Qué gusto tiene la arena, Frank? ¿Quieres un poco más?

Volpi se tapó la cara con las manos. Seguía asfixiándose y tratando de limpiarse la boca.

—Sí, Neubauer hizo que sus matones asesinaran a tu hermano. Todavía no sé por qué. Yo no estaba allí, Jack. ¿Cómo pudiste pensar una cosa así? Por Dios, Peter me caía muy bien.

Fue maravilloso oír eso... descubrir la verdad, por fin. *Oírla.*

—Eso es todo lo que quería, Frank. La verdad. Deja de llorar, hijo de puta.

Pero Volpi no había terminado.

—Todavía no tienes nada contra él. Neubauer es demasiado inteligente, Jack.

Golpeé a Volpi con la mano derecha; fue sin duda el mejor puñetazo de mi vida, y el detective cayó de cara en la arena.

—Te lo debía, desgraciado de porquería.

Fenton apoyó una mano en la nuca de Volpi y le refregó la cara en la arena.

—Yo también.

Al menos ya sabía la verdad. Eso era algo. Arrastramos a Volpi al auto de Pauline y lo llevamos de vuelta a la casa.

99

Unas horas más tarde, después de que Pauline, Molly y yo preparamos huevos y café para el grupo, regresamos a la sala del juzgado. No me sentía demasiado animado, pero, bueno, la adrenalina me fluía por el cuerpo y todo estaba bien.

Cuando Macklin golpeó con el martillo y pidió orden en la sala, Montrose se puso de pie e inició otro de sus discursos pomposos, que sin duda estuvo preparando toda la noche.

Presenté una objeción y Mack nos llamó a los dos al estrado.

—Usted debería saber que lo suyo es improcedente —le dijo a Montrose—. Lo que tendría que hacer es presentar hechos y no filosofar o lo que sea que está haciendo. Y lo mismo va para ti, Jack. Pero debido a las otras restricciones a las que se lo ha sometido, señor Montrose, y en aras de la justicia y de la verdad, prosiga con sus discursos. Pero, por el amor de Dios, que sean breves. Ya no soy tan joven y mi paciencia tiene límite.

Hice un gesto con la cabeza y regresé a mi asiento. Montrose de nuevo ocupó el centro de la sala.

—Nuestro supuesto fiscal se deleita manchando, de modo temerario, la reputación de mi cliente —dijo Bill Montrose, y me miró. Tuve la sensación de que lo suyo era apenas un calentamiento para lo que vendría después—. Hasta ahora no hemos respondido atrayendo atención sobre los detalles tristes de la vida de su hermano muerto. Parecía algo inapropiado y, supuse, innecesario.

"Ahora —dijo Montrose como si se hubiera pasado la noche luchando con su propia conciencia—, no nos queda más remedio que hacerlo. Si, en realidad, la muerte de Peter Mullen no fue accidental, lo cual es dudoso, hay personas que, con toda probabilidad, tuvieron más motivos para asesinarlo que Barry Neubauer.

"Cuando Peter Mullen murió hacia fines de mayo último —dijo Montrose y carraspeó—, el mundo no perdió a su nueva

Madre Teresa. Perdió a un desertor de la secundaria que, a los 13 años, ya había sido arrestado por posesión de drogas. También deberían de saber que, a pesar de no haber tenido un trabajo fijo en toda su vida, Peter Mullen poseía en el momento de su muerte casi 200.000 dólares en su cuenta bancaria. Dos meses antes compró una motocicleta que valía 19.000 dólares y la pagó con un sobre que contenía esa suma en billetes de 1000 dólares.

¿Cómo sabían eso ellos? ¿Alguien había estado siguiéndome?

—A diferencia de nuestro fiscal, no soy tan irresponsable como para alegar que Peter Mullen fuera un narcotraficante. No tengo suficientes *pruebas* para decirlo. Pero, basándome en sus antecedentes, su cuenta bancaria y su estilo de vida, y sin ninguna otra manera de justificar el dinero, cabe preguntárselo, ¿verdad que sí? Y si Peter Mullen se ganaba la vida vendiendo drogas, tenía, sin duda, más de un rival violento. Es así como funciona el mundo de las drogas, incluso en Hampton.

Al oír esas acusaciones falsas me levanté de un salto.

—Nadie —dije— dice que mi hermano fuera un santo. Pero no era un traficante de drogas. Todos los que están en esta habitación lo saben. No sólo eso; saben con precisión cómo llegaron los 200.000 dólares a su cuenta bancaria. ¡Porque era el dinero *de ellos*!

—Su señoría —protestó Montrose—, el fiscal no tiene derecho a hacer esta clase de intervención con el fin de impresionar al público. Aunque sea su nieto.

Macklin asintió con la cabeza.

—Si el fiscal tiene alguna información que quiera compartir con esta corte —indicó—, debería ir directamente al grano y dejarse de estupideces. Se le advierte que en esta sala no se le tolerará ninguna otra conducta no profesional. Se supone que éste es un juicio justo y, maldito sea, eso es lo que será.

100

Después de obsesionarme durante meses con este juicio, de estudiar, investigar y reunir pruebas, había llegado el momento de la verdad. Quería justicia para Peter y quizá la obtendría... *siempre y cuando* actuara bien, *siempre y cuando* pudiera controlar mi furia y mi indignación, *siempre y cuando* pudiera vencer a Bill Montrose sólo esta vez. En buena ley.

—Tengo algunas pruebas cruciales para presentarle al tribunal —dije—. Pero primero quisiera aclarar algo con respecto al arresto de mi hermano Peter por posesión de drogas. Sucedió en Vermont hace ocho años. En esa época, yo era un estudiante universitario de 21 años y Peter, que tenía 13, me había ido a visitar.

"Una noche, un policía local nos detuvo por una luz rota en la parte trasera del auto. Se acercó con una excusa a revisar el vehículo y encontró un porro debajo del asiento del conductor. Eso fue lo que pasó.

"Sabiendo que yo acababa de enviar mi solicitud a una Facultad de Derecho, aunque en realidad no pude ingresar en Columbia hasta unos años después, Peter insistió que el porro era suyo. *Pero no lo era.* Era mío. Les estoy diciendo esto para que las cosas queden bien claras y para dejar sentado que, si bien Peter no era ningún santo, era un buen hermano. Nada de lo que estoy a punto de demostrar cambia eso.

"Ahora, si es posible mover las luces —continué—, el Pueblo tiene un par de pruebas que quisiera compartir."

Marci subió a una pequeña escalera y enfocó un par de reflectores de 1500 vatios en un sector de unos tres metros y medio de la pared lateral. Cerca del centro del sector iluminado sujeté con cinta adhesiva una ilustración grande en colores.

Mostraba a un niño de mejillas sonrosadas, abrigado con un suéter con el dibujo de un reno. El pequeño estaba rodeado de animalitos de peluche.

—Ésta es la portada del catálogo de Navidad del año pasado de Bjorn Boontaag, que ahora es de propiedad de Barry

Neubauer. Les leeré lo que dice este ejemplar del catálogo: "Boontaag es el fabricante de juguetes y muebles más lucrativo del mundo. Las tres leonas de peluche que figuran en la portada son las increíblemente famosas Sneha, Saydaa y Mehta, que se venden por miles en todo el mundo. En las 200 páginas de este catálogo podrá encontrar infinidad de juguetes, ropa y muebles". El Pueblo presenta esta ilustración como Prueba B —dije.

Después paseé la vista por el salón como un soldado en los segundos tétricos y silenciosos que anteceden al disparo de su primer misil.

—Ahora el Pueblo presentará su Prueba C.

—Debo advertirles que la Prueba C no es tan inocente como el catálogo de Navidad de Boontaag —dije—. De hecho, si sus hijos pequeños estuvieran aquí ahora, les pediría que salieran de la sala.

Regresé con lentitud a mi silla y tomé un sobre grande. Al hacerlo, espié a Barry Neubauer y le sostuve la mirada hasta advertir el primer indicio de pánico en sus ojos cada vez más entornados.

—Las imágenes que me dispongo a proyectar en la pared no tienen nada de tierno e inocente. Son fuertes, crueles y nítidas. Si festejan algo, no son los hijos ni la familia.

—¡Objeción! —gritó Montrose—. ¡Me opongo a esto en forma categórica!

—Que la prueba hable por sí misma —respondió Macklin—. Continúa, Jack.

El corazón me golpeaba el pecho con gran violencia, como si estuviera luchando por mi vida, pero hablé con una calma inexplicable.

—Su Señoría —dije—, el Pueblo llama a la señorita Pauline Grabowski.

Pauline se dirigió con rapidez al estrado de los testigos. Me di cuenta de que estaba impaciente por desempeñar su papel, aunque significara implicarse a sí misma.

—Señorita Grabowski —comencé a decir—, ¿cuál es su trabajo?

—Hasta hace poco, era investigadora privada del estudio jurídico del señor Montrose.

—¿Cuánto tiempo trabajó allí?

—Diez años, hasta que renuncié.

—¿Qué concepto tenían de usted en la firma?

—Durante esos diez años recibí cinco ascensos. Cada año me dieron muy buenas bonificaciones por mi actuación. El señor Montrose en persona me dijo que yo era la mejor investigadora que había tenido en sus 25 años de práctica jurídica.

No pude evitar sonreír cuando vi cómo Montrose se retorcía en su asiento.

—Ahora bien, señorita Grabowski, ¿qué papel desempeñó usted, si es que tuvo alguno, en la investigación de este caso?

—Bueno, hice las habituales verificaciones, hablé con potenciales testigos, junté documentación...

—Remontémonos al jueves 3 de mayo. ¿Se reunió usted ese día con los abogados en el motel Memory?

—Así es.

—¿Qué encontró allí, si es que encontró algo?

—Encontré la colección privada de fotografías de Sammy Giamalva. Examiné varias docenas de copias en blanco y negro.

Estaba a punto de comenzar la función.

Como en cámara lenta fui sacando las fotografías, poco a poco.

—Señorita Grabowski, ¿son éstas las fotografías?

—Sí.

—¿Están hoy en las mismas condiciones que el día en que usted las vio por primera vez?

—Sí.

—Su Señoría, el Pueblo presenta su Prueba C: trece copias en blanco y negro realizadas en papel fotográfico tamaño 20 x 30 cm.

Montrose gritó:

—¡Objeción!

—No ha lugar —respondió Macklin—. Ésta es una prueba relevante que ha sido autenticada por una testigo calificada. La permitiré.

Levanté la primera fotografía con el dorso hacia la sala y la examiné con atención. Todavía me producía repugnancia.

Después me dirigí a la pared y la pegué con cinta adhesiva al lado de la portada del catálogo de Navidad de Boontaag. Sólo cuando quedé satisfecho de que estaba bien sujeta a la pared y derecha, di un paso al costado.

Dejé que Molly la enfocara bien con el teleobjetivo.

Lo primero que llamaba la atención de la fotografía era la refulgente y morbosa intensidad de su iluminación. Incluso en esa habitación bien iluminada, quemaba como una luz de neón en medio de la noche. Era la clase de luz que se utiliza en los quirófanos y las morgues. Congelaba cada vena, cada poro y cada imperfección con un hiperrealismo de pesadilla.

Las expresiones delirantes de los dos hombres y la única mujer —y la intensidad y lujuria de la acción en sí misma— concordaban con la áspera intensidad de la iluminación. Los personajes estaban agrupados en el centro de la fotografía como si la mujer estuviera en llamas y los hombres se hubieran acurrucado a su alrededor para obtener un poco de calor.

Sólo después de adaptarse a ese resplandor era posible advertir que la mujer que estaba entre los dos hombres era Stella Fitzharding. El hombre que la sodomizaba era Barry Neubauer, y el que estaba de espaldas debajo de ella era mi hermano.

102

La fotografía en blanco y negro sacudió la sala como una explosión poderosa que deja a los que están cerca lesionados pero sin sangre visible. Fue Neubauer quien rompió el silencio.

—¡Maldito hijo de puta! —gritó.

Montrose bramó:

—¡Objeción! ¡Objeción! ¡Objeción! —como si el grito de su cliente le hubiera disparado una alarma mecánica en la garganta.

Y el alboroto armado por los dos tuvo su efecto en Macklin. Estaba furioso, y se le notaba.

—Amordazaré a todos los presentes si no se tranquilizan. Esto representa una prueba y, por cierto, es bien pertinente. La permitiré.

Sólo cuando volvió la calma, reanudé la dolorosa tarea de colgar más fotografías. Al recordar que debía tomarme mi tiempo para "construir el barco", pasé los siguientes cinco minutos sujetando fotografías de Peter con distintas parejas. En total coloqué trece, el trabajo sucio de un pornógrafo y el álbum familiar más triste que había visto en mi vida.

Aunque hubo ocasionales y breves apariciones de invitados no identificados, el elenco principal siguió siendo el mismo: Barry y Peter, Stella y Tom... los mejores amigos de los Neubauer. Sin duda alguna, teníamos a las personas adecuadas en la habitación. Se habían aprovechado de mi hermano desde que era un adolescente.

La fuerza desconcertante de la pornografía explícita es algo innegable. Después de sujetar cada fotografía a la pared, Molly la enfocaba con el teleobjetivo para producir un primer plano, que mantenía durante diez segundos.

—¡Apaguen la cámara! —gritó Neubauer—. ¡Ahora mismo!

—¿El fiscal y yo podríamos aproximarnos al estrado? —preguntó Montrose después de hablar con Neubauer. Cuando Mack nos hizo señas de que nos acercáramos, Montrose dijo—: El señor Neubauer tiene una propuesta que, según su parecer, podría poner fin a estos procedimientos. Me ha pedido que se la transmita.

—El Pueblo no está interesado —respondí, categóricamente.

—¿Cuál es esa propuesta? —preguntó Macklin.

—Mi cliente insiste en presentarla él mismo. En privado.

—No hay nada de valor que Neubauer pueda ofrecerle a este tribunal —le dije a Macklin—. Sigamos adelante.

Montrose le repitió su pedido a Macklin.

—Lo único que pide son 90 segundos. Su Señoría, sin duda usted puede darnos eso... en bien de la justicia o de lo que se supone que representa esto.

—Este tribunal entra en receso por dos minutos —anunció Macklin—. Den a las redes y a los canales la oportunidad de vender un poco de cerveza.

Le hizo señas a Gidley, quien entonces nos guió a los cuatro a una biblioteca equipada con rieles y una escalera corrediza para llegar a los estantes más altos. Desde luego, no había ningún libro.

El hecho de estar en el mismo cuarto que Neubauer, aunque estuviera esposado, me resultó desagradable. Se encontraba en un estado de furia total. No estaba acostumbrado a no salirse con la suya. Tenía los ojos dilatados, lo mismo que las ventanas de la nariz. Despedía un olor ácido que resultaba difícil de soportar.

—¡Diez millones de dólares! —exclamó Neubauer tan pronto la puerta se cerró a sus espaldas—. Y ninguno de nosotros iniciará o participará en ningún procedimiento penal contra ti, tu abuelo o tus amigos.

—¿Ésa es su propuesta, señor Neubauer? —preguntó Macklin.

—Diez millones de dólares —repitió—, en efectivo, depositados en una cuenta a tu nombre en Gran Caimán, en las Bahamas. Además, la seguridad de que ninguno de tu grupo pasará ningún tiempo en la cárcel. Tienen mi palabra en ese sentido. Y ahora, ¿alguien tendría la bondad de quitarme las esposas? Quiero salir de aquí. Ya tienen lo que querían. ¡Ustedes ganaron!

—No nos interesa su dinero —dije, lisa y llanamente.

Neubauer movió la cabeza hacia mí, como con desdén.

—Hace un par de años —dijo—, a algunos de mis invitados se les fue un poco la mano. Una ramera se cayó de mi yate. Me costó 500.000 dólares. Ahora ha muerto otro integrante de la prostitución y quiero volver a pagar mis cuentas. Soy un hombre que paga sus deudas.

—No, Barry. Usted es un cerdo asesino. Frank Volpi tuvo la decencia de confirmarlo anoche. ¡No podrá salir de esto con dinero, pedazo de idiota!

Me di cuenta de que me había pasado de la raya. La cara de Neubauer se distorsionó en la misma mueca preeyaculatoria registrada en algunas de las fotografías. Después dijo con un hilo de voz:

—Me gustaba joder a tu hermano, Jack. ¡El de Peter era uno de mis traseros favoritos! Sobre todo cuando tenía 13 años. ¿De acuerdo, Mullen?

Me encontraba apoyado en la escalera y Neubauer estaba de pie, con una pierna a cada lado de los rieles en el piso, a menos de 60 centímetros de mí. Los rieles conducían directamente a su entrepierna. Lo único que tenía que hacer era empujar con fuerza la escalera contra él, pero logré controlarme. No iba a permitir que volviera a la sala golpeado o maltratado.

—Yo ya sé lo qué le hizo a mi hermano —dije por último—. Por eso estamos aquí. Y le va a costar a usted mucho más que dinero, Barry.

—Volvamos a la sala —dijo Mack—. No es cortés hacer esperar a 100 millones de personas; y, aunque sea poca cosa, los Mullen tenemos buenos modales.

103

Stella Fitzharding no respondía al perfil de tercera esposa de un multimillonario de Nueva York-Palm Beach. No era joven ni rubia ni sensual. Era una ex profesora de Lenguas Romances en la pequeña universidad del medio oeste a la que su marido había donado millones para que la biblioteca llevara su nombre. Si se sentía incómoda por su presencia en la exhibición gráfica que apareció en la pared, no lo demostró. La primera vez que se acostó con mi hermano, Peter tenía 14 años.

—Señora Fitzharding —dije, después que le tomaron el juramento—, tengo la sensación de que ha visto antes estas fotografías. ¿Es así?

Stella Fitzharding frunció el entrecejo, pero asintió.

—Peter las usó durante dos años para extorsionarnos —dijo.

—¿Cuánto le pagaron? —pregunté.

—¿5000 dólares por mes? ¿7500 quinientos? Olvidé la cifra exacta, pero recuerdo que era la misma cantidad que le pagamos a nuestro jardinero —parecía aburrida con mis preguntas. *Ten paciencia conmigo, Stella. Ya llegaré a ti.*

—¿No se quejaron a Barry Neubauer?

—Podríamos haberlo hecho, salvo que la experiencia de la extorsión nos resultó muy excitante y teatral y, no sé… *noir*. No bien las fotografías llegaban a nuestra puerta, las tomábamos y corríamos al estudio, donde las observábamos con detenimiento como otras personas se miran fotografiadas frente a un enorme *geiser* del Parque Nacional Yellowstone. Era un juego en el que participábamos. Tu hermano lo sabía, Jack. Para él también era un juego.

Tuve ganas de abalanzarme sobre ella, pero me controlé.

—¿A quién le hacían los pagos?

Señaló hacia la mesa de los testigos.

—El detective Frank Volpi era el mensajero.

Volpi siguió sentado, muy tranquilo. Pero después le hizo un gesto obsceno con el dedo.

—¿De modo que le pagaban un sueldo mensual al detective Volpi?

—Sí. Pero cuando se anunció la fusión de las Empresas Mayflower y Bjorn Boontag, Peter de pronto se dio cuenta de lo dañinas que podían ser esas fotos. Así que en lugar de algunos miles quiso millones.

—¿Qué pensaron ustedes cuando el cadáver de mi hermano apareció en la playa barrido por las olas?

—Que había participado en un juego peligroso... y perdido —contestó Stella Fitzharding—. Igual que lo haces tú, igual que te ocurrirá a ti.

—Llamo a declarar al detective Frank Volpi.

Volpi no se movió. En realidad, no me sorprendió. De hecho, había esperado que sucediera con otros testigos.

—Si lo prefiere, puedo interrogarlo donde está, detective.

—De todos modos no voy a responder a tus preguntas, Jack.

—Déjeme que lo intente al menos con una.

—Como quieras.

—¿Recuerda la conversación que tuvimos anoche, detective? —pregunté.

Volpi permaneció impasible.

—Permítame que le refresque la memoria, detective. Me estoy refiriendo a la conversación en la cual usted dijo que Barry Neubauer había encargado a dos de sus matones que asesinaran a mi hermano en la playa, hace un año.

—¡Objeción! —gritó Montrose.

—¡Ha lugar! —gritó a su vez Mack—. Señora Stevenson, por favor borre esas dos últimas preguntas del registro.

—Me disculpo, Su Señoría —dije—. El Pueblo no tiene más preguntas.

—Buen trabajo, Jack —comentó Volpi desde su asiento.

Hubo un receso para el almuerzo y al cabo de 45 minutos volvimos. No pude comer nada, sobre todo porque mucho me temía que no iba a poder mantener nada en el estómago.

La testigo que me disponía a llamar representaba la clase de riesgo que a cualquier abogado penalista realmente bueno le aconsejan no tomar. Pero sentí que no tenía otra opción. Había llegado el momento de demostrarme a mí mismo si era un buen conocedor de la naturaleza humana, y, también, si tenía pasta de abogado.

Respiré hondo.

—Campion Neubauer —dije.

La sala quedó en silencio. Campion se puso de pie con lentitud y avanzó. Miró a los otros testigos, como esperando que alguno le tirara un salvavidas.

Bill Montrose se puso en pie de inmediato.

—¡De ningún modo! La señora Neubauer está en tratamiento por una depresión crónica. Y no ha podido tomar su medicación desde que comenzó este infierno.

Miré a Campion, que ya se había instalado en el estrado de los testigos.

—¿Cómo se siente? —le pregunté—. ¿Acepta seguir con esto?

Hizo un gesto de asentimiento.

—Estoy bien, Jack. De hecho, hay algo que quiero decir.

—¡Aunque para ustedes no signifique nada, la ley prohíbe que se obligue a una esposa a testificar contra su marido! —gritó Neubauer desde su asiento.

—Ese privilegio —dijo Macklin— puede ser alegado por cualquiera de los cónyuges para su propia protección. Pero sólo se refiere a declaraciones hechas por un cónyuge a otro, no a los hechos esenciales. Puede usted testificar, señora Neubauer.

Una levísima sonrisa se dibujó en los labios de Campion. Fue alguna vez una mujer hermosa y de gran espíritu. La conocía desde hacía mucho tiempo, y la había visto transformarse en una persona amargada en extremo. Ésa era en parte la razón por la que había decidido correr ese riesgo con ella.

—No te preocupes, querido —se dirigió a su marido—. Nadie me está obligando a testificar contra ti. Estoy aquí por mi propia voluntad.

Después de que Gidley le tomara juramento a Campion, le pregunté si estaba dispuesta a acompañarme a examinar algunas de las fotografías exhibidas en la pared. Hizo lo que le pedí.

Le señalé a una mujer que, al parecer, estaba llegando al orgasmo en la tercera fotografía de la hilera.

—¿Quién es esa persona? —pregunté.

—Stella Fitzharding. Es un monstruo.

—¿Y esa mujer más joven que está de rodillas?

—Tricia Powell. La joven empresaria a la que le va tan bien en Eventos Especiales de la compañía de mi marido.

—Y entre las dos está mi hermano Peter, que por cierto no era ningún santo.

Campion movió la cabeza.

—Es verdad, pero nunca le hizo mal a nadie. Y todos queríamos a Peter.

—Es un consuelo —acoté.

La conduje frente a la hilera de fotos y señalé otra.

—Peter, de nuevo —observó Campion.

—¿Qué edad diría usted que tenía Peter cuando tomaron esta fotografía?

—No lo sé... quizá 15.

—¿No más que eso? —pregunté.

—No, no lo creo. Jack, tienes que creerme: no tenía idea de que esto estuviera sucediendo en mi casa. Al menos no al principio. Lo lamento. Me disculpo ante ti y tu familia.

—Yo también lo lamento, Campion.

Seguimos avanzando.

—En cada una de esta media docena de fotografías tomadas en un lapso de cinco años, mi hermano, que en las otras no tenía más de 15 años, se encuentra debajo de un hombre mucho mayor.

—Ése debe de ser mi marido, Barry Neubauer —dijo, y

señaló al hombre que se aferraba a los apoyabrazos de una vieja silla de playa con la misma fuerza con que sometía a Peter en las fotos.

Pasamos por alto varias de las siguientes y luego nos detuvimos frente a la última de la serie.

En esa fotografía, Peter y Barry estaban junto a un tercer hombre cincuentón que usaba un collar para perros sujeto a una correa larga.

—Ese hombre que está en cuatro patas —observé—. Estoy casi seguro de que lo he visto antes.

—Por supuesto —contestó Campion—. Es Robert Crassweller hijo, el procurador general de los Estados Unidos.

106

Acompañé a Campion de vuelta al estrado. De pronto me pareció más joven y más relajada. Hasta había dejado de mirar a Barry en busca de aprobación o desaprobación. O lo que sea que recibiera de él.

—¿Se siente bien? —le pregunté.

—Estoy muy bien. Continuemos.

Con un gesto indiqué la pared con las fotografías.

—Fuera de las caras y los cuerpos, Campion, ¿hay en estas fotografías algo más que usted reconoce?

—Las habitaciones. Todas esas fotos fueron tomadas en nuestra casa. La casa en la que crecí. La Casa de la Playa que ha pertenecido a mi familia durante casi 100 años.

—¿Fueron varios cuartos diferentes o siempre el mismo? —pregunté.

—En general, diferentes.

—Una cosa que no puedo entender —dije—, es dónde se ocultaba el fotógrafo.

—Depende de la toma, pero hay muchos lugares. Muchos rincones y recovecos. Es una casa vieja y enorme.

—¿Pero cómo podía el fotógrafo saber dónde esconderse y llegar allí una y otra vez sin ser detectado?

Se oyó un golpe detrás de mí y cuando giré la cabeza para descubrir su origen, Neubauer, después de destruir la mesa para juegos de cartas de un puñetazo, reptaba por el piso hacia su esposa. Cuando Fenton y Hank cayeron sobre él, algo parecido a un hacha de guerra de los indios norteamericanos voló por la habitación y dejó una desagradable marca oscura en la pared, a quince centímetros de la cabeza de Campion. Era el zapato izquierdo de Stella Fitzharding.

—Su marido y su amiga parecen bastante seguros de que era usted quien ayudaba a los extorsionadores, señora Neubauer —continué. Ilesa de los dos ataques, Campion permaneció tan tranquila como cuando había llegado.

—Y así era —respondió.

—¿Estaba usted extorsionando a su propio marido, señora Neubauer? —pregunté—. Pero como socia mayoritaria de las Empresas Mayflower, usted tenía más que perder que él.

—Supongo que estamos de acuerdo, Jack, en que existen cosas más importantes que el dinero. Al principio lo único que quería era documentarlo —explicó Campion—. Tener un registro de lo que estaba sucediendo en una casa que ha pertenecido a mi familia durante un siglo. Pero después no pude resistir la tentación de ver sufrir a mi marido.

—Peter no sabía nada de la extorsión, ¿no es así?

—De haberlo sabido, nunca hubiera participado en ese juego. No odiaba tanto a Barry. En realidad, Peter no odiaba a nadie, salvo a sí mismo. Ése era su defecto más hermoso.

—¿No hubiese sido mucho más fácil y sencillo divorciarse de su marido?

—Más fácil, quizá. Pero, por cierto, no más seguro. Como habrás notado a estas alturas, cuando Barry se enoja, la gente empieza a aparecer muerta en la playa.

Me cubrí la boca con una mano y respiré hondo. Después hice mi siguiente pregunta, la más trascendental.

—¿No es ésa la razón por la que usted necesitaba fotografías incluso más comprometedoras que las que están en la pared, Campion?

Se le tensó la espalda.

—No estoy segura de entender la pregunta —respondió, mientras jugueteaba nerviosa con el amuleto de cristal oscuro de su collar.

Me acerqué más a Campion.

—Pues creo que sí la entiende. Una cosa es pescar a Barry mientras tenía relaciones sexuales ilícitas con jovencitos y jovencitas. ¿Pero si, por ejemplo, tuviera fotos de él cometiendo un asesinato? ¿No es ésa la razón por la que le tendió una emboscada a Peter?

—No sabía que Barry iba a matar a Peter esa noche. ¿Cómo podía saberlo?

—Desde luego que lo sabía. Usted acaba de decirlo: "Cuando Barry se enoja, la gente empieza a aparecer muerta en la playa". De hecho, usted envió a Sammy a cubrir el homicidio.

—¡Pero si *no hay ninguna fotografía!* —alegó—. ¡No tengo ninguna fotografía de eso!

Sostuve en alto un sobre.

—Pero yo sí, Campion. Aquí tengo las fotografías.

De pronto, en un arrebato frenético y angustiado, me olvidé de todas las técnicas de litigio que durante el invierno y la primavera me había esforzado tanto por dominar. Abrí el sobre enseguida en lugar aprovechar la situación para crear un poco de suspenso. El corazón me latía con fuerza y se me habían agudizado todos los sentidos. Sostuve en el puño varias de las fotografías del sobre.

Hojeé con rapidez las fotografías y luego las clavé en la pared junto a las otras. Sin duda, eran las últimas siete fotografías de Sammy, y de manera terrible, sus obras maestras.

Estaban impresas en papel tamaño 50 x 60 cm, y eran negras y lóbregas, en contraste con las pornográficas brillantes y claras. Pegadas a la pared en una hilera despareja, no parecían fotografías sino pinturas impresionistas, girando en un torbellino violento de rabia, temor y muerte.

Como en gran parte de las fotografías pornográficas, la acción era de tres a uno. Pero en este caso la furia reemplazaba a la lujuria; y los puñetazos y las patadas asesinas, a las arremetidas pélvicas.

Allí se podía ver la esfera borrosa del reloj Cartier de platino de Neubauer mientras le lanzaba un cachiporrazo a la nuca de Peter.

Y allí, en tanto otras dos formas corpulentas sostenían los brazos de Peter en la espalda, divisé la hebilla de plata del mocasín de Neubauer, que pateaba las costillas de Peter.

Allí había una cara semioculta en las sombras, pero me di cuenta de que era la de Frank Volpi. Había mentido acerca de su participación, pero, desde luego, ¿por qué no habría de mentir? Todos los demás lo habían hecho.

La última fotografía era la más dantesca. La pegué con fuerza contra la pared y esperé a que el teleobjetivo de Molly la enfocara. Sabía que quedaría grabada para siempre en mi retina.

En el instante en que Sammy tomaba esa fotografía, se di-

siparon las nubes, sin duda, de modo que mientras Peter yacía
inmóvil a los pies de sus asesinos, se le iluminó la cara por un
segundo.

Era como un rostro alumbrado por una vela en un lienzo
de Caravaggio, la fisonomía de un hombre joven en sus últimos
segundos de vida, que sabía que nadie iba a salvarlo. El horror
en sus ojos fue demasiado para mí, y aunque había visto antes
las fotografías, tuve que apartar la mirada.

—¿No termina nunca este juego efectista y vergonzoso?
—gritó Montrose—. En todas esas fotografías sólo se ve una
única cara, y es la de *la víctima.*

—Que el fiscal se acerque al estrado —intervino
Macklin—. Ahora mismo.

Cuando llegué allí, Mack estaba más enojado que nunca.

—Montrose tiene razón. Esas fotografías no sirven para nada, y lo sabes. ¿Qué demonios estás haciendo, Jack? ¿Qué
quieres demostrar?

—A la mierda con Montrose. Y con Neubauer. Y también
contigo —pronuncié con rabia las palabras. Después me eché
a llorar. Perdí todo control—. No me importa si esas fotografías
tienen o no valor como prueba. Muestran a Peter mientras Neubauer y dos de sus matones, uno de los cuales es Volpi, lo mo-
lían a golpes en una playa. Si tengo que seguir viendo en la
mente esas imágenes por el resto de mi vida, entonces que
también a ellos se les queden grabadas para siempre. Peter no
se suicidó y tampoco se ahogó: fue asesinado, Mack. Eso es lo
que muestran las fotografías.

Macklin extendió los brazos y tomó mi cara mojada entre
sus enormes manos. Y me la oprimió con fuerza, como si fuera
una herida sangrante que trataba de restañar.

—Jack, escúchame —dijo, con una sonrisa desgarradora—,
estás haciendo un buen trabajo. No dejes que se te vaya de las
manos, hijo. ¿Tienes algo más para terminar de una vez por todas con estos hijos de puta? Por favor dime que sí, Jack.

108

No dejes que se te vaya de las manos.

Cuando Peter y yo éramos niños, nuestro padre nos contó la historia de una rata inmensa que se había metido en el departamento que él y mi madre tenían en Hell's Kitchen. Era una mañana muy fría de diciembre. Mandó a mi madre, que en ese momento estaba embarazada de mí, a un café ubicado en la vereda de enfrente.

Entonces mi padre le pidió prestada una pala al casero y volvió a subir los cinco tramos de escalera para enfrentar a la rata. La encontró en la sala del departamento, corriendo a lo largo de la pared en busca de una salida. Era del tamaño de un gato chico, pesaba por lo menos cinco kilos y tenía un pelaje brillante, de color marrón anaranjado.

Blandiendo la pala, mi padre logró acorralarla en un rincón. La rata trató de escapar intentando correr de un lado a otro, pero cuando vio que era inútil, le mostró los dientes y aguardó. Cuando mi padre levantó la pala sobre el hombro derecho para terminar con ella, ¡la rata saltó para atacarlo!

Con un balanceo desesperado, mi padre la golpeó en el aire como si fuera una pelota de béisbol peluda y con una cola gris. La rata pegó contra la pared y derribó la mitad de los libros de los estantes de la biblioteca. La rata saltó una vez más sobre él antes de que mi padre tuviera tiempo de volver a levantar la pala. De nuevo la golpeó en el aire. De nuevo la rata se estrelló contra la pared. Papá tuvo que repetir la operación dos veces más antes de poder matarla.

Cuando llamé a testificar a Barry Neubauer, me miró como esa rata debe de haber mirado a mi padre aquella mañana de invierno.

Sin quitarme los ojos de encima, se retorcía nervioso, y era obvio que hervía en cólera. Sus largos dedos, aferrados a la silla, estaban blancos.

Y no se movió.

Empecé a respirar con un poco de agitación.

—¿Quieres que forme parte de tu acto teatral? —dijo, con los dientes apretados—. Pues entonces tendrás que arrastrarme hasta allá. Pero eso no va a quedar demasiado bien por televisión, ¿verdad, muchachito valiente?

—Nos daría un gran gusto arrastrarte hasta aquí —intervino Macklin, y se bajó del estrado—. Demonios, lo haré yo mismo.

Después de asegurarnos de que tuviera los brazos y las piernas bien sujetos a la silla, Mack y yo nos pusimos uno a cada lado de Neubauer y lo levantamos en el aire.

En cuanto sus pies se separaron del suelo, luchó por soltarse de las ataduras casi más que Mudman momentos antes de morir. Cuando pusimos a Neubauer en el estrado de los testigos, tenía la cara y el pelo empapados en sudor. Detrás de los costosos anteojos, las pupilas se le habían achicado al tamaño de la punta de un alfiler.

—¿Qué vas a mostrarnos ahora, abogaducho? —preguntó, con un gemido áspero y furioso que me hizo doler los dientes. Era el mismo tono despectivo que usaba en su casa con sus empleados—. ¿Más fotografías pornográficas? ¿Para demostrar qué? ¿Que las imágenes fotográficas pueden ser manipuladas por computación? Vamos, Jack, debes tener algo mejor que eso.

Esa última mofa de Neubauer apenas acababa de brotar de sus labios cuando se oyeron unos golpes a la puerta del fondo del salón.

—En realidad sí tengo algo más que mostrarle. De hecho está entrando en este momento.

109

Muy nerviosa y mirándose los pies, como lo habría hecho cualquier que tuviera que recorrer una habitación interminable con la mitad del país mirándola por televisión, Pauline avanzó con lentitud hacia nosotros. No pude evitar sentirme muy orgulloso de ella, pues sin duda nos apoyaría hasta el final.

Cuando llegó junto a mí, me deslizó un trozo de papel. Lo leí con el corazón en la boca. Decía: *East Hampton*, L.A., *Manhattan* - 1996.

Entonces, tal vez porque sintió ganas de hacerlo, me besó con suavidad en la mejilla y se sentó junto a Marci.

—Quizá pueda aclararme una cosa—le dije a Neubauer mientras le señalaba las fotografías de la pared—. ¿Nunca nadie le pidió que usara un preservativo?

Entornó los ojos aun más.

—¿Estás aprovechando el momento para convertir esto en un anuncio de servicio público? Les dije que no tenían nada de qué preocuparse. Me someto todo el tiempo a pruebas.

—Ajá. De modo que les mintió a esas personas.

La mirada de Neubauer se volvió incluso más sombría.

—¿De qué hablas?

—Hablo acerca de no decir la verdad. Se llama mentir. Les mintió a esas personas. A su esposa, a Tricia Powell, a los Fitzharding. A mi hermano.

—Estás loco. Es obvio para todos. Esto es absurdo. Estás loco.

—¿Recuerda esas muestras de sangre que tomamos cuando llegaron aquí? A la suya le hicieron una prueba de VIH.

—¿Qué dices? —aulló Neubauer.

—Y usted es *positivo*, señor Neubauer. La prueba se hizo tres veces. Su Señoría, el Pueblo ofrece este informe de laboratorio como su Prueba D.

—No tenías ningún derecho —gritó, y sacudió la silla con tanta violencia que faltó poco para que se cayera de la plataforma.

—¿Qué importa si teníamos o no derecho? Si usted solía hacerse pruebas todo el tiempo, simplemente le ahorramos el trabajo.

—No es un delito estar enfermo —respondió Neubauer.

—No. Lo que sí es un delito es exponer a sabiendas al VIH a sus parejas.

—No tenía ni idea de que era VIH positivo.

—Tal vez, si no fuera por el AZT que encontramos en su sangre. Entonces obtuvimos sus antiguos registros farmacéuticos. El Pueblo ofrece estos registros como su Prueba E. Tampoco teníamos derecho de hacer eso, pero usted mató a mi hermano, así que lo hicimos de todos modos. Descubrimos que usted se hacía preparar recetas de AZT en East Hampton, Los Ángeles y Manhattan, desde 1996.

Neubauer empezó a temblar. Ya no quería oír más. Montrose estaba de pie, gritando objeciones que Mack denegó. Los Fitzharding y Tricia Powell le gritaban. Y también lo hacía Frank Volpi, a quien Hank y Fenton tuvieron que sujetar.

—¡*Orden en la sala*! —gritó Mack desde su silla—. ¡Y lo digo en serio!

—¿Le sorprendería enterarse de que en las últimas dos semanas —proseguí— hemos rastreado a doce personas que aparecen en las fotografías de la pared y en este sobre? ¿Y que sin incluir a mi hermano, a quien con toda probabilidad usted infectó, desde entonces siete son positivas?

Marci desplazó la cámara alrededor y detrás de Neubauer, de modo que mientras le hablaba, miraba hacia la lente.

—Su Señoría, El Pueblo ofrece ahora declaraciones juradas de siete personas que, basándose en las fechas de las pruebas, fueron infectadas, con toda seguridad, por Barry Neubauer. Más importante aún, en sus declaraciones señalan que Neubauer les mintió con respecto a su estado referente al VIH.

—Todo eso es mentira —siguió gritando Neubauer. Temblaba sin control en la silla—. ¡Haz que no siga diciendo todas esas mentiras acerca de mí, Bill!

Caminé despacio hacia Barry Neubauer. Siempre había sido tan controlado y arrogante. Nunca creyó que alguien podía tocarlo. Era inteligente, era rico, era el director ejecutivo de una empresa importante: se creía dueño de las personas. Sólo que ahora sus ojos oscuros parecían tan perdidos como los de Peter en la playa.

—En el estado de Nueva York, exponer a alguien a sabiendas al VIH es una agresión en primer grado, punible con hasta doce años en prisión. Eso, en cada caso. Doce por doce significa 144 años en prisión. Para mí estaría bien.

Me agaché para estar cerca de la cara de ese degenerado.

—Mi hermano tenía muchos defectos; ¿quién no los tiene? Pero era una buena persona, un buen hermano. Peter nunca lastimó a nadie. Usted lo mató. No puedo probarlo, pero de todos modos lo tengo, pedazo de hijo de puta. ¿Qué le parece?

Me incorporé y me dirigí por última vez a la lente de Molly.

—El *Pueblo contra* Barry Neubauer —dije— da por terminada la presentación de su alegato. Nos vamos de aquí.

110

Eran casi las cinco de la tarde cuando Fenton y Hank condujeron a nuestros huéspedes a la puerta principal y los dejaron en libertad.

—Id y multiplicaos —dijo Fenton.

Todos nos quedamos parpadeando frente a la luz dorada del East End, sin saber bien qué hacer a continuación.

Los Fitzharding, Campion y Tricia Powell se fueron al fondo del porche. Se sentaron allí, con los pies colgando por el costado y las miradas fijas en el vacío. Frank Volpi encontró su propio lugar cerca de los demás.

—Mira —dijo Pauline—. Parecen obreros esperando que alguien los lleve a su casa. Quizás el hábito sí hace al monje. Creo que necesito repensar todo.

Bill Montrose estaba sentado, solo, a unos tres metros del resto, todavía en la vieja silla de playa. Barry Neubauer se encontraba donde Fenton y Hank lo habían dejado después de sacarlo en andas de la casa. Tenía la mirada fija en el vacío. Nadie se acercó a hablarle, ni siquiera su abogado.

—Ésa es una linda imagen —comentó Pauline—. Barry Neubauer solo y arruinado. Pienso recordarla cuando me haga falta.

Equipamos a Marci, Fenton y Hank con trajes de baño, toallas para playa y zapatillas. Después los enviamos en distintas direcciones como si fueran tres turistas atontados por el sol. Puesto que no habían aparecido en ningún momento en cámara, nadie podía verificar su participación, excepto los rehenes. Confiamos en que éstos estarían demasiado aturdidos por sus propios problemas como para pensar en nuestros tres amigos.

Molly transportó su trípode al camino de entrada y buscó la mejor ubicación para filmar la gran escena final. Pauline, Mack y yo nos sentamos en el otro extremo del porche, lejos de nuestros huéspedes. Estábamos tan agotados como ellos.

Nos recostamos unos contra otros en lugar de apoyarnos en la pared de la casa. Tomamos un poco de sol. Los rayos de última hora de la tarde siempre parecen los más preciosos, incluso a comienzos del verano, pero estos lo eran aun más. Los sentí, no sé, como algo parecido al afecto.

—Te amo, Pauline —dijo Mack, quebrando el silencio.

—Yo también te amo —respondió Pauline, demasiado cansada como para levantar la cabeza de mi pecho.

Carraspeé fuerte hasta que Mack agregó:

—Ahora no te pongas a llorar, Jack. A ti también te queremos mucho.

Al cabo de un rato Mack se puso de pie con un gruñido y se acercó al lugar donde estaba sentada Tricia Powell. Metió la mano en su bolso y sacó un celular Nokia cromado. Tricia estaba demasiado cansada para quejarse.

—No te preocupes, Trish —comentó Mack—. Sólo haré un llamado local.

—¿Alguien tiene algo importante que decir antes de que se desaté el escándalo? —preguntó al regreso.

—Gracias —dije—. No lo podría haberlo hecho sin ustedes. No podría haber hecho nada. Los amo a los dos.

—¿Alguien quiere agregar algo que no sepamos? —replicó Mack, al sentarse de vuelta con nosotros—. Muy bien, entonces.

Mack fue oprimiendo las diminutas teclas de goma del celular con sus enormes dedos, y luego sonrió con un deleite exagerado cuando oyó que el número marcado llamaba.

—Esta maldita cosa funciona de verdad. Habla Mack Mullen —le dijo a la persona que le contestó en la comisaría—. Mi nieto, su preciosa novia y yo estamos aquí sentados con los Neubauer, los Fitzharding y algunas de nuestras otras personas favoritas. Nos estábamos preguntando si a ustedes les gustaría pasar por acá. Estamos en la propiedad Kleinerhunt. Ah, otra cosa. Nadie está herido ni armado. No hace falta hacer ninguna tontería. Todos saldremos pacíficamente.

Después cerró el pequeño teléfono como si fuera una almeja y lo arrojó a la arena.

—Deberían prohibir estas cosas.

Menos de cinco minutos después, alrededor de 100 policías y agentes federales avanzaron por la calle principal de Montauk en sus distintos vehículos, en medio de sirenas ululantes que sonaban como la llegada del fin del mundo.

Como los helicópteros de la Guardia Costera arribaron justo antes que ellos, no los oímos cuando llegaron a arrestarnos.

Epílogo

111

Casi cinco meses después, Pauline, Macklin y yo estábamos sentados en un rincón de un bar cerca de la plaza Foley, bebiendo cerveza negra. Salvo por el cantinero y un gato blanco, el lugar estaba vacío. La mayoría de los bares lo están a las once de la mañana, incluso en una ciudad como Nueva York.

—Que se pudra en la cárcel —dijo Macklin, con su brindis favorito desde comienzos del verano. Todo parecía indicar que eso era lo que le sucedería a Barry Neubauer. Su primer juicio por homicidio involuntario acababa de empezar. Y había otros doce haciendo fila detrás de ése, como las camionetas Mercedes y Audi en un semáforo de la ruta 27.

Y lo mejor era que, debido a la posibilidad de que tratara de huir del país, Neubauer pasaba las noches y fines de semana en la cárcel de la Isla Rikers hasta que dictaran el último veredicto. Las acciones de las Empresas Mayflower cayeron hasta llegar a un precio menor de dos dólares por unidad. Barry Neubauer estaba en bancarrota.

En cuanto a nosotros tres, ese día quizá fuera el último en que bebiéramos cerveza en libertad durante algún tiempo. Nuestro abogado, Joshua Epstein, el mismo que representaba a Molly y al Canal 70, se negó a beber con nosotros antes de que tuviéramos que presentarnos en el juzgado pocos minutos después. Pero nos había preparado bien: no creía que nuestras posibilidades fueran buenas.

A Mack nada lo preocupaba. Pero, claro, tenía 87 años. Dijo que quería ofrecer su propia fiesta de Memorial Day para llenar el vacío dejado por la Casa de la Playa en el calendario social de Hampton.

—Quiero ofrecer una *verdadera* fiesta —exclamó Macklin mientras se limpiaba la espuma de los labios—. Algo que hará que esas jaranas en las que todos se descontrolan parezcan un té de señoras.

—Te amo, Macklin —repitió Pauline.

—No quiero ser un aguafiestas —les dije a los dos—, pero es hora de irnos. Tenemos una cita en el juzgado.

—Prefiero este bar —comentó Mack, y sonrió como el loco que es.

—Vayamos a encarar las consecuencias, no hay más remedio —dije.

112

Cuando Pauline, Mack y yo nos acercábamos a las escalinatas del tribunal de distrito de los Estados Unidos en la plaza Foley, nos encontramos con nuestro abogado Joshua Epstein, que parecía muy nervioso, y un enjambre de reporteros que, con sus luces, micrófonos y cámaras empujaban contra las barricadas de color azul y blanca de la policía.

—Mis clientes no tienen ningún comentario que hacer —declaró Josh, apartó con las manos a los periodistas y nos lanzó una mirada seria a Mack y a mí. Después nos hizo subir a paso vivo la escalinata y nos condujo por el pórtico repleto de columnas, pasar por el detector de metales y subir al ascensor.

Subimos hasta el piso 22 en silencio. Cuando las puertas del ascensor se abrieron, Mack carraspeó y manifestó:

—Como dijo el viejo irlandés Benjamin Franklin: "Debemos mantenernos unidos porque de lo contrario nos colgarán a cada uno por separado".

La sala del juzgado del honorable James L. Blake no se parecía en absoluto a nuestro "juzgado del pueblo", en los riscos de Montauk. Con cielos rasos de nueve metros de altura, arañas, revestimiento de caoba lustrada en las paredes y las bancas para el público, podría haber sido una antigua iglesia de Sag Harbor.

Tomamos asiento frente a la mesa de la defensa mientras Josh conversaba en voz baja con el asistente del fiscal asignado a nuestra causa. Vestido con un sencillo traje gris, camisa blanca y corbata de seda roja y azul, el fiscal Arthur Marshall era un hombre razonable y al mismo tiempo estricto, decidido a "cumplir su tarea con discreción" según el manual del Departamento de Justicia.

Tres meses antes Mack, Pauline y yo nos habíamos declarado culpables en los dos cargos: conspiración para secuestrar y secuestro concreto de Barry Neubauer, Campion Neubauer, William Montrose, Tom Fitzharding, Stella Fitzharding, Tricia Powell y Frank Volpi. No tenía sentido realizar un juicio; nosotros sabíamos lo que estábamos haciendo y por qué lo hacíamos. En la época en que presentamos nuestros alegatos declarándonos culpables, el juez Blake nos informó cuál sería el precio que tendríamos que pagar por la justicia que habíamos buscado en nombre de Peter.

—En el momento de la decisión, se enfrentarán ustedes a una sentencia de no menos de 20 años de prisión.

Y hoy era ese día.

—¡Todos de pie! —ordenó el alguacil cuando el honorable James L. Blake entró en la sala.

El gentío que colmaba las bancas de la sala se puso de pie mientras el anciano juez ascendía hacia el estrado y su toga negra barría el piso detrás de él. Parecía casi tan viejo como Mack, e igualmente severo. Tomó asiento y lanzó una mirada feroz a los presentes en su sala.

—Tomen asiento —ladró.

—Los Estados Unidos contra Jack Mullen, Macklin Reid Mullen y Pauline Grabowski —anunció el alguacil—. Estamos aquí reunidos para dictar sentencia en esta causa.

—¿El gobierno está preparado? —preguntó el juez.

—El gobierno está listo, Su Señoría —contestó Marshall, y se puso de pie.

—¿La defensa?

—Estamos listos para proceder —respondió Josh, pálido.

—Pues entonces tomen asiento, caballeros —dijo el juez—. Es probable que estemos aquí un buen rato.

Después de esas palabras, Josh y Arthur Marshall intercambiaron una rápida mirada y se sentaron.

—Me han preocupado mucho los actos de los acusados en esta causa, como lo estoy en cada causa penal —comenzó a decir el juez Blake.

"No sólo debido a la naturaleza del delito, una abominable privación de la libertad ejercida sobre varios individuos, sino debido a los antecedentes de los acusados.

"El más joven de los Mullen se ha graduado hace muy poco en una de las facultades de derecho más famosas de nuestra nación, donde tuvo la posibilidad de estudiar con excelentes profesores y eminentes legistas.

"La señorita Grabowski ha sido, durante los últimos diez años, una investigadora privada de uno de los estudios jurídicos de más prestigio en la ciudad. Ha prestado testimonio muchas veces en esta misma sala y ha trabajado con algunos de nuestros mejores abogados.

"En cuanto a usted, señor Mullen, vino a este país en busca de una oportunidad económica para usted y su familia. Pasó la mayor parte de su vida adulta como un hombre muy trabajador en su comunidad. Es verdad, sufrió usted una enorme pérdida con la trágica muerte de su nieto, pero esto no puede considerarse una excusa para su conducta.

Cuando el juez se tomó un momento para recuperar el aliento, Mack aprovechó la pausa para rezar en voz baja una antigua oración irlandesa. Por primera vez, Pauline parecía asustada. Le tomé la mano y se la oprimí. Amaba a esa mujer y no podía siquiera imaginar cómo sería estar separado de ella.

—En cuanto al gobierno, el joven señor Marshall —continuó el juez y asintió en dirección al fiscal— y su jefa, la Procuradora General de los Estados Unidos, Lily Grace Drucker, con su infinita compasión me recomendaron que impusiera la mínima sentencia que está en mis manos dictar, o sea 20 años, tomando en cuenta la falta de antecedentes penales de los acusados. Después de mucha reflexión, me temo que declino aceptar la generosa recomendación del gobierno.

"Pero antes de proceder a dictar sentencia, deseo hacer un comentario acerca de las consecuencias colaterales de las acciones de los acusados.

"Sin duda las partes saben que, como resultado directo del trabajo de investigación de los acusados y de su pericia en 'el juicio', el señor Neubauer, principal 'víctima' en este caso, ha sido acusado de doce cargos de homicidio involuntario y es juzgado ahora en el tribunal penal del estado de Nueva York.

"Tal como lo ha anunciado la procuradora general Drucker, el FBI se encuentra en este momento investigando a William Montrose en relación con los cargos de soborno para cometer perjurio y de intimidación a una testigo —la doctora Jane Davis— en la indagatoria por la muerte de Peter Mullen, nuevamente, como resultado directo de las acciones de los acusados.

"El señor y la señora Fitzharding han abandonado la jurisdicción de este tribunal y se han negado a cooperar con este juzgado en su investigación previa a la sentencia.

"El detective Frank Volpi ha sido arrestado en relación con el homicidio de Sammy Giamalva, aquí en Manhattan. También es un sospechoso en el asesinato de Peter Mullen.

"Y Campion Neubauer ha sido acusada de cómplice en el homicidio de Peter Mullen.

El juez levantó la vista, como para inspeccionar la sala.

—Éstos son tiempos sombríos para nuestra justicia penal. Recientes veredictos en causas célebres han desembocado en la conclusión, sostenida por muchos, de que en este país sólo hay justicia para aquellos cuya riqueza o fama les permite comprarla.

"He presidido este juzgado durante los últimos 40 años, desde que el presidente Eisenhower decidió nombrarme. En todos esos años nunca me he sentido tan preocupado por la así llamada administración de justicia en este país como lo estoy hoy.

"Dicho esto, mi dictamen es el siguiente.

En la sala, el silencio era total. Las uñas de Pauline se me clavaron en la palma de la mano. Macklin sostenía mi otra mano en la suya.

—Este tribunal —dijo el juez Blake—, por propio derecho, decide invocar el artículo primero de los Principios de Sentencias Federales Cinco-K-Uno. Este artículo, y lo digo para las señoras y los caballeros de la prensa, permite al tribunal reducir la pena de los acusados cuya cooperación con el gobierno haya conducido a la investigación o procesamiento de otra persona o personas. Dada la valiosa asistencia proporcionada por los acusados, estoy seguro de que no recibiré ninguna objeción del gobierno con respecto a esta moción —declaró el juez y miró a la mesa de la acusación.

—Ninguna en absoluto —dijo Marshall, que parecía un muchachito al que un adulto generoso acababa de eximirlo de una tarea temida y difícil.

—Buena respuesta.

"Macklin Reid Mullen, Pauline Grabowski, Jack Mullen, este tribunal sentencia a cada uno a 600 horas de servicios comunitarios, que serán llevados a cabo en la Sociedad de Asistencia Legal. A partir de este momento, los únicos juicios en los que se verán involucrados serán en beneficio de acusados indigentes que se encuentran en el pabellón de la muerte.

"Se levanta la sesión.

Cuando el juez golpeó el martillo y se puso de pie para bajar por los peldaños, el sector de los espectadores estalló en aplausos y vivas.

Los periodistas se apiñaron alrededor de nosotros mientras Mack, Pauline y yo nos dábamos un fuerte abrazo. Ninguno les dijo una palabra a los de la prensa.

—Tu hermano está orgulloso de ti —me susurró Mack.

En el momento en que los tres salíamos la sala del juzgado, del brazo, pensé en algo, en un antiguo recuerdo sagrado.

Cuando Peter era pequeñito, después de la muerte de mamá, solía meterse en la cama conmigo casi todas las noches. "Me gusta oír los latidos de tu corazón, Jack", decía.

A mí también me gustaba oír los latidos del corazón de Peter. Los extrañaba.